飘荡墨尔本 著

STELLAR
筑梦太空
DREAMS

作家出版社

目录

第一卷　火星有约

第一章　火星洞幺　003
第二章　专属频道　018
第三章　星火燎原　029
第四章　答疑解惑　041
第五章　拉开序幕　049
第六章　航天结缘　062
第七章　亚洲一号　073
第八章　过河拆桥　083
第九章　终有一日　092
第十章　初次见面　108
第十一章　心结情怯　123

第二卷　火星有你

第一章　那些过往	137
第二章　拯救澳星	151
第三章　至暗时刻	172
第四章　备份星球	186
第五章　揭开真相	197
第六章　关于星蓝	214
第七章　中国北斗	241
第八章　姐姐弟弟	260
第九章　银河比邻	286
第十章　正式起航	299
第十一章　火星有你	307

第一卷　火星有约

第一章　火星洞幺

　　sol--sol-la-re----，do--do-la-re---- 一段略显嘈杂的电子旋律在老式收音机里响起。时间定格：1970 年 4 月 24 日 21 时 35 分。这是中国航天史上，最为动听的一段旋律。直到一百年后，还被人铭记。

　　……

2070 年 4 月 24 日。

　　"女士们，先生们，这里是洞拐两两号火星人类基地。此时此刻，我们通过合声波共振，向地球、月球人类聚集区，以及土卫二、木卫二人类科学试验基地，全语种实时投射第一届火星时装周。"

　　"默认全息投射语种为基因辅助脑组植入时选定的母语。如果您希望自己的投射和火星现场保持绝对一致，请关闭脑组里的全语种自动导入模块。"

　　"今天，是一个特别的日子。一百年前的今天，东方红一号，在酒泉卫星发射中心成功发射。同样是一百年前的今天，让人类移民火星成为可能的总设计师——梁天，诞生在了离发射中心 2700 公里以外的杨浦工人新村。"

　　"在这个意义非凡的日子里，我们聚集在火星最大的万户广场，以一场别开生面的火星时装周，来庆贺梁天总设计师的百岁诞辰。这场庆典，没有屏蔽身处太阳系的任何一台人类基因辅助脑组，唯独屏蔽了总设计师的。这是梁天总设计师的曾孙女、第一届火星时装周的总策划——梁星火的特别安排。"

"每一个成功移民火星的人,在来火星的路上,都看过梁天总设计师的纪录片。从二十岁开始,总设计师的梦想,就是死在移民火星的路上。"

"1990年,当总设计师有这个想法的时候,长命百岁还是非常美好的祝愿。时值2070,一百岁,远远没有到人类机能彻底衰退的年纪。火星洞幺希望和自己的曾祖父在火星相见,让总设计师亲眼看看火星基地的日新月异,身心健康地在火星上再活二十年!"

==========

【基组百科】

梁星火,女,22岁。

第一个在火星上自然出生的人类。

火星000000001号公民。

外号火星洞幺。

==========

掌声,经久不息。声浪,冲破穹顶。

梁星火从万户广场顶部的缓冲隔绝区,慢慢降临到舞台的中央。在进入缓冲区之前,她身着一套贴身的仿生宇航服。虽是户外防护服,却一点都不臃肿。用最亮眼的红色,展现最曼妙的身姿。戴在她脸上的呼吸面罩,近乎于隐形。看起来,更像是为了保持皮肤的光泽镀的一层膜。

万户广场的顶棚是透明的,高度足足有六百米。整个降落的过程,不需要威亚,也没有外部的任何机械支持。此时的梁星火,仿若天生就会飞行。

哪怕是2070年代,梁星火身上的这套,具备悬停飞行功能的隐藏式仿生宇航服,也代表了人类最尖端的科技。这套宇航服,产自地球,却只能在引力相当于地球0.38倍的火星和1/6的月球上,才能启动仿生飞行功能。回到地球引力环境里面使用，再怎么努力，顶多也只具备一只鸡的飞行能力。

随着梁星火在舞台中央站定，衔接隐形面罩的头套，长出一对机械翅膀，自顾自地飞走了。像瀑布一样的长发，从面罩的后方，倾泻而下。在灯光的照射下，散发着黑珍珠般的光泽。头发很长，像是从出生就没有修剪过。把像是这两个字去掉，就成了大家都知道的事实。

作为第一个出生在火星的人类幼崽，从出生的那一刻开始，梁星火就生活在全人类的注视之下。她的一举一动，一天喝多少毫升的奶，换多少次尿布……都会360度无死角地在基因辅助脑组的专属频段实时直播。

……

时间倒退7366天。2050年2月22日。

那一天，是方原出生的日子。那一天，发生了一场悲剧，同时也诞生了一个奇迹。

搭载22位地球顶级科学家的地月常态化星舰航班，在离开地球大气对流层，进入平流层中部，大约在35000米的高度，发生了解体事故。

其中，就有方原的妈妈戴冰艳和爸爸方心阳。

戴冰艳院士是地球首屈一指的能源科学家，在氦三（^{3}He）能源的提炼和保存方面，做出了杰出贡献。氦三是氦的同位素。早在1996年，地球上的三位科学家，就因为发现氦三的超流动性，共同分享了当年的诺贝尔物理学奖。

作为一种核能，氦三在热核反应的时候，不产生中子，只产生没有放射性的质子。核能、无辐射、不产生核废料，采用氦三作为能源，不会出现核废料残留排海，对地球海洋环境造成不可逆转的伤害，种种因素加在一起，造就了氦三完美能源的地位。这种完美能源在地球上的储量极度稀少，却广泛存在于月球之上。

2030年，人类开始着手组建月球能源基地。经过二十年的发展，到了方原出生的 21 世纪中叶，氦三能源产业，已经成为月球基地的支柱产业。经济基础，决定开发力度。从某种意义上来说，氦三的储量，是人类开发月球的原动力。

方原的爸爸方心阳院士，是材料和地外能源运输领域的顶级科学家。他提出了很多从月球把提炼好的氦三能源运到地球的超前理念，并且是唯一一个在实践中得到检验的。

解体事故发生的那一天，方心阳戴冰艳夫妇，和另外 20 位院士，搭乘两周一班的地月常态化航班，前往月球 022 号氦三能源基地。

科技发展到 2050 年，所有飞离地球的常态化星舰航班，都装备了自动逃逸设备。星舰解体的那一刻，逃逸设备以独立高强度保护罩的方式，把每一个乘客都弹射出去。

方心阳院士是这种高强度防护罩材料的发明者。无数次的安全实验证明，在弹射设备正常开启的情况下，21 世纪初的那些高空解体的灾难，都不再会有人员伤亡。偏偏，在发明者搭乘的时候，出现了意外。这不得不让人感叹，命运的造化。

这场至今都没有找到原因的事故，带走了 22 位地球上最顶级的科学家。能源领域的、深空探测领域的、地外大气再造领域的……因为损失过于惨重，这个原本稀松平常的日子，被载入了人类外星探测的史册。2 月 22 日，也因此被定为太空灾难哀悼日。

高强度防护罩没能护住这些科学家的生命，却还是安全地带着他们的遗体，回到了地球表面的指定地点。救援人员第一个找到的，是装有戴冰艳院士遗体的防护罩。防护罩里面，怀孕六个半月的方妈妈已然没有了生机。她的肚子外面，挂了一个奄奄一息的婴儿。

那是一个何等惨烈的画面？一个没有生机的孕妇，一个裂开的肚子。一个极度虚弱的婴儿，艰难地维系着似有若无的呼吸。

方原奇迹般地在 2050 年的医学背景下，活了下来。他的幸存，成了人们缅怀这些为人类做出杰出贡献的科学家的唯一途径，人送外号奇迹宝宝。

方原并不愿意因为父母双亡被过多关注。打从有记忆的第二年开始，他就尽量隐形，努力不让自己成为每年 2 月 22 日，都要被拉出来怜悯一遍的对象。这场太空灾难带给他的影响，却一直如影随形。

方原出生的那一年，植入性基因辅助脑组开始在全人类普及。每一个在出生前，做过基因全序列检测的新生儿，都会拥有专属的基因辅助脑组。

这不仅仅是一台微型的机器，也是一个治疗仪。从根源上解决了一直困扰着人类的诸多遗传疾病。先天性心脏病、先天性脑瘫、唐氏综合征、血友病……地球上有几十个国家，给 2050 年 1 月 1 日以后出生的小孩，提供了免费的植入性基因辅助脑组。普及程度，和 21 世纪初，婴儿一出生就被接种了乙肝疫苗差不多。

普惠版的脑组，除了纠正遗传疾病，还具有全语种导入的功能。2020 年代，那些自己英语没学好又逼着小孩学英语的家长，大概做梦都想象不到，科技首先灭绝的，竟然是英语学霸。会八国语言，再也不是什么令人艳羡的事情，脑组连已经失传的小语种，都能分分钟融会贯通。遇到没有接触过的知识，还会自动触发基组百科。

方原是做过基因全序列检测的，他如果能在地球上正常出生，自然也会拥有这样的一个脑组。遗憾的是，方爸爸和方妈妈，从一开始就没有计划在地球上，迎接方原的到来。按照夫妻俩最初的计划，方原将会在月球上出生，拥有一个实验室版的脑组。

实验室版的脑组在一般脑组的基础上，拥有可升级的记忆增强功能，能让持有者拥有近乎过目不忘的本领，自带高阶计算器，需要专门申请，并经过一系列严格检测。实验室版脑组功能比普惠版强大很多，与之相对应的，也会有许多未知的潜在风险。申请一旦通过，就会自动放弃普惠版。

为了保持地球世界的公平和公正，实验室版脑组，不可以在地球的任何一个地方生产和植入。2050 年，第一版人类太空移民法规定，未满 18 岁的人，不能在没有直系亲属的陪伴下，独自离开地球。

方原的脑组在月球，人却因为种种原因，从出生就滞留在了地球。这样一来，方原便成了同龄人里面，唯一没有基因辅助脑组的。这意味着，他不仅没有因为父母是顶级科学家得到什么优待，反而得用普通人的脑力，去PK拥有基因辅助脑组的同龄人。

方原很想写一本书，题目就叫《同学全都开挂，我要怎么才能不挂》。

带着强烈的忧患意识，他每一刻、每一分、每一秒都不敢松懈，就连做梦，都想着18岁去月球基地，植入属于他的基因辅助脑组。

经过艰苦卓绝的努力，14岁的方原，在没有脑组帮助的情况下，奇迹般地考入了爸爸妈妈的母校——上海交通大学。又经过四年的没日没夜，2067年的最后一天，方原拿到了双硕士学位和一张成年当天前往月球的通行证。

这是他离梦想最近的一天，也是唯一的一天。

2068年1月1日，方原拿到硕士学位的第二天，月球人类脑组实验室发生了严重事故，月球宣布禁止生产和植入实验室版脑组。还没有来得及植入的月球实验室版本，被统一运送到了火星——一个还没有针对实验室脑组立法的地外人居星球。

由于火星和地球之间，不存在常态化航班，2070年代的人想要自己去火星一趟，难度和2020年代的人想要登月差不了太多。就这样，在离成年不到两个月的时候，奇迹宝宝方原梦断垂成。

这件事情，对方原的打击，不可谓不大。从拼命努力到自暴自弃，也不过用了不到两个月的时间。2060年代的最后两年，方原过着比考拉还嗜睡的生活，直到一则招聘启事，映入他的眼帘。

这则启事的名字很长。主标题——《寻找一位年轻的勇士，陪伴一位老人，开启一场有去无回的银河之旅》。副标题（小字）——途经火星，最终的目的地是飞离太阳系。

在看到招聘启事之前，方原只是没有脑组。看到启事的那一刻，直接变成了没有眼珠。标题里面，做了立体亮化的有去无回他看不到。

副标题那么多的字，也只浓缩成了闪闪发光的途经火星。

这是梦想的号角，如此美好。夏花都没有这么绚烂，流星都没有那么浪漫。眼见两年前就被执行了凌迟的梦想，还有机会死灰复燃，方原拿老一辈用来怀旧的电脑，点开细则开始查看。

条件一：2050 年 1 月 1 日之后出生，并且已经成年。

（这个打√。）

条件二：拥有独立于基因辅助脑组的学习和科研能力。

（这个打√√，这莫不是私人定制条款？试问，符合这个出生条件的，还有谁是连脑组长什么样都没有见过的？）

条件三：愿意为人类探索未知的宇宙奉献自己的全部科研成果。

（这个打√√√，只要把实验室版脑组给原大头装上，他可以奉献全部的生命，你爱信不信！）

原大头是方原的另一个外号，比起奇迹宝宝，方原更喜欢这个同学给他起的外号。这是一种极致的赞美，称颂他的脑容量比一般人要大。绝对不是什么 2020 年代的人玩剩下的谐音梗。如果是在脑组里面查看这则启事，方原会毫不犹豫地点击基组资格审核。

可惜他没有。只能按照招聘启事的细则，手动把简历什么的都弄一遍，再提交人工资格审核。提交的时候，出来一个互动框，询问申请参与这个有去无回的特别项目的理由。方原随手一填——【我和火星有个约会】。

从小到大，这样的事情，方原做了不下八百回，时间也压缩到了八秒之内。换成稍微热门一点的招聘，这多出来的八秒，就是梦想破碎的声音。互动框跳着劲舞的有去无回这四个立体字，给了他足够的底气。除了像他这种脑组和肉体长期分离的孤儿，应该也没有多少人会愿意为途经火星赌上自己的余生。

又过了不到八秒，方原就收到人工审核那边发回来的确认提醒。瞧瞧，这反应速度，报名审核的人要是超过一人，他就行不更名坐不改姓！

【您的申报资料已经收悉，很抱歉地通知您，这一场旅行，虽然途经火星，但不会落地，请通过火星移民计划，完成这个浪漫的星际约会。】

开什么火星玩笑？不会落地？那还去个屁？等会儿，他这是被拒绝了？到底是谁给的权利，把他早已肝肠寸断的梦想当皮球踢？

方原一气之下，定位了招聘启事发布的位置，直接找了过去。这年头的年轻人要办事情，已经很少大驾光临。没有什么手续是基因辅助脑组不能远程确认的。两个小时之后，方原来到了地球另一端，一栋足足有300多层，高度超过1500米的办公大楼。

2070年，借由航天技术的发展，地球已经实现了一小时全球达。地球上任意两个点之间的最短距离，不会超过半圈。近地轨道航天器绕地球一圈的时间是1.5个小时。1.5小时÷2=45分钟，这是平均用时。如果刚好是逆着地球自转的方向赶路，点对点送达的时间，可以缩短到30分钟。

方原之所以用了两个小时，除了离开和重回大气层所需要的加减速时间，主要还是用在了把自己收拾得人模狗样上。毕竟，他有两年的时间，都不怎么记得要洗澡。

一层的大堂，看起来得有五十多平方米，偌大的空间，空空如也。

【嘀，商业航天局门卫机器人未能识别来访人员的基组信息，请查看基因辅助脑组的运行情况。】

我基你个大头组啊，基组！原大头不发威，你还真当我是冤大头啊？方原最受不了别人和他说基组。哪怕是机器人也不行。他不管不顾地往里面走，很快就惊动了一大拨门卫机器人。僵持了好一会儿，才有一个工作人员模样的人出来。没等人家开口，方原就抢先发出了质问："既然都途经火星了？为什么又不落地？"

这没头没脑的，被问的工作人员一脸蒙："很抱歉，商业航天局，还没有开放火星旅游。每一批火星移民，都是由火星移民计划选派，具体的移民条件，可以到人类太空移民局查看。"

"什么屁的章程。"方原又被刺痛了一下,"一家至少要有三个小孩,才能有一个获得移民火星的资格。这都2070年了,别说我无父无母了,就算有,谁家爸妈还接二连三地亲自生孩子?"

听到方原说自己是孤儿,工作人员调整了一下,用尽可能耐心的语气回应:"如果对火星移民计划有疑问,我建议你去找人类太空移民局。"

看到工作人员油盐不进的样子,方原从口袋里面拿出来一张申请表递了过去。工作人员看了一眼纸质的老古董:"哦,你是想参加刚刚发布的这个特别项目啊?这个比较简单,有任何疑问,都可以在直接脑组里面提交。"

"我要是有脑组,还会来这一趟?"平日里,方原倒也没有这么暴躁,实在是这个工作人员,句句都踩着他的痛点。

"没有吗?"工作人员上下打量了一下方原,怎么看都不像是没赶上普惠版脑组的年纪。转念一想,刚刚门卫机器人,就是因为没有在来访者身上,发现脑组和其他任何电子身份识别信息,才不知道要怎么进一步处理,触发人工警报。搞明白门卫机器人为什么会出现混乱,工作人员出声解释:"这次的招聘有点特殊,我们不接受没有脑组的人的申请。"

"麻烦你告诉我,你们发的公告里面,有哪一条写着没有脑组不能申请?"

"是这样的,我们这个招聘,本来就是在符合条件的脑组里面,定向发布的。"工作人员把方原带过来的纸,翻来覆去看了一遍,疑惑出声:"按理说,你不应该会收到这个通知。"

看到工作人员没有故意敷衍的意思,方原也端正了一下自己的态度:"人美心善又漂亮的大姐姐,总共也就来了我一个,就给通融通融嘛。"

"你没有脑组可能不太知道,启事发布两个小时,通过脑组报名的人,已经超过了一万零八十。基组初选符合条件的人,也超过了一千个。"

这回轮到方原被惊到了:"怎么可能?哪有那么多人为了去趟火星,可以不要命?"

"一开始,报名的人是很少,但是,基组百科在公告发布半个小时之后,就已经分析出来,要陪伴的这个老人,是火星移民计划的缔造者。"

讲到这个,方原的态度可就好不下去了:"梁老头啊?"

工作人员看了方原一眼,对他语气里面流露出来的不尊重,有些不满:"我建议你称呼总设计师梁老。"

"我才不要管什么梁老还是老梁,你就告诉我,既然都途经火星了,为什么又不落地?"

"是这样的,因为火星移民法规定,任何人落地火星,都不能在十年之内离开。这一点,总设计师也不能例外。"

看到工作人员一副遵纪守法的架势,方原再一次冷静了下来。是了,火星最缺的就是人口。任何人,只要落地火星,就得在上面,奉献至少十年的呼吸。可以不劳而获,无色无味的火星能量块终生管饱。可以躺平,恒温恒湿的火星人类聚集区随处露营。这是官方宣传中的火星,听起来只要不杀人、不诋毁火星,想干什么都行。

"那既然这样,又为什么非要写途经火星呢?你要是不写的话,我都不会来这一趟。"方原很是不甘。

"因为梁老想要在火星中继站亲眼看一看。"火星中继站在万户广场的顶上,离火星地面大概3000米的高度,有点像是地球和月球在火星的大使馆,过了这个中继站,就算火星的领空。

"你们不是一直声称,任何人,在任何情况下,都不可能获得前往火星的特权吗?这怎么就给梁老头安排了专门的旅行?"方原非常痛恨特权,因为他自己没有。小的时候,为了能去月球植入属于他的脑组,他在来慰问的领导面前撒娇卖萌、撒泼打滚,要求特事特办。那是他有记忆的第一年,也是记忆里接受领导慰问的唯一一年。

工作人员不是很想搭理方原，直接重复了一遍之前的话术："如果对火星移民计划有疑问，我建议你去找人类太空移民局。"

方原并不会因为工作人员的态度而改变自己的："请你正面回答我的问题，梁老头为什么就有特权？"

"准确地说，这不是特权，而是探索银河的科研之旅，火星只是一个能量补给的中继站。离开火星之后，这架星舰将会朝着飞离太阳系的方向，奔向未知的彼岸。"

"科研之旅是吧？那就没问题了，我有祖传的科研能力，又符合所有的申报条件，你们没有理由不通过我的资格审核。"说着，方原又把纸质版的申请书，给工作人员递了过去。

2070年代的基层工作人员，因为很少见到活人亲自上门办事，态度比五十年前，那些忙得团团转的要好了很多。见方原非得要个说法，才善罢甘休，只好指着申请条件里面的第一条，正面回应道："你不符合招聘的年龄。"

"哪儿不符合了？我是2050年2月22日出生的。"方原出示了罕见的纸质版身份证明。

这下，直接把工作人员给弄疑惑了："那你怎么会没有脑组？"

"那我建议你查一下太空灾难哀悼日的历史。"工作人员反应了好半天，借助脑组的分析，再结合方原说自己没有父母又有祖传的科研能力，最后难以置信地问了一句："所以，你是戴冰艳院士留下的小孩，当年的那个奇迹宝宝？"

因为没有脑组，方原失去了很多，却也拥有了比同龄人更多的隐私。只要他不主动暴露，地球几乎查无此人。

……

梁星火拥有的，是人类第一个植入性基因辅助脑组。基因辅助脑组正是因为在梁星火身上的大获成功，才开始有了后来的普惠版，在全人类推广。

普惠版脑组从新生儿开始普及，经过20年的发展，20岁以下的年轻人已经全部完成植入。超过20岁没有赶上普惠版的，可以自费植入。后天植入的脑组，没办法纠正遗传疾病，仅仅可以当作一台随身携带的智能设备，用用基组百科一类的辅助功能。

在后天植入领域，实验室版脑组拥有绝对的优势，除了普惠版的全部功能，还附带可升级的记忆增强模块，更能在未来预防老年痴呆。只可惜，可升级模块风险太大，攻击性太强。相当于对人体进行一个破坏性的调整。每一个实验室脑组的出厂，都要耗费极大的人力、物力。

从梁星火身上的第一个实验室版到现在，二十年过去了，拥有实验室版脑组的人屈指可数。不论是实验室版还是普惠版的脑组，火星洞幺成长的实时投射都存在于脑组的出厂设置里面。

梁星火的专属频道，就像是一个外挂，你可以不关注火星洞幺，却没办法不接收，更没可能把专属频道从脑组里面彻底消除。

想要这么做的人本来也不多。一来，脑组的存储空间很充足，二来，很少有人把梁星火当成是别人家的小孩。火星洞幺是自己家的，住在每一个人的脑组深处。

每一个拥有基因辅助脑组的人，都可以通过抽签的方式，邀请火星洞幺来家里虚拟生活。比较狂热的中签粉，会在梁星火过来之前，直接订购一个以梁星火的真实形象为原型的星火娃娃，最大限度地实现虚拟真实。

星火娃娃，是地球上最畅销的仿生机器人，平日里只有一些固定的模式，如果能邀请到梁星火的虚拟投射到家里做客，星火娃娃的每一个动作，都会由梁星火的脑组亲自发布模拟指令，带着人类的提问，带着自己的思想。

由于人气过于火爆，从幼儿园开始，梁星火就每天被邀请到不同的家庭做客。在不同国家的不同学校念完全不同的书。对于世界各地的虚拟邀请，梁星火在地球上的家人，是乐见其成的。他们希望通过这样的方式，让梁星火多接接地气。

火星洞幺在全地球父老乡亲的见证下长大。她没有辜负大家的期待。不管做什么都比别人厉害，优秀得不像是地球人——差点忘了，她本来就不是。

地球上，有太多的人羡慕梁星火。她有着比国宝还好的待遇，有着顶级的美貌和智商。活脱脱的天选之女。这样的人，是不配有烦恼的。

可梁星火的烦恼，又是实实在在存在的。首当其冲的，就是她想拥有一张地球永久居留许可证，哪怕退一步，给张暂住证也行。不为别的，她就想去验证一下，地球人吃到臭豆腐和榴莲时的那种享受的表情，是不是装出来骗她的。

虚拟真实发展到2070年，已经可以远距离完美重现气味，真实口感却始终不在传递的范围之内。人类的悲欢各不相同，就为这么点鸡毛蒜皮的事情，人人艳羡的火星洞幺，真真切切地羡慕着在地球上生活的每一个人。

羡慕到最后，都开始嫉妒以自己为原型的仿生机器人。但她不能表现出来。试问，如果连火星洞幺都不喜欢火星，这颗还处于原始状态的星球，又哪里还会有那么多前赴后继的单向移民？

……

这是火星上的第一个时装周，却不是地球以外的第一个。月球人类基地，已经成功举办了十届时装周。每一届为期七天，每天发布一个品牌，每个品牌的大秀都精彩纷呈。只有地球上最顶级的超模和最顶尖的大牌，才能拿到月球时装周的入场券。

十年来，月球时装周都是地外唯一。这样的唯一性带来的关注度，可不是半个世纪前的四大时装周可以比拟。品牌商会提前一个月，用特别涂装的返回式重型运载火箭，把发布会所需的服装和舞台物料运送到月球，并在接下来的两个星期的时间，逐一公布邀请到的超模。

在大秀开始前的一个星期，品牌商会给自己的超模们包下一整架星舰，在地球上办一个出发仪式。最后，以一场星舰真人秀，丰富超模们从地球到月球的整个飞行过程。

这样一来，品牌的热度就能持续一整个地球月，其影响力，远远超过 21 世纪前 20 年的维密秀，更不要说停了几年以后重新来过的。

每一个入选的品牌，销量至少暴增 500%。每一个到月球走秀的超模，回到地球之后，身价也一样会飙升好几倍。1/6 的引力，让模特们可以轻松完成在地球上想都不敢想的秀场动作。与其说，这是时尚的魅力，不如说这是太空的魅力。遥远，深邃，永远都有未解的谜。

月球时装周大获成功的前提，是月球和地球之间拥有常态化星舰航班。2070 年代，只要拥有可以坐飞机的身体条件，再加上一点点的经济基础，都能去月球旅个游，探个险。

月球是地球的卫星，它距离地球的平均距离是 38.4 万千米，差别不会特别大。火星和地球一样，是太阳系的行星，它与地球之间的距离变化很大。近的时候 5500 万千米，远的时候可达 4 亿千米。

火星和地球的直线距离摆在那里，不可能像月球基地那样，开放全域旅游和常态化航班。想要把月球时装周的成功复制到火星上，光想想都不是一件简单的事。

别的不说，哪怕是离得最近的时候，一飞也要飞几个月，哪个超模的日程表会有这么闲？更不要说一落地火星就必须要待上十年的火星移民和过境条例，去了和自毁职业生涯没什么两样。

基于以上种种，绝大部分人对火星时装周，都心存疑虑。连个上得了台面的超模都没有，好意思管这叫时装秀？偏偏，梁星火又把第一届火星时装周的保密工作做到了极致。

人类的好奇心，是最廉价又最昂贵的流量密码。像极了青春期，放任不管，就悄悄地长大。

一直到舞台总监米多多在梁星火出场之前的这个开场白，很多人才明白过来。第一届火星时装周主打的，是人类移民火星的总设计师。

梁老如果能来火星，火星人类聚集体肯定万人空巷。在官方公布的行程里面，梁天总设计师的星舰，将会在时装周开幕式的时候，经停火星中继站。刚刚好就在万户广场的顶上，只要抬头，就能看到。

但欢迎总设计师和事前宣传的——一场别开生面的时装周，有半毛钱火星币的关系吗？

这个声称要截留总设计师的开场白，着实震惊了所有人。

总设计师的行程，是屏蔽一个脑组，就能彻底更改的？这是谁给的权利，又是谁给的勇气？火星洞幺葫芦里卖的究竟是什么药？

梁天总设计师已经一百岁高龄了。且不说，总设计师的梦想，是死在移民火星的路上。就算强行更改总设计师的意愿着陆火星，一个百岁老人，又如何撑起一整台时装秀？

火星移民有一个算一个，全然一副看热闹不嫌事大的架势。

毕竟，谁不想亲眼见证，被捧得高高的人，跟头栽得比自己更狠？

第二章　专属频道

米多多二十多岁的时候，觉得自己是一瓶红酒，经历岁月的沉淀，等着懂她的人来品。五段失败的感情过后，她发现自己是祖辈流传下来的板蓝根，没病的人根本不会来问。

米多多是地球上知名的月球探险家。每隔一个常态化航班，她就会往返月球一趟，相当于一个地球月一次的频率。她几乎去遍了月球的每一个角落，还在月球上采访过很多传奇人物。

米多多是第一个，以星际探险家的身份移民火星的。她作为主申请人，原本可以带一个必要团队。

可她就是被团队给坑的。一共六个人的团队，除了她之外，还有五个男人。

从火星移民法的规定来说，居留协议的最低限度是十年，但达成的附加条款相当苛刻。正常来说，想要移民火星，都得签二十年或者更长时间的半永久居留协议，才能获得不愁吃穿不愁房屋的火星居民福利。

总而言之一句话，只要不想着回地球，火星就是全体移民最坚强的后盾，衣食住行外加医疗和娱乐，无一不是免费的。

反过来，如果念念不忘心系家乡，从心理层面，就和被判了无期徒刑，没什么两样。

一开始,米多多的移民协议和其他人没有什么区别。

按照协议,米多多需要在火星开发一系列超级酷炫的探险方案,为后续有可能推出的火星旅游做准备。

米多多的火星移民协议,给出的是阶梯式的返乡时间表。她制作的"火星探险"系列,影响力如果能达到和在月球的时候一样,就能拿到二十年返还期的中位数合约。

协议里的影响力,是以人类基因辅助脑组的接收率来计算的。米多多的月球探险系列,最高的时候,曾经达到过5%,也就是说,全太阳系新生代,每一百个人就有五个看过她的月球系列。这五个人里面,又有一个人,会跟随她的脚步,启动前往月球的旅途。

考虑到月球和地球之间有常态化航班,以及月球探险和火星探险之间的成熟度差别,这几乎是不可能完成的任务。

这还仅仅是中位数合约。每减少一年滞留火星的时间,就要增加一倍的影响力。也就是说,想要十年最低年限回去,米多多的"火星探险"系列必须达到月球系列十倍的影响力。

探险,本来就不可能是所有人的爱。能达到5%,已经是一个极致的数据,远远高出地球古早年代绝大部分电视剧的收视率。把这个数据再放大十倍。50%的影响力,就意味着每两个拥有脑组的人,就得有一个人在收看。

放眼整个太阳系,没有任何领域的任何作品,是能够达到这个高度的。说白了,这就是个霸王条款。

米多多签署这个协议的时候,是以为自己一辈子都不会想要回去的。来了没两个星期,就发现在地球上当板蓝根,都好过在火星上没有根。

像移民火星这种极致的梦想,不认真实现一下,就不知道会有多可怕。反过来想想,火星要是真的和宣传的那么好的话,哪里还需要规定任何一个落地火星的人,都必须贡献至少十年的呼吸。

想来火星很难,来了想走……除了最开始火星和现在的土卫二、木卫二一样，都还是人类试验基地的那个时期，还没有哪个主动移民火星的人，是完成火星移民协议全部附加条款，并且成功回到地球的。

经历过最初的迷茫和绝望，板蓝根女士很快就找到了全太阳系的人类聚集区里面，有且仅有的一个能够帮她的人，在且仅在她的身边。

地球也好，月球也好，不管多么火爆的节目，都不可能每两个拥有脑组的人，就有一个在接收。

火星上却存在一个有 bug 的专属频道，影响力是永远都不可能波动的 100%。谁都可以屏蔽脑组里面的火星洞幺频道，却不能不接收来自这个专属频道的信息。

米多多利用她专属移民协议里可以在火星任意采访的便利，邀请火星洞幺做"火星探险"系列的开场嘉宾。

经过四年处心积虑的努力，成功和梁星火成了最好的朋友。

米多多和梁星火做朋友的目的，从一开始就很不单纯。打心眼里，米多多是有些看不上梁星火的。

米多多所拥有的星际热度，都是自己一点一点努力来的。梁星火呢？生来就什么都有了，连剪没剪过头发，都能成为星际热点。这是有什么难度，还是需要什么才华？

等到真正走进火星洞幺的生活，米多多才发现梁星火过的，是和提线木偶差不多的日子。24 小时受到全方位监控的生活，地球上有几个人愿意过？好好的一个女孩子，根本就不知道什么叫隐私。

米多多开始有意引导梁星火的隐私意识。火星洞幺专属频道，也开始定期投射一些事先制作好的"火星探险"系列。

米多多借用火星洞幺住在每个人脑组深处的外挂，让"火星探险"系列，达到了不可能达到的影响力。梁星火又通过米多多给她创造出来的时间空当，拥有了一定程度的隐私。随着时间的推移，火星洞幺专属频道的内容，就和梁星火本人的生活，发生了一些偏移。

那是米多多认识梁星火的第四年，也是她和梁星火交心的第一年。那一年，梁星火十八岁。米多多解锁了梁星火身上的叛逆基因，知晓了梁星火身上一些不为人知的艰辛。

作为000000001号火星公民。梁星火其实是有机会拿到地球和火星双重身份的。她出生的时候，火星和现在的土卫二、木卫二一样，还是个科学试验基地。那时候的科学家，只要能来的，就能走。

梁星火没有方原那么悲壮的孤儿身世。她在地球上有很多的家人。有爸爸妈妈，爷爷奶奶，还有一个正在来火星路上的太爷爷。她家往上数三代，从梁天总设计师开始，都是航天人。

当然，这是外人知道的家庭构成。梁星火还有一个被藏起来的双胞胎弟弟梁星蓝。只比她小六分钟，和她一样，在火星出生，被爸爸妈妈带回了地球。搭乘同一班星舰的，还有火星试验项目的所有参与者，一个不留。

火星移民计划，是从2052年初开始的。梁星火2048年中就出生了。这也就意味着，从2048年中到2052年初，三年半的时间，偌大的火星，有且仅有梁星火一个人类幼崽。

之所以连换个尿布这样的事情，都会被围观，是因为陪伴在梁星火身边，喂养她长大的，全都是火星试验项目留下来的机器人。

火星试验项目是否取得成功的最后一项验收标准是人类幼崽能不能在无人陪伴的情况下，在火星上，独自活到三岁。

诚然，科技发展到2050年代，机器人月嫂、机器人保姆、机器人医生等已经司空见惯，地球上也有了机器人养娃的成功先例。

但这些先例，并非真正"无人陪伴"，一旦发生紧急情况，随时都可以人为干预。把一个人类幼崽独自"遗弃"在火星，怎么都还是反人类。

或许正是因为反人类，不仅外界不知道梁星蓝的存在，就连梁星火，也是到了十八岁生日的那一天，在解锁自己脑组的全部权限之后，才解锁了一封基因信。

在这封事先封存的基因信里面，梁星火的爸爸妈妈希望梁星火知道自己为人类太空移民做出的贡献，也希望梁星火能够理解他们把梁星蓝带回地球的这个决定。夫妻俩声声涕泪，句句哭泣，口口声声强调，留在火星的名额只有一个。

梁星火很想理解，却始终想不明白，这么反人类的验收标准，是怎么通过的？比起全人类的高度，更让梁星火不能接受的，是爸爸妈妈为什么能那么理直气壮地只带走梁星蓝。

谁家父母，会忍心让自己刚出生的孩子，孤零零地生活在火星？明明是她被遗弃在火星，凭什么还要她理解这一切？就因为梁星蓝的名字反过来是蓝星，她的名字反过来是火星？名字要是有这么重要的话，她可以直接改名叫梁球地！

不解也罢，不甘也好，被全人类监护了十八年的火星洞幺，没有表现出一丝一毫，要多乖巧有多乖巧。

……

梁星火从天而降的这个过程，让米多多很是有些煎熬。刚刚的开场白，她是照着梁星火投射到她眼前的稿子念的。米多多压根就没有想过，梁星火会给她这样的一份稿子，堂而皇之地宣布，要屏蔽总设计师的脑组，更改总设计师的意愿。

一直以来，米多多都觉得自己是天生胆儿大的。却没想到众人眼里的最为循规蹈矩的梁星火，胆子大起来，连她都要害怕。这样的开场白一出，如果梁星火真的把总设计师给截留了，全太阳系的人，都会认为她是帮凶。

是她的出现，让梁星火拥有了隐私概念，也是她的"火星探险"系列，让梁星火拥有了隐私时间。就连火星时装周，都是"火星探险"系列的阶段性总结。梁星火如果还生活在全天候的监护之中，哪来的这么叛逆的机会？

梁星火刚刚回到后台，米多多就双手搭着梁星火的肩膀，强迫她直视自己的眼睛："火阿，你确定要这么做吗？这可是全太阳系直播！"

"直播怎么了？"梁星火并不以为意，出声反问，"我谋财害命了吗？"

"倒也没有……"虽是摇头，米多多的语气又不太坚定。

梁星火把米多多的手从自己的肩膀上拿开，出声问道："那我触犯太阳系里面任何一个人类聚集地的法律了吗？"

米多多用了比刚刚笃定很多的语气回应："没有。"

总设计师的脑组，并不是说屏蔽就能屏蔽的，梁星火今天的所作所为，其实是卡了一个漏洞。在人类基因辅助脑组的原始规则里，不管是普惠版的还是实验室版的，百岁老人和三岁小孩的权限是一样的，都需要有全权监护人。

全权监护人首选直系亲属，并且有就近监护的底层逻辑。此时此刻，梁星火是离总设计师最近的直系亲属。基于这个原因，人类基因辅助脑组直接判定梁星火成为梁天的全权监护人。

在今天之前，还没有任何人的脑组触发过百岁监护权的问题。总设计师从地球往火星飞的这一路，银河比邻计划地球控制中心的整个团队，因为根本就没有接触过实验室版的脑组，也就都没能提前发现问题。

全权监护人的脑组权限，是高于本人意愿的。当梁星火被判定为全权监护人之后，除非她主动做出交接，或者有距离更近的直系亲属出现，否则，监护人的脑组权限，就会凌驾于被监护人的脑组之上。

不仅如此，梁星火的所作所为，还因为这种底层逻辑，被装进了合法的框架之内。

人类基因辅助脑组的底层逻辑，是最重要也最复杂，并且没有办法随意修改的。任意细小的改动，都需要进行官方的论证。论证时间，也肯定是按年来算的。因此，在接下来很长一段时间，梁星火都对总设计师的脑组，有着完全的监护权。

2070年代的监护人，不允许被监护人使用脑组，和2020年代的父母，不允许小孩子用电脑和手机，算得上有异曲同工之妙。

梁星火敢堂而皇之地写下这么一个开场白，是仗着地球法律和底层逻辑，赋予她的特权。但是合法不代表一定合理。

"那不就结了？"梁星火摊开双手，"既不害人，又不违法，我不过是让我曾祖父好好活着，有什么问题吗？"

"你说呢？谁不知道总设计师从二十岁开始的梦想，就是死在移民火星的路上？"

"姐啊，你也说是从二十岁开始了，那是哪一年？"梁星火问。

"1990年。"

"这不就对了吗？现在都2070了啊！我的米姐。自从人类彻底攻克了癌症，一百岁也不过是平均寿命多一点点。此一时彼一时。"

"火啊，不管怎么说，你都应该稍微尊重一下总设计师的想法。"

"那谁尊重我呀？"梁星火故作可爱，出声反问。

米多多了解梁星火的成长经历。该知道的不该知道的，她全都知道。正因为知道所有事情的来龙去脉，尽管一开始被震惊得无以复加，最后又说不出太多劝阻的话。

梁星火是人类移民火星计划的最后一项验收标准。没有梁天总设计师，就不会有火星移民计划。没有梁星火，火星就还只是一个人类试验基地。

在外人眼里，梁星火拥有的太多。可她从来都不曾有过选择。如果不是星际探险家米多多在机缘巧合下移民到了火星，又机缘巧合地想要借用火星洞幺专属频道的影响力，梁星火很有可能一直到现在，都还在24小时直播自己的生活。

这种行为和智商什么的没关系，也不太会随着年龄的增长而改变。梁星火生来就没有隐私，这对她来说，是像呼吸一样，比吃饭喝水还要更加正常的事情。有几个人会去探究自己呼吸的姿势对还是不对？

梁星火是在十八岁的当天，拥有自己脑组的全部权限的。也是在那一天，米多多搬过来和梁星火一起住，手把手地教会梁星火，要怎么保护自己的隐私。这一住，就是四年。

"姐啊，你别哭丧着脸，行吗？这样就不漂亮了，你这样怎么对得起'火星探险'系列的亿万粉丝？"

"火阿,你到底知不知道你自己现在做的事情,有多么疯狂?"

"哪儿疯狂了?搞不好我的曾祖父,真被我滞留火星,就彻底爱上了这里呢?"梁星火反过来搭着米多多的肩膀,一边推着米多多往舞台后面走,一边用人畜无害的语气,出口相劝:"我的好米姐,你先别管那么多,一切等时装周结束了之后再说!"

"结束?"米多多斜睨了梁星火一眼,说道,"等不到结束,你就会找机会离开火星,哪里还会有之后再说?"

梁星火一脸探究地盯着米多多看了好几秒,就这一小会儿的工夫,米多多竟然就已经搞明白了她的真实意图。认识八年,朝夕相处了四年,很多藏在心底的想法,哪怕她不开口,米多多也能猜透。震惊之余,倒也有了别样的滋味。

梁星火上前一步,挽着米多多的胳膊,带点撒娇和讨好的语气开了口:"就因为我要离开,才想着要和米姐一起,打造一个让人无法忘怀的火星时装周。"

已经上了贼船的米多多叹了一口气:"这也是我唯一能为你做的了。"

"谁说的?"梁星火眨眼蛊惑道,"你还可以和我一起走啊!"

梁星火原本是想在最后一秒发出终极探险邀请的。光想想都觉得有点刺激。既然米多多自己提前猜到了,那她就把这个邀请提前。有了专业星际探险家的加入,她的计划,应该会更加容易实现一些。

"不行。"米多多果断拒绝了梁星火的提议,"我现在回去,是要进人类太空移民局的监狱的。"

米多多压根就没有想过这样的操作。她喜欢探险没有错,但她不喜欢犯法。再怎么想要尽早回到地球,米多多也没有想过要前功尽弃。她努力了整整八年。再过两年,她就可以光明正大地回去了。到时候,凭借第一个从火星回去的移民的身份,想要什么没有?

火星移民计划里罗列的福利不是一般的好,这也导致移民的门槛不是一般的高。高到让普罗大众觉得,移民火星,是一种无上的荣光。

但这里面又有一个悖论，在乎这些吃的喝的住的人，大多不符合火星想要引进的人才标准。

火星移民计划就喜欢像米多多这样的，原本就在地球和月球极具影响力的人。再不然就是各个行业的翘楚或者领军人物。连这样的人，都来火星了，平平凡凡的你们还不赶紧来吗？为了吸引有身份有地位的标志性人物，火星移民计划列出了终极大杀器——在地球上花再多钱都买不到的实验室版脑组——只要移民火星，就有机会可以获得。

第一个拥有实验版脑组的人是梁星火，她的脑组有多强大，自是不必多说。中间隔了三个人，第五个拥有实验室版脑组的，是梁天总设计师。后天植入的实验室版，对垂垂老矣的老人有什么帮助，亦是无须多言。君不见总设计师都一百岁了还能到太空做科研？

用实验室版脑组来吸引移民，是月球玩剩下的招数。梁天总设计师的脑组是在月球植入的。月球人口，也是从实验室版脑组在梁天总设计师身上获得成功之后，才开始急剧增加的。

此一时彼一时。月球现在人口已经有点超负荷。这也是为什么，月球脑组实验室一发生爆炸，月球就连夜把还没有来得及植入的实验室版脑组给转移走了。

月球不愿意有实验室版人类脑组实验室。地球不允许有实验室版人类基因脑组实验室。土卫二和木卫二那种离得又远，又还只是试验基地的，就更没有可能。

放眼太阳系，只有火星，还存在这样的可能。那些上了年纪的人，对实验室版脑组的追求，绝对不会比方原这个从小没有脑组的小年轻少。唯有火星，才是那些什么也不缺，就缺健康和长寿的人的终极目的地。

为了确保每一个成功获得火星移民资格的主申请人，都能在火星上轻松而又愉快地生活，每个人都被允许带一整个必要团队。太空移民局对必要团队的解释，不仅宽泛，还语焉不详。这算得上是火星移民计划里面最为人性化的规定了。迄今为止，不管主申请人提出要带多大的团队，都没有一个是被拒绝的。

火星移民的原则是，要把主申请人的移民资格卡得死死的，从源头上就要把标杆立起来。与此同时，不管主申请人，提出要带多大的团队，都不在必要性上质疑。必要团队成员，只要和主申请人一起随迁到火星，签署二十年起步的移民协议，就会拥有相应的权利。

这种表面看起来很人性化的安排，从本质上来说，是火星知道自己条件不好，很难把人留住。越是这样，越要饥饿营销，让移民火星的主申请人资格，成为绝大多数人踮着脚都够不到的。

这样做的好处，是很明显的。经过前期这么激烈的角逐，真的来了之后，就算很快觉得自己上当受骗了，通常也不会说出来。一来，他们原本就是地球上有身份有地位的人，多半不太愿意承认自己太傻太好骗。二来，火星移民条例的第一条，就是不能诋毁这颗星球，一时嘴快，就可能导致永远都回不来。

也不知道这些条例都是谁修订的，简直三百六十度无死角地把这些行业翘楚，都给拿捏得死死的。即便是像米多多这样的星际探险家，也被 PUA 成了现在这个样子。

梁星火是想过自己大概率会被拒绝的。她了解米多多，正如米多多对她的了解。

火星洞幺是一个特殊的存在。梁星火想要回地球，最大的障碍是没有地球人身份。可恰恰也是因为这一点，她采用非正常手段去了地球，最多也就是一个不让入境的结果。任何一个国家的任何一条法律，都不能拿她怎么样。

即便是根据母星火星的法律，梁星火也是唯一一个已经待满了二十年的，方方面面早就超越了中位数合约要求。梁星火去了地球，如果真的不让进，还可以想办法回来。米多多就不一样了，她在地球是有身份的，必须完成移民协议里面的全部条款，才能合法地回到地球。

过去八年，米多多所有的努力，都是尽快等到这一天。如果这会儿是米多多刚来火星的时候，她说不定脑子一热，不管不顾地也就跟着走了。现在进度条既然已经拉到了80%，就没有理由在这个时候前功尽弃。

自从来了火星，米多多的冒险基因，已经所剩无几，也不知道是被火星磨平了棱角，还是悄无声息地被梁星火给偷走了。现在的她，绝对做不出一气之下移民火星这样的事情。

"火阿，你确定，你能凭借自己的能力去到地球？"越是喜欢冒险的人，越是知道，什么样的冒险可以做成一个节目，什么样的冒险会带走一个生命。

梁星火甩了甩及膝的长发，用一种近乎妖娆的姿态，手动把米多多的嘴角往上提："我的好米姐，你别这么愁眉苦脸行不行？你满可以等我死在回地球的路上，再给我哭丧。"

米多多听不得这样的话，她和梁星火虽然是朋友，但从某种程度上来说，她觉得梁星火是自己的养成系。她把自己会的，都教给了梁星火。梁星火也早早就青出于蓝，以至于现在连她都瞒。

米多多这会儿也想明白了，梁星火既然把截留总设计师的想法，放到明面上说，就肯定会想办法把她择干净。帮不帮凶的，已经不是米多多关心的事。米多多给了梁星火一个拥抱，在她的耳旁留下一句叮咛："火阿，既然要回去，就要平平安安地到达，知道吗？"

"放心吧，米姐，我已经演算了所有可能的结果，也愿意承担一切可能的后果。"

有什么好怕的呢？太爷爷能把死在移民火星的路上，当成是自己的梦想。她为什么就不能反过来，带着回到地球的梦想，死在路上。

第三章　星火燎原

方原有些激动，算算时间，离开地球已有半年。再过不久，他和梁天总设计师的星舰，就将到达火星中继站。过去半年，都是由他负责照顾行动不便的梁天总设计师。说是照顾，其实也并不需要做什么。在没有重力的环境下，地球意义上的行动不便，有 90% 都是可以克服的。

连脑组都没有的方原，显然是不符合银河之旅招聘条件的。这一切，从他亮明奇迹宝宝的身份之后开始改变。审核组没有再次驳回他的申请，而是把他的资料，连同最终几个入选人的一起，递交给了梁天总设计师。

方原就这样踏上了银河之旅，用他自己避讳了十几年的特殊身份。火星对他的吸引力，早就超越了一切。这样的吸引力，让方原暂时封存了自己和梁老头之间的恩恩怨怨。只要梁天不主动提起，他就绝对不会开口。也不会让梁天知道，自己是从什么时候开始有的记忆。更不会让他知道，自己一直在调查方心阳和戴冰艳院士的真正死因。

方原深深吸了一口气，闭着眼睛，慢慢吐出来。人间自有公义在。善恶到头终有报。

火星临近，地面指挥中心，把手动操控星舰的权限开放给了方原，以便处理进入稀薄的火星大气层之后有可能出现的问题。

方原等的，就是这个时刻。即将到达的火星，是太阳系中仅大于水星的第二小的行星。魂牵梦萦了这么多年的梦中情星，来都来了，怎么都不可能只远远地看一眼？

方原没有先天植入的脑组，但他有天生的脑子。只要把他和梁天搭乘的银河之舰给折腾坏了，进了中继站就不再具备继续航行条件，他就能滞留火星，植入梦寐以求的脑组。

偌大的火星，难道还容不下火星移民计划的总设计师？难道会亏待随迁的唯一一个（必要团队）成员？方原一早就想好了，哪怕他人微言轻资历尚浅，架不住他现在身份特别，他可是给梁天总设计师开星舰的。如果领导是螃蟹，司机就是绑在螃蟹身上的稻梗绳。单独放着一文不值，但放在一起称重，就和螃蟹是一个价格。

2020年代的司机，只是开开汽车，就能有这样的特权，2070年代的方原可是驾驶了一艘人类迄今为止最先进的星舰。能够避开脑组，全手工操作星舰的年轻人，方原认第二，就不允许有人认第一。奔赴火星的这半年，方原一边想象着自己植入脑组之后的生活，一边避开地面指挥中心，神不知鬼不觉地给银河之舰造成些许不可逆转的小小伤害。

身处地球，火星是夜空中最亮的红色星星。人类对火星产生狂热情绪的时间，是非常有限的。这一抹红色，引领着现代人的疯狂，承载着古代人的血光。在20世纪之前，那么漫长的人类文明里，火星是异常罕见的全人类公敌。

天上的星星那么多，同样的一颗星，在不同的文化下，经常会演绎出不同的解读。唯独火星，在航天时代到来之前，得到了全人类、全文化、全语种的一致解读——不祥。

中国古代天文学者称呼火星为荧惑——荧荧火光，离离乱惑。司马迁在《史记》里面说："荧惑为勃乱，残贼、疾、丧、饥、兵。反道二舍以上，居之，三月有殃，五月受兵，七月半亡地，九月太半亡地。因与俱出入，国绝祀。"简单来说，就是病了、残了、死了、打仗了、灭国了……什么不好的都和荧荧乱惑的火星有关。"荧惑守心"也成了中华文化里面最凶的星象。

在别的文化里，差不多也是这么个情况。火星的英文名MARS，来自罗马人的战争和暴力之神马尔斯。在希腊神话里面，对应战神阿瑞斯。阿瑞斯在荷马的《伊利亚特》里面，是杀人不眨眼的凶暴之神，要多残忍有多残忍。总而言之一句话，全世界再也找不到第二颗像火星这样，自古以来都是"全人类公敌"的星星。

方原很喜欢火星的"独特"，连这样的一颗公敌星都能翻身农奴把歌唱，只不过是出生时拿错了剧本的奇迹宝宝，又有什么好轻言放弃？

此时此刻，火星已经近在咫尺。疯狂"追星"的方原已经拿到权限，即将开始手动操控星舰。

此情此景，方原忍不住要吟唱一首他自己写的绝世好歌："啊——啊——啊啊，火星，你是我的梦中情星。啊——啊——啊啊，火星，此刻我正向你飞行。"

这首歌可以说是相当优秀，但凡能哼唱出来的，也会跟着一起变得优秀……别的不说，时间如果倒退两百年，在那个"荧荧火光，离离乱惑"的时代，还不得直接开创一个歌颂火星的新流派出来？再往前倒一倒，唐诗、宋词、元曲在文学史上的地位，还不都要往边上靠一靠……

这是方原此刻的心态——心在飞翔、状若癫狂。他从来都没有真正接近过自己的梦想。哪怕是月球还可以植入脑组的那个时候，他也没能离开地球一步。

同处一艘星舰，方原用完全不在调子上的魔音绕梁，给梁天总设计师来了个立体声环绕。即便如此，都没有被出声阻止。或许，是老人家耳膜的接受度比较高。也或许，是一天天远离故土，再怎么样的噪声也变成了乡音。

来火星的这一路，这位即将百岁的老人，都这么安安静静地待着。

既不高高在上，也不和蔼可亲。如果不是确实有什么需要，基本也不会和方原有任何交流。就算有需要，也是先召唤星舰配备的各类机器人。

方原自是乐得清静。他本也不是真心要陪伴一位老人，更不是真心敬重这个火星移民计划的总设计师。至于一场有去无回的银河之旅，那得看看最终的操控权在谁的手上。

刚出发的时候，因为害怕自己的心思被发现，导致星舰直接被地球控制中心召回，方原还时不时地会对老人家嘘寒问暖的。等到确认过了有可能会被召回的距离，方原就慢慢开始放飞自我。怎么高兴怎么来。身为孤儿，方原其实是很愿意和老人家说话的。可梁老头这种人除外！

"小方原。"

还没唱尽兴，方原就听到梁天喊他，赶紧起身迎了过去："欸，在的，您有什么事儿？"

心里怎么想的是一回事，该有的态度还是得有。这会儿，虽然已经有了手动操控的权限，但地面指挥中心，也一样有。梁老头可是有实验室版脑组的，只要他想，就有一万种方式把消息传回地球控制中心。只要双脚还没踏上梦中情星，就不可以掉以轻心。方原可不想再一次梦断垂成。

"你把这件宇航服穿上，等会儿到了火星中继站，你就留在那儿吧。"

说话间，梁天递给方原的是一套具备悬停飞行功能的隐藏式仿生宇航服。和梁星火身上穿的那套一样，代表着地球的最尖端的科技。作为一个陪同旅行的人，方原并不够格拥有这样的一套宇航服。梁天显然是把自己的户外宇航服给了方原。这一递，直接把方原给递蒙了。这位受世人敬仰的老者，在方原这儿，压根也不是什么好人。

"您让我留在哪儿？"方原出声确认。

"火星。"

从梁天嘴里听到这个答案，方原的心跳忽然就开始狂飙。他明明隐藏得挺好的，一路上，都是把手脚动在了细微的，不可能会被发现的地方。梁天在这个时候来这么一出，是发现了端倪，开始试探？方原的智商不允许他这么轻易就上当。

"梁老，您这是开什么玩笑，我参加的项目是有去无回的银河之旅，要到太阳系之外，寻找人类的彼岸，我留在火星干什么？"

"到太阳系外，寻找人类彼岸的这件事情，交给我这个老头子就好了。"梁天始终都在自己的节奏里面，不太可能被一个二十岁的年轻人带偏。

方原并不是这么容易就放弃的性格，继续努力扯开话题："梁老，您是不是哪里不舒服呀？要不要我让医疗机器人来给您检查一下？"

"我好得很呢。"梁天摆了摆手，单刀直入道，"倒是你，从一开始，要参与这个项目，不就是为了滞留火星，去植入你的脑组吗？"

"我……"方原很想反驳，却是卡顿了半天，再也说不出来一个字。什么叫老人家字字珠玑呢？这明明是字字诛心才对吧。所以，这一路以来，梁天都是在安安静静地看着他的表演？

"你别紧张，银河之舰在进入火星中继站之前，会短暂地和地球控制中心失联。现在，我们一老一小，不管说什么，都会是我们两个人之间的秘密。"

方原惊疑不定地看着梁天，感觉梁老头还是有心想要套他的口供。出发之前，他已经背下了一整本银河之舰的操作手册和注意事项，并没有哪个地方有说到过短暂失联的可能性。方原很确定自己的记忆是不会出错的。

即便是得了梁天的特批，方原也是需要通过最终的规程考试才能上岸的。对于别的申请者来说，这考试无非就是去基组百科里面看一眼，随手就能抄到的内容。方原却是为此累死了不知道多少脑细胞。累归累，只要记过的就不会错。这是方原的基本功，也是他十八岁就拿了两个硕士学位的根本原因之一。

"我就是照顾您生活起居的一个小助理,我和您之间,能有什么秘密?"方原继续死鸭子嘴硬。

"这一路上,我有劳烦过方原小友的大驾吗?"

小友?大驾?这难道还不是话里有话?方原赶紧想办法找补,"我知道我这一路上,有点不那么勤快,这不也是您没有叫我吗?您有事儿喊我,我肯定立马就到啊!"

"我这不就喊你了吗,小方原。"

"我从小就想着要当宇航员,可没有想过要当消防员。"方原还在假装自己听不懂。

梁天也不和方原继续绕弯子了,直接出声发问:"知道我为什么要选你加入这趟有去无回的银河之旅吗?"

"因为看我不顺眼?"方原知道自己没能瞒天过海,就开始破罐子破摔。

梁天忽然就慈眉善目了起来:"傻孩子,你的名字还是我取的,我怎么会看你不顺眼?"

"我的名字是你取的?"方原震惊得连尊称都忘了。

"对,我原本给你取的名字,叫方燎原,后来你妈妈嫌名字太难写,说她自己名字的笔画就多,小时候最烦一遍一遍地写。最后就商量着把中间的字去掉,给你取名叫方原。一个梁星火,一个方燎原,星火燎原,方为栋梁。"

方原出生的那个瞬间,他的爸爸妈妈就死于那么惨烈的意外,自是不可能知道还有这样的小细节。可星火燎原,方为栋梁,是什么鬼话?方原脑子里出现一个大大的问号,怀疑自己是不是出现了幻听。

"我这辈子没有遗憾,也不曾亏欠过任何人,唯独亏欠了梁星火,我帮你留在火星,你帮我和她说声抱歉,在火星的这段时间,你们两个要互帮互助。"

方原脑子里面的问号继续变大。这都什么和什么?这是他能听的?

梁天也不管方原是不是已经消化完了刚才的信息，自顾自地接着往下讲："我千不该万不该设计那样的一个验收标准。人人都说我无私。可是我又何曾想过，最后被留在火星上的那个人，会是我自己的曾孙女。20岁的时候有人问我梦想，我说，死在移民火星的路上。90岁的时候还有人问我梦想，我说，我想亲自执行一趟我自己设计的方案。然后就有了你现在参与的银河比邻计划。真好啊，我的两个梦想合二为一了。"

银河比邻计划就是之前发布招聘启事的那趟有去无回的银河之旅。银河比邻计划的目的，是寻找太阳系之外的高级文明。在这个计划里面，梁天会到达火星中继站，在这里完成补能。但这个补能环节，其实是给银河之舰补充能源、给方原补充火星能量块，和梁天总设计师并没有什么关系。

梁天会在自己一百岁生日的当天，执行银河比邻计划最重要的一个环节。他会在远远地看一眼火星之后，进入一个极冻舱。这个舱体会在不到一秒钟的时间之内，把梁天的体温降到绝对零度——$-273.15°$——以达到人类意义上的死亡，相当于一种比较新型的安乐死。

唯一的区别在于，这种死法，如果有幸在太阳系之外遇到更高级的文明，成功进行解冻，就还会有活过来的可能。哪怕醒来的时候依旧垂垂老矣。但起码可以看一眼更高级的外星文明。

这是梁天亲手设计的最后一个计划，这个计划，一直持续到他死后的不知道多少年。或许，他会永远消失在宇宙的一个角落。也或许，他会遇到人类不敢想象的文明。再或许，银河之舰携带的种子库，会在银河的某一个地方，生根发芽，等待更久远之后的某一代。

……

梁天自言自语般地说了很多，方原巨大的脑容量都差点被击穿。他真的差一点就要被说服了，就差那么一点点。如果，不是亲眼见证过梁天总设计师的绝情，亲耳听到他说的那些无情的话，方原可能真的就这么相信，并且对自己即将要做的事情感到后悔。

那个时候，将满三岁的方原，比一般人要来得早慧。他清清楚楚地告诉保育员，他想和其他小朋友一样拥有脑组，想去月球植入属于他自己的脑组。保育员把他的愿望层层上报。孤儿院的院长说，这样的愿望，只有像梁天总设计师这种级别的人，才有可能帮忙实现。

小小的方原不知道什么是总设计师，但他记住了梁天这个名字。再有人问他愿望是什么，他就说他想见梁天总。人总是要有梦想的，谁知道第二天会不会实现？没过几天，方原的愿望，就在第三个人类太空灾难哀悼日得以实现。

那是奇迹宝宝"接待"过的、最高规格的慰问团。他抱着梁天的大腿，一口一个梁爷爷，好说歹说，撒娇卖萌，撒泼打滚，使出了浑身解数。保育员和他说，这事儿，闹到这个程度肯定就稳了。

方原听罢，心满意足地跟着保育员回去，还没走几步路，就听见慰问团那边，传出来一道愤怒的声音："你们别在我面前提方心阳和戴冰艳，只要有我在一天，你们谁也别想给这个小娃娃开后门，去月球植入实验室版脑组。"

方原永远都不可能记错这个声音。他瞬间泪如雨下。那是小小的方原，梦想第一次大大地破碎。保育员安慰说，总设计师肯定是因为对实验室版脑组有意见，不是对方原想要脑组这件事情有意见。

早慧的孤儿，自然是懂事的。他相信保育员的话，相信爸爸妈妈的导师，相信人类移民火星计划的总设计师。可是，一年后的第四个太空灾难哀悼日，全世界都在直播，梁天在月球植入人类第五个实验室版脑组。

真是可喜可贺啊。那一天，实验室版脑组，第一次在老年人身上基因全序列匹配成功。那一天，是2054年2月22日，方原四岁的生日。每个人都在庆贺，没有太空灾难慰问团，也没有人祝他生日快乐。

小小的方原，受到了大大的伤害。再有人想来慰问，他还都不愿意见了！方原也是有脾气的，不给他的脑组开后门，那就光明正大地自己努力去拿!

记忆最初发生的这些事儿,是方原拼命努力并且极力隐藏奇迹宝宝身份,最根本的原因。孤儿院从院长到保育员,都和方原说,他的爸爸妈妈,是梁天总设计师最得意的学生。还给他规划了一些和航天有关的成长路径。所有人都觉得,有了和梁天的这一层关系,方原未来的发展,将会有无限的可能。也不知道是真的都这么认为,还是以为三岁小孩什么都不懂。

14岁,方原考入爸爸妈妈的母校,带他的导师,是个叫蓝茱宜的副教授。蓝茱宜是方爸爸方心阳的学生,从研究生一直带到博士后。博士后出站,又来到了方心阳院士的材料实验室做副研究员。副研究员就相当于是副教授。按照正常的流程,蓝茱宜这会儿就算不是院士,怎么也是教授和博导了。二十年过去了,蓝茱宜从研究岗位到教学岗位,愣是连职称前面的副字,都没有去掉,算得上学校里面最不思进取的导师之一。

方原虽然没有脑组,却是实打实地,在十四岁就通过了入学考试。想要带方原的导师,可不止一个两个。原本都已经要提前退休了的蓝茱宜,忽然和变了个人似的,费了很大一番功夫,才把方原收入自己的麾下。

在方原看来,蓝茱宜对方心阳院士的思念,大大超过了他这个为人子的。这也不难理解。毕竟,方原连爸爸的面都没有见过。蓝茱宜却是方心阳院士一手培养起来的博士后。

蓝茱宜是方心阳高性能材料实验室比较核心的成员。如果没有出20年前的那次事故,如果一切按照计划进行,方原会有实验室版的脑组,蓝茱宜大概率已经成为院士,也有可能弃文从商,累积到常人无法想象的财富。

方心阳主导的是材料和地外能源运输。在悠悠历史长河里面,人类的运输方式,从地面运输,到空中运输,再到太空运输,都是一步一步循序渐进的。人们也早就习惯了,从月球开采资源,就近提炼,然后通过运载火箭、飞船、星舰等等的形式，把资源源源不断地运送回地球。甚至也有人试验过科幻作品里那种太空电梯的可能性，但没有成功。真要能建太空电梯，维护的成本也是惊人的。

结合自己的两个主研究方向，方心阳院士提出了一个非常大胆的假设。

假设，有一种高强度材料，能够经受得住地球大气的摩擦，让包裹在里面的物体，不会像陨石那样，在大气层过度发热燃烧殆尽。那么，有没有一种可能，把提炼好的氦三，装在这样的高强度的材料里面，利用月球引力只有地球 1/6 的事实，以投石机的方式，直接从月球向地球抛射。

第一步，从月球抛出去，脱离月球的引力；第二步，地球大气捕捉，进入地球引力环境。方心阳的这个想法，在刚提出来的时候，是非常颠覆人类的认知的。他的这个提议，简单来说，就是在月球把氦三能量球抛出去，在地球直接把这个能量球给接好。

方心阳是材料和能源运输两个领域的顶级科学家。他不管别人认为有多疯狂，也不管当时有多少专家和学者在批判。带着包括蓝荣宜在内的氦三投掷实验室的成员，埋头苦干，通过一次又一次的科学实验，一步一步地证明了这个计划的可行性。去月球做实地测试，是氦三投掷计划的最后一个环节。

这个测试做完之后，就将彻底颠覆地月能源运输渠道。这将不仅仅是学术上的成功，更将是这种新型专利材料的成功。专利的背后，又是巨大的经济利益。把氦三能源从月球运送到地球的费用，会变得连原来的 1% 都不到。

这个方案如果成功了，方心阳院士现在的地位，绝对不会比梁天总设计师低。蓝荣宜并不是为了钱才做这些研究的，她是真的觉得，自己正在参与一个改变世界的研究项目。

要是没有 2050 年 2 月 22 日的那场高空解体，蓝荣宜就算没能和她的导师一样成为院士，怎么也得是个细分学科的带头人。绝对不可能像现在这样，教授前面还带个副。蓝荣宜可以不在意金钱和利益，却没办法不在意，自己这么多年的努力，就这么付诸东流。

方心阳院士在那场人类最惨痛的太空灾难中离世，实验室的每一个人，都是方心阳院士亲自培养的。这些人，和方心阳一样，是十年如一日，为颠覆地月能源运输渠道而努力。方心阳的离世，对实验室的损失肯定是惨重的，但月地能源投掷实验室并没有因此关停。

即便会有一段时间的混乱和群龙无首，只要有一个德高望重的人出来坐镇，或者，哪怕只是给实验室找一些后续的投资，问题也就不会太大。原本就只差最后一步的月地能源投掷计划，顶多推迟一年，也一定能够实现。

参加完方心阳和戴冰艳的葬礼，蓝荣宜就直接去找了自己的"师公"——人类移民火星计划的总设计师。蓝荣宜本是满心期待，到头来，梁天非但没有帮忙，还主导直接关停了这个实验室。又非常"好心"地给蓝荣宜这一帮人，安排好了非实验岗的教学工作。

月地能源投掷计划一取消，月球和地球之间的能源运输，就一直沿用了月球基地最开始的运输渠道。掌控这个渠道的人，叫梁鑫渠。梁天的梁，渠道的渠，中间夹杂的那一个字就有三个金。这个人是梁天总设计师的孙子，梁星火的亲爹。也是这个人，拍板决定把梁星蓝带回地球，让梁星火独自留下。

蓝荣宜眼睁睁地看着实验室被关停。马上就要成功的月地投掷计划就这么付诸东流。她反抗过，呼吁过，投诉过……她把自己能够做的一切都做了，但也没能改变这个结果。

蓝荣宜对梁天总设计师，自然是有很多怨气的。但她同时也有证据能证明，她说的每一句话，都是事实。拥有这样的身世，听过那么冷酷的言语，再遇到这样的一位导师……方原没有一见到梁天直接上手就是一拳，就已经足够克制。

方原是亲身感受过，这位人类移民火星计划的总设计师，是怎么给自己和家人谋福利的。方原实在是没办法相信，像梁天这样的人，会有什么好心。银河之舰即将到达火星中继站，梁天自顾自地讲了一堆，就只有两句话，方原听着像是真的——"人人都说我无私"，"可是我又何曾想过，最后被留在火星上的那个人，会是我自己的曾孙女"。

第四章　答疑解惑

梁天略带颤抖地走到极冻舱边上，语重心长地对方原说："小方原，等会儿到了火星中继站，银河之舰就彻底交由你去控制了。我会让太阳系数字模拟系统，出具一个事先设定好的运算结果。如果带着你这样的一个活人，一起踏上后续的银河之旅，银河之舰就一定不可能飞离太阳系。唯一有可能改变这个失败的结果的，是抛弃银河之舰，让极冻舱带着种子库，以极限速度飞离太阳系。只有轻车简从，才能保障极冻舱在离开太阳系之后，还能保有在银河之中找到未知的彼岸的可能，我的极冻也才有意义。"

方原还陷在之前的情绪里面，听梁天一口气又说了这么多，才终于想起来要接话："所以，您是事先准备好了一个假的运算结果，准备等会儿到了中继站公布？"

"不，即将公布的这个运算结果才是真的，我之前用来做银河比邻计划的那一套数据，才是有出入的。"

梁天是深空探测领域的泰斗。他之所以能成为人类移民火星计划的总设计师，主要的成就有两个，都算是深空探测的细分领域。

第一个细分领域，叫地外大气改造。人类想要移民外星，当然是可以带着氧气瓶一类的生命保障物资去的。但什么都靠从地球带过去，肯定是不现实的。一开始带过去一点建试验基地肯定没有问题，永远靠着地球补给,就肯定不是长久之计。

月球那种离得特别近的卫星除外,人类想要移民到太阳系的任何一个星球,首先要改造的是大气,呼吸才是人类赖以生存的根本。主攻这个方向的深空探测科学家,在外人眼里,会特别像是一个气候专家。

第二个细分领域,是梁天总设计师的开创性研究——太阳系数字模拟系统。数字和模拟,都是21世纪初就已经被人所熟悉的概念,听起来像是非常古老的东西,但直到2070年代,都还是全人类最尖端的科技。

数字模拟太阳系,不是简单地建立一个太阳系的图片系统,而是要精准运算太阳系里面,所有星球的地壳运动、磁场变化、未来趋势。这是一个极其可怕的运算。想想2020年代,精准预测一场地震需要多大的运算量?那还仅仅是地震,仅仅是地球。把这样的预测模型,做成整个太阳系的,是一般人连想都不敢想的事情,也是梁天一辈子都努力不完的体量。

"您把一套假的数据,提交给了银河比邻计划?然后又用这个假的计划,发布了有去无回的招聘启事?"方原震惊又无语。

"对,你个小娃娃还是很聪明的。"梁天毫不犹豫地就承认了。脸上的表情和个小孩儿似的,还蛮有点得意。

"您为什么这么做呢?"方原一直都知道,梁天不是好人。先有孤儿院听到的那番话,再有导师给的这么多证据。一桩桩一件件,事实摆在眼前。却没有想过,梁天能坏到这个程度。

"因为,我如果给出一套真的数据,这个计划就不可能执行,他们不会同意,让我一个人,去开启这样的旅程。"

"然后您就借此带走一个心甘情愿的年轻人?"

"不,不管和我一起来的是谁,我都会让他滞留在火星。选择你,只是顺带手的事情。"

"活该我倒霉呗?"

"你是挺倒霉的，看到你的申请，才知道你成年之后都还想着来火星，我应该在你成年的时候再去看你一次的。"

梁天的毫不避讳，把方原整得有点蒙，这都是什么和什么？比起之前的恩恩怨怨，方原更想搞清楚现在的状况："既然整个银河比邻计划，都是建立在虚假的数据模型之上的，那您这么做的目的是什么呢？"

"小娃娃，刚不是告诉你了吗？我想亲自执行一趟我自己设计的方案。不能总让我的徒子徒孙，为并不一定合理的计划埋单。"梁天抬起右手，慈爱地想要摸方原的头。方原后退一步避开。梁天讪讪地把右手放下，又把左手拿着的仿生宇航服递了过去，转而催促道："赶紧的，把这套宇航服穿上。替我去看一眼火星时装周。"

方原看着眼前这位眼睛里面盛满了梦想之光的百岁老人。一时间，有点恍惚。他开始怀疑自己一直以来对梁老头的敌意是不是错付了。别的不说，一个即将为探索宇宙的位置把自己给极冻了的老人，还有什么是不能坦白的？

方原伸手接过航天服，却没有直接穿上的意思。他走到操作台设置了多绕行火星三圈，再尝试和火星中继站对接的指令。这样，他就有足够的时间，可以和这位人类移民火星计划的总设计师，好好回顾一下，他过去一百年的人生。

这位老人，是东方红一号的同龄人。这位老人，亲眼见证了中国航天一百年的辉煌历程。这位老人，有没有可能真的是一位值得敬重的人类太空移民总工程师？

"小的时候，在孤儿院，我听人说，我的爸爸妈妈，是梁天总设计师最得意的门生。"方原终于问起了自己真正关心的问题，却没有使用疑问的句式。无他，唯别扭耳。

"是啊。你妈妈在氦三能源提炼领域的研究成果，至今都影响着整个月球氦三能源产业。如果没有你妈妈，地球的能源可能已经出现了一个断代。"

听完这番话，方原的心里五味杂陈。梁天说的是事实。每年的 2 月 22 日，人们怀念的最多的，就是戴冰艳院士。

"嗯，我妈妈当年的学术研究论文，至今仍然是被转引次数最多的。"

"对，你妈妈和你一样，是个小天才，你妈妈上大学那会儿，应该也就 15 岁。"梁天一脸欣慰地回忆。

"梁老记得这么清楚呢？"

"那可不？孤儿院的人不都和你说了，你的爸爸妈妈是我最得意的门生。"梁天洋溢出身为老师才有的自豪感。

"我的妈妈确实拥有可以改变月球能源产业的研究成果，她也一直因为这件事情被人铭记。我的爸爸，可就没有这种级别的成就了。"方原口不对心，在心底里为方心阳院士鸣不平。

"你爸爸的成就，其实应该是大于你妈妈的，或者，至少也是同等级的。"梁天纠正了一下方原的说法，又道，"你的爸爸和妈妈，他们两个人，是互相成就的。"

"相互成就？"方原不明所以。

梁天抓着方原的手，一脸慈爱地拍了拍他的手背，出声说道："他们俩啊，不仅都是我最得意的门生，还是牵的最得意的一根红线。"

"既然这样，那您为什么要亲手关停我爸爸的实验室？"方原问得直接，他本来就不喜欢拐弯抹角。他之前不说，是因为早早地认定了自己亲耳听到的事实，觉得完全没有必要。

"关停你爸爸的实验室？"梁天抬眼看向方原，"你说我吗？"

方原直视梁天的眼睛，毫不避讳地回应道："对。"

"小方原啊，你是从哪里听到的这个消息？"梁天伸手想要摸方原的头，被方原给避开了。

"我……"方原卡了卡，"从哪里听说的重要吗？"方原没有提起蓝荣宜，因为这也是完全没有必要的事情。

"是不重要。"梁天笑了笑，"我没有关停你爸爸的实验室，我只是阻止了你被送上月球。"

方原瞪大眼睛，他这会儿是真的被惊到了。他原本想着，如果梁天质疑他的消息来源，不承认曾经主导关停过月地投掷实验室，那他就拿小时候自己亲耳听到的事情说事。他这都还没有开口呢，梁天自己就合盘托出了。

震惊之余，方原打开了记忆的阀门，用尽可能沧桑的声音，重复了印刻在他记忆最初的那句话：你们别在我面前提方心阳和戴冰艳，只要有我在一天，你们谁也别想给这个小娃娃开后门，去月球植入实验室版脑组。

这一回，轮到梁天意外了："小娃娃，你怎么会知道这句话？"

"我当时在现场。"方原尽量不带情绪，他不希望让梁天看出来，自己这么多年怨恨的根源所在。

"是这样……"梁天像是陷入了思考，几秒过后，开口问道，"你当时……还不到三岁吧？"

"刚刚好三岁。"方原出声回应。

"三岁生日当天的事情就记得这么牢靠啊？"梁天笑了笑，带着一丝释然，"怪不得，商业航天局的人说你对我有敌意呢。"

方原自是不知道有这么一档子的事情。回头想想，倒也没有什么好意外的。毕竟，因为没有脑组被银河之旅拒收的那个时候，他也没有在工作人员面前藏着掖着。一口一个梁老头地喊着。他当时已经有些自暴自弃了，他又不是第一次因为梁天，和自己的脑组擦肩。

"那您有什么要解释的吗？"话既然都说到这儿了，方原就更直接了。这么多年，记忆最初的这番话，一直都藏在方原的心里。他拼命努力让自己变强大。不管是之前想要去月球，还是这一次来火星，都是想让自己变得更优秀。拥有脑组，只是通向优秀的第一步。方原最终的目的，是希望有更多的话语权，能为自己的事情做主，能为爸爸妈妈申冤。

"没有。我确实是这么说的，而且，也让底下的人，严格执行。"

梁天当面都没有否认一下的态度，让方原的心里面有些不舒服："您为什么呢？如果您不喜欢实验室版的脑组，那您自己又为什么要去植入呢？"

"这和脑组有什么关系啊，小娃娃。"梁天叹了一口气，随后又慈爱地拍着方原的手背，"我啊，是不想让你像梁星火一样。"

"您怕我和她一样优秀，夺走了属于火星洞幺的光环？"

身为长辈，为自己的晚辈谋福利，这也算得上人之常情，但明目张胆到这种程度，还是有点让人难以接受。

"你本来就比梁星火优秀，这和我怕不怕有什么关系？"

"您觉得我比火星洞幺更优秀？"

方原自己都不这么认为。他讨厌梁天的虚伪，却不讨厌梁星火。他虽然没有脑组，接收不了专属频道，不可能邀请梁星火过来虚拟生活，还是可以通过别的途径，了解了火星洞幺和"火星探险"系列。方原做梦都想去火星，自然会对"火星探险"感兴趣。

"星火不过是一个平平凡凡的女孩，她原本应该有幸福美好的生活，都是我的错。"

"错了？错在哪里？整个太阳系，谁不知道火星洞幺是火星移民计划最亮眼的成绩单，比地球上的芸芸众生，都要更加优秀。"

"那应该是外人看起来吧。等你见到了火星洞幺，你帮我和她说声抱歉，她一定不是这么想的。"

梁天越是笃定，方原就越是不能理解。这一老一小说的话，怎么听，都不在一个频道上。

"小娃娃，你知道吗，尽管我一开始就很激进，但我在设计人类火星移民计划的时候，其实是没有想过会这么快进入执行阶段的。"

梁天没有问，为什么刚刚明明都已经要到火星中继站了，却是过了这么久，还没抵达。既然方原想知道，他就认认真真地把火星移民计划里面，一些不为人知的设定由来，一个个说给方原听。

月球能源基地，从2030年就已经有好几个国家开始着手组建了。

但人类移民外星的计划，不管是月球还是火星，其实都是差不多时间启动的。甚至可以说，火星移民计划，开始得还更早一些。火星移民一直到2070年代都没有月球那么成熟，主要是因为距离的问题，而不是开始时间的问题。

移民火星并不是什么新鲜的概念，梁天小的时候，就已经有人在说。听起来就很浪漫，很让人向往。但真到了要执行的阶段，就开始有很多反对的声音。其中有非常重要的一个观点，是认为人类的婴儿，在空气食物这些都不缺的前提下，还是没办法在火星上正常生存。不仅难，还有可能出现基因突变。

持有这种观点的人，主要是考虑到了地球和火星引力环境的不同。不管再怎么改造火星磁场和大气，火星本身的质量和火心引力，是没有办法改变的。这种观点认为，火星的引力只有地球的0.38倍，人类移民的后代可能因为环境产生基因变异。也就是说火星人和地球人，从长相开始，就会很不一样。上肢会非常粗壮，下肢会逐渐退化一些，身高又会比地球人高很多。总之呢，辛辛苦苦移民去了火星，最后所有后代都变成了怪物。

从引力的角度出发，只有地球的1/6的月球，就比火星要危险很多。人类第一个实验室版脑组出现在火星而不是月球，关于引力环境的讨论，算是主要的原因。如果只是科学试验基地，那怎么麻烦怎么恶劣，有什么特殊情况都没有关系。如果要人类长期过去居住，那就完全是另外一回事。

梁天对这件事情持有不同的态度。人类的体态外貌，都是在悠悠历史长河里面慢慢形成的，并不会因为移民一下，就忽然出现巨大的变化。地球那么大，人种那么多，论外在，其实就还是差不多一个样。

引力环境的改变，肯定是会有很大的影响的。人类如果生活在火星，因为引力小，说不定衰老也比较慢。至少松弛和下垂什么的，肯定不会像地球那么严重。关节一类的问题，在火星上，说不定也会有很大程度的缓解。再有就是哺乳动物火星繁殖实验，确实也没有发现有突发的巨大变化。

那是学术界的一次无比激烈的探讨，讨论到最后，就有学者认为，别的哺乳动物和人类是完全不同的。别的哺乳动物生下来就能走能跑，人类行吗？人类要是一个人在火星那样的环境生活，有可能一辈子都学不会直立行走。这些探讨，并不是针对什么人，只是大家各抒己见，谁也说服不了谁。

基于这样的讨论，梁天在设计人类移民火星的计划的时候，陆陆续续增加了很多验收标准。但总有人在鸡蛋里面挑骨头，影响火星移民计划的推进。梁天是和那些人赌气，才会提出了让一个在火星出生的人类婴儿独自长到三岁这么离谱的验收标准。

梁天和这些人辩论，一天天，一年年，他们提出一个极端情况，梁天就给出一个极端的解决办法。梁天说我没想过这个方案会通过，更没有想过最后会是我自己的曾孙女，成了这个人类幼崽。火星洞幺的诞生，源于一个又一个的意外。事情的发展，也超出了当时还不是人类移民火星计划总设计师的梁天的掌控。

梁星火并不知道当时的过程是什么样的，她只在成年的那一天，知道自己还有一个被保护起来的弟弟。火星洞幺一举一动都在全人类的关注下，梁星蓝却和隐形了一样，从来都没有任何的消息传出，就和世界上根本就没有这个人似的。这样的区别对待，也成了火星洞幺最大的心结。

第五章　拉开序幕

方原被这个故事给惊到了。火星洞幺竟然是在这样的背景下诞生的。方原想说点什么，又无从下嘴。以前总听人说，家家有本难念的经。方原一直对这个说法表示怀疑。谁家的经能有他一个出生在太空灾难的孤儿难念？现在倒真的觉得，不管是什么样的家庭，都一样有着自己的不容易。可这一切，和他又有什么关系呢？

方原这么想，也就这么问了："火星移民计划能不能通过验收，和阻止我去月球植入实验室版脑组，又有什么关系？"

"小方原，这个问题的答案，还得你自己去找，你这么聪明，很容易想明白的。"

方原一脸无语地看着梁天。都说老小孩儿，老小孩儿。梁老小孩儿这莫不是在玩他？前面讲得那么欢乐，关键时刻直接没了。他要是能想明白这个问题，又何至于这么多年"隐姓埋名"？

既要拼命努力为自己争取到月球植入实验室版脑组的机会，又不能太过出挑，让那个从一开始就针对他的总设计师发现端倪。回头想想，方原自己都觉得很不容易。如果没有导师蓝茱宜，他可能都坚持不到十八岁。

好不容易，梦想近在眼前了，一场月球脑组实验室的事故，又让他一夜回到解放前。他都已经放弃了，自暴自弃做了两年咸鱼。梦想的号角再一次吹响，方原怎么都不可能就此放过。

"小娃娃，你别拿这种眼神看我。我当然可以和你讲大道理。可是，这人生在世啊，有很多事情，都得自己想明白了，那才叫真的明白。尤其是对你来说，很重要的事情。"

方原捋了捋梁天刚刚这句话里面的逻辑。半天也没捋明白，这位百岁老人，到底是和他讲大道理了，还是没有讲。

对于梁天总设计师来说，不允许别人给他这个出生于太空灾难的小娃娃开后门，可能只是他说过的无数句话里面的一句，在方原这儿，却是他记忆最初，如噩梦般的存在。像一座大山一样，压得他喘不过气，只能没日没夜地拼命努力。

都到了这个时候，一句轻飘飘的话，让他凭借自己的聪明想明白，肯定不在方原接受的范围之内。别人都说，聪明反被聪明误。到了方原这儿，就变成了聪明反被聪明苦。

"您哪只眼睛看到我聪明了？我改还不行吗？"

"这你可改不了，都是天生的，是你爸爸妈妈留给你的。"

原本只是一句无奈的玩笑，梁天却回答得异常认真。世界上怕就怕认真二字。梁老头既然认真起来，那就好办了。又不是只有老年人才会认真，小娃娃认真起来，才不管对面人的年龄有多大。

"我爸爸妈妈留给我的，除了基因，应该还有一笔不小的财富吧？您那时候那么生气，不让别人提我的爸爸和妈妈，是不是也和这笔财富有关系？"方原直击要害。

"财富，什么财富？"梁天出声反问。

看着总设计师的一脸无辜，方原只能把"认真"执行得更彻底一点："我爸爸那些至今都有争议的研究领域和已经关停的实验室咱暂且不提。我妈妈作为氦三能源提炼领域的专家，她的那些研究成果，难道没有一个是有专利的？"

越是顶级的专利，越有顶级的收益。

"确实是没有的。"

"喊。"方原从牙缝里面漏出一个字,就差直接再翻个白眼,"嘴里一句实话都没有。"

看到方原的这番作态,梁天倒是一脸的笑意:"小娃娃,你别不服气,你会这么想,就说明你不如你的母亲。"

"什么意思?"

"你妈妈的研究成果,是能直接改变地球能源结构的。她当然可以拿那些研究去申请很多专利,创造丰富的个人利益,但是你妈妈没有。她认为,只有公开这些成果,才能更快地解决地球能源危机。"

这话倒也没错。来自月球的完美能源,的的确确改善了地球人的生活,保护了地球的环境。正是因为没有专利壁垒,才有现如今蓬勃发展的月球能源产业。但要不要公开专利的选择权,始终是应该给到发明者自己。

戴冰艳可以选择公开在能源提炼方面的专利,方心阳也可以选择不公开自己实验室的专利。如果公开了,那原本就掌握月球能源运输渠道的人,自然可以更快、更便捷地进行使用。谁会从这件事情里面得利,不言自明。

"所以,您就让我爸爸的月地投掷实验室也公开全部专利,不公开就直接关停?"方原继续直切主题。

"这又是谁和你说的?"梁天看着方原,明显有些生气。

"您甭管,反正您不许别人提起方心阳和戴冰艳,总是我亲耳听到的吧,那语气,明显不属于对得意门生的夸赞。您分明是打心眼里就对我的爸爸妈妈有意见。"

梁天很快压下了自己的怒气,他叹了一口气:"小方原,你说得对,我确实对他们两个有意见。"

"终于愿意承认了?"方原眼睛一眨不眨地等着梁天的解释。

"本来就没有什么不能承认的,我和你爸爸妈妈的分歧,不在学术领域,我不同意的是,他们要让你出生在月球的这个决定。"梁天说道。

"他们是我的爸爸妈妈,他们为什么不能决定自己的小孩在哪里出生?难不成,您从一开始就知道会发生事故?难不成这一切都是人为的?"

坊间不是没有这样的传闻。

"没有证据表明,那场事故不是单纯的意外。"梁天出声否认。

"行,就当是您说的这样。"方原话锋一转,"既然如此,您又有什么理由,从我妈妈一怀孕就开始反对呢?"

"你错了,小娃娃。"

"我哪里错了?"

"我不是从你妈妈一怀孕就开始反对,我是在她怀孕之前,就已经开始反对了的。"

梁星火出生在2048年中,方原出生在2050年初。其间,隔了差不多有一年半的时间。考虑到方原六个半月就出生了,戴冰艳怀孕的时候,梁星火差不多刚好是一周岁。

一周岁,对于独自在火星生活的火星洞幺来说,是一个非常重要的节点。这之前,她就是个小婴儿。会不会说话,会不会走路,能不能学会自己吃饭,等等的一切,都还不在人们期待的范围之内。火星洞幺也没有表现出来和地球上的人类幼崽有什么太大的区别。

梁星火异于常人的学习能力,是从一周岁生日之后开始显现的。一摸索着站起来,走路就直接稳到不行。一开口说话,没多久就能整句整句地冒。看看视频,就能从只会用手抓能量块充饥,晋级到左右手一起用筷子。

梁星火一周岁生日往后,就开始了飞跃式的进步。从这个时候开始,人类火星移民计划的最后一项验收标准,其实基本就算是达到了。只不过,因为最初设定的是三年,怎么都还得独自待满最初设定的时间,才能出最后的验收结果。

方心阳戴冰艳夫妇都是研究月球能源和运输的顶级科学家,眼看着火星那么偏僻的星球,即将在两年之后拥有人类移民区,离得最近的月球却一点动静都还没有，一想起来就忧心忡忡——研究月球的人怎么能落在火星之后！

眼看着火星洞幺即将成功，方心阳和戴冰艳一合计，就想着要把火星的第一版人类外星移民验收标准，直接复刻到月球移民计划上来，并为此身体力行。

夫妻俩刚有这个想法的时候，就和自己的导师透露过。梁天一开始并没有把这当回事。戴冰艳那会儿就已经是院士，在院士里面再怎么年轻，年龄也已经过了四十五岁。

方心阳和戴冰艳结婚多年，感情一直很好，却没有生过小孩。在2050年代医学背景下，四十五岁的女性，想要一个自己的小孩，早就不是什么难事。但第一版人类外星移民计划认可的一号公民，是必须在那个星球自然怀孕且自然出生的。

梁天听听也就过了，想着自己的这两个得意门生，是开玩笑的成分居多。直到这两个人在月球试验基地造人成功，开始给方原申请实验室版脑组，事情才再一次传到了梁天的耳朵里。

梁天一过问，夫妻俩连一秒的不好意思都没有，就开始和自己的导师商量，未来月球一号公民的验收标准。在方心阳和戴冰艳看来，火星洞幺在刚刚周岁的时候，就已经大获成功，月球一号公民的验收期，只要一年就已经很足够了。

一向把方心阳和戴冰艳视为自己最得意的门生的总设计师，却在这个时候公开出来阻止，并且反对得很强烈。梁天的态度，把那些一开始站在他的对立面，反对火星移民计划的学者都给弄蒙了。大家拼命反对的时候，梁天说没有问题。现在大家都被事实给说服了，梁天自己又跳出来出尔反尔。

这些信息，是公开资料里面查得到的，在当时的学术界闹出了不小的动静。方心阳和戴冰艳夫妇更是百思不得其解。导师还是那个导师，标准也还是那套标准，态度怎么就忽然发生了180°的变化？

第一版人类外星移民计划有规定怀孕的方式和出生的地点，但没有说怀孕之后能不能返回地球。毕竟，那一版计划原本就是针对火星设计的，在火星怀孕之后，如果还想着回趟地球，那就没可能在火星出生。方心阳和戴冰艳夫妇又合计了一下，决定回趟地球，和自己的导师好好商量。

本来以为见面了，一切就会有转机，哪知道梁天从头到尾就只说了四个字——休要再提。一直到方原的实验室版脑组都申请好了，梁天还是没有松口，更没有在人类移民月球计划验收标准上签字。

后来，那个原来反对火星移民计划反对得最热烈的学者，一个同样泰斗级别的科学家，给了方心阳戴冰艳夫妇一个非常合理的解答。

假如月球一号公民计划，只要一年就能完成验收，岂不是比火星洞幺计划还要更早完成？这样一来，不就直接截留了火星洞幺计划的首创影响力？这位泰斗对方心阳和戴冰艳进行了一番敲打——你们两个逆徒，都把自己的月球移民计划折腾到导师的火星移民计划之前了，这要还不被反对，那才叫奇怪！

原本一头雾水的方心阳和戴冰艳夫妇被这么一敲打，瞬间就有了醍醐灌顶的感觉。回去就把月球一号公民最后的验收条件，从一年改回三年，又去找梁天。这一次，方心阳和戴冰艳直接被毫不留情地赶了出来。

那个时候，人类移民火星计划还没有正式执行，火星上，始终还只有梁星火一个孤零零的公民。梁天总设计师也还没有今时今日的影响力。梁天毕竟不是月球移民项目的提出者和负责人，再怎么极力反对，方心阳和戴冰艳提交的月球一号公民计划，还是得到了有关方面的批复。

人类月球移民计划，就这么按部就班地开始推进。然后就发生了震惊全球的"2·22"太空灾难事故。这时候，就有人后知后觉地说，梁天肯定是预见到了这样的事情才会反对。可他又是怎么预见到的呢？这里面是不是有什么阴谋呢？

这一切的一切，随着人类移民火星计划正式启动，奇迹宝宝的人间蒸发，以及梁天身体力行去月球植入实验室版脑组，而慢慢被地球人淡忘。

话都已经说到这个份上了，方原也没有必要再藏着掖着："梁老头，成为第一个人类移民外星计划的缔造者，对你来说，就真的这么重要吗？你为什么就不能允许月球一号公民先一步验收完成呢？"

"你又错了，小娃娃，这个缔造者的名头，是我这辈子最不想要的成就。"

"你觉得我会信？"

"你会的，你只要见到梁星火，你就会知道，我当年设定的验收标准，有多么反人类。"

梁天没等方原给出反应，就摆了摆手，示意他赶紧到星舰的操控台去："小方原，你再不和火星中继站对接，可能就真的没办法踏上你的梦中情星了。"

梁天把自己脑组里面的信息，投射到了银河之舰的操控台前。地球指挥中心已经通过梁天的脑组问了好几遍，银河之舰为什么一直绕行火星，是不是手动操作遇到了什么问题。

……

地球时间2070年4月24日21时35分，梁天正式成了百岁老人。方原在这个时候，手动接管了银河之舰，梁天的脑组在同一时间触发了百岁监护。与此同时，第一届火星时装周，也在万户广场拉开序幕……

万户，是全世界公认的、人类历史上第一位宇航员。阿波罗登月那会儿，发现了月球的背面，有一座环形山。第二年，也就是东方红一号升空的那一年，国际天文联合会用万户的名字，命名了月球背面这座环形山。这一年，距离明朝人万户离世，已经过去了整整580年。

万户身体力行，实践中华千年之飞天夙愿。他双手举着两个大风筝，坐在绑了47个自制火箭的椅子上。用的全都是他当时能买到的，最大的火箭筒。

喊人点火，准备升空，然后……尸骨无存。那么悲壮、那么勇敢，充满了想象，哪怕以失败告终，也留下了比流星还要绚烂的历史痕迹，为世人所铭记。月球上发现的第一座环形火山，被命名为万户山。

为了纪念这位世界航天始祖，火星上最大的广场，也叫万户广场。火星人类聚集区，是个非常有复古情怀的地方。不知道算不算缺啥补啥。明明没有多少人口，非得在梁星火的 1 号公民证前面挤上八个零，搞得人口分分钟就要过亿似的。

基地的命名也是，明明除了之前的试验基地之外，就只有一个人类聚集区，非得叫洞拐两两，搞得和先前已经有了 721 个火星人类聚集区，并且很快就要突破四位数似的。关键还不叫 0722，专门叫个极致复古的洞拐两两。别的文化里面，多半都没有用洞啊拐啊一类的文字，来形容数字的，这也使得全语种导入的时候，经常没办法做出最精准的表达。

发布会的现场响起了动感的音乐，这音乐的欢快程度，大大地超过了地球时装周的配乐。音乐响了好一会儿，也没有模特走上 T 台。来到第一届火星时装周现场的人，开始有一些小小的骚动。满怀期待来参加时装周，结果你就给我听莫名其妙的音乐？

不仅仅是现场原本就在好奇的人开始不耐烦，通过火星洞幺专属频道收看的宅男们，也开始了议论纷纷。他们中那些闲得无聊的，早就已经开始对照地球上叫得上名号的超模的日程表，想要提前知道，谁会是那个压轴走秀、艳惊四座的超模。

所有日程都被翻了个底朝天了，还是没有发现，有哪一位超模，是消失了几个月，可以忽然过来火星时装周"救场"的。在这种情况下，2070 年代的宅男们，肯定会好奇，所谓一场别开生面的时装周，究竟会是什么模样。

万户广场中央早早就搭建好的 T 台，随着动感的旋律开始发生一些改变。前后不到一秒的时间，整个 T 台就不见了。广场上的座位，也发生了一些位移。原本大家是横着一排一排坐在一起，和古早年代看时装秀的现场差不多,这会儿却是竖着把人均匀地分布到了广场上。

有点像是 2020 年代顶级航空公司里面最大型的飞机才会配备的头等舱独立套房空间布局。这种独立头等舱的布局,每个座位都有一个属于自己的独立小空间。

万户广场很大,能够容纳的头等舱数量,也就不像飞机上那么有限。在座位自动重新排列完成之后,每一位"秀场贵宾"的座椅,都狠狠地抖动了一下。一道机械卡顿的声音紧随其后,像是把每个人的座椅固定在了什么地方。

万户广场的语音播报再次响起:

"女士们,先生们。

"欢迎搭乘火星时装周号弹射胶囊,由万户广场内部,前往万户广场顶部的火星中继站。

"现在,由机器人乘务员,向您介绍户外面罩和宇航服的使用方法,以及广场紧急出口的位置。

"户外面罩储藏在您座椅上方,发生紧急情况时面罩会自动脱落。请将面罩和脑组配对之后,再把头套戴好。

"宇航服储藏在您座椅下方,请您立刻取出,经腿部穿好,启动和头套连接的磁吸接口,并将紧急撤离宇航服穿戴整齐。"

这个播报一出,瞬间就有了小小的骚动。火星移民的标准福利里面,是包含了宇航服的。人手一件,除了号码有大小,其他的都一模一样。

时装周现场发的面罩是升级了的,宇航服更是一件有一件的特色。有旗袍风的,有制服风的,还有改良版汉服造型的。更有历史悠久的动漫人物造型。男款的有悟空、路明非……女款的有比比东、娜美……

这些衣服都不是随便发的,是和每个人在移民火星时,填写的着装偏好一一对应的。由于年代久远,很多人自己可能都已经忘记了。这突如其来的宇航服时尚,给火星移民带去视觉冲击,也带来了心理回忆杀。

梁星火从后台走了出来:"各位火星同胞,你们怎么光看不穿啊?你们该不会以为,我说要搞一场别开生面的时装秀,就只是说说而已吧?"

梁星火是火星一号公民,由于火星洞幺频道的存在,她和所有人,都没有什么距离。

和梁星火面对面地开玩笑,是火星移民为数不多的乐子之一。

"洞幺啊,你该不会是想让我们给你做免费的模特吧?"

"就是啊,不就是把宇航服设计得漂亮一点吗?这样的秀场,月球时装周,也不是没有过。"

"请允许我们妄自菲薄,给我们上黄金比例的超模!"

月球时装周连着办了十年,该玩的花活其实也已经被玩得差不多。一开始,可能大家猎奇的心理比较多。慢慢地就希望在月球能见到正经的时装秀。

梁星火笑着接腔:"你们一个个的,现在这个反应,是觉得火星洞幺的身材不够好?"

很快就有人跟着起哄:"天火良心,我们是觉得火星洞幺只有一个不够分!"

"赶紧把宇航服穿上吧,我亲爱的火星同胞。我要趁着你们换装的时间,和太阳系其他地方的人类同胞,好好打个招呼。"梁星火稍稍离开了地面,悬停在差不多十米的高度,对着不在现场的人喊话:

"地球的父老乡亲们,你们好。"

"我去过你们好多好多人的家,吃着万家饭长大。"

"土卫二和木卫二试验基地的观众朋友们。"

"希望你们的科研成功,能够早日把基地前面的试验两个字去掉。"

"再有就是月球基地的同胞了。"

"我今天不想和你们打招呼,火星时装周的总策划可是存了和月球时装周打擂台的心思的。"

"我就想借着火星洞幺频道问你们一声,火星洞幺上过的擂台,有没有哪个是输了下来的?"

万户广场时装秀现场的那些人,一边穿着户外宇航服,一边整齐划一地高喊:"没有!"

"穿衣服都堵不住你们的嘴。"梁星火数落了底下这帮火星同胞一句,才接着喊话:"我只想问问,月球时装周的策划朋友们,你们是怕还是不怕?"

发布会现场的人并没有就此打住的意思:"洞幺啊,你平时难道都是用嘴穿衣服的?"

梁星火没有回答这个问题,她看了一眼脑组的虚拟屏幕,随即又笑着对现场的人喊话:"你们是不是也看到了,很多身处月球的脑组,发来了挑衅的回应。回的最多的是什么来着?哦……是这条……在宇航服上玩造型的花样,是月球去年就已经玩剩下的。所以,我一直说,我最喜欢月球同胞了,有一说一,要多实在有多实在。"

这句话一出,底下嘘声一片。同样的话术,梁星火拿出来往每个人类聚集区都套用过。这样的喜欢,有那么一点批发。

"别嘘了,我最爱的肯定还是你们这些火星同胞啊。你们可是我的母猩猩……不好意思,一时嘴快,你们是我的母星人。"梁星火边开玩笑边回击:"月球同胞说什么玩剩下,就你们那么寥寥无几的造型宇航服,宝贝一样地只给超模穿。在我们火星,这种程度的宇航服,那也就是日常穿一穿。"

梁星火向来是非常维护火星的形象的。她是火星移民的标杆,负责火星对外的宣传。至少,对外是这样表现的。

负责开场的米多多,这会儿也穿好了仿生宇航服出来。米多多身上的这套户外仿生宇航服的科技含量,和梁星火的差不了太多。她是名动地、月、火三个星球的星际探险家。又和梁星火合作了八年的"火星探险"系列。米多多的装备要是还不顶级的话,火星的福利体系,肯定也会被人诟病。

"好了，既然米姐已经换好衣服了，那我就可以宣布，今天是'火星探险'系列第一百期也是最后一期。"

现场和火星洞幺频道的受众都有些蒙，今天不是庆祝梁天总设计师的百岁诞辰吗？怎么忽然又变成了"火星探险"系列的完结了？

梁星火很快就解答了这个疑惑："为了让我的曾祖父，能过一个热热闹闹的生日，最后的这一期'火星探险'将采用全员参与，全太阳系直播的方式来制作。"

有人问："洞幺啊，全员参与是什么意思啊。"

"每一个穿了我设计的宇航服的人，都得要参与。"梁星火回答。

有不喜欢探险的人反对："这怎么行啊，洞幺，我还得回去喂我的猫啊，在火星养一只宠物有多不容易，你肯定也是知道的。"

有人跟风："是啊是啊，我家的汪星人，刚刚进不来万户广场，现在还在等着我一起回家。"

梁星火的笑容比之前任何时候都更灿烂："我亲爱的火星同胞，你们知道我为什么这么爱你们吗？"

"不知道啊！"这下，不管想不想参与探险的人，都大声地做出了回应。

"因为你们总能猜到我接下来要做的事情是什么。"

听完梁星火的这句话，来参加时装周的人面面相觑。地球人或许有很多想来火星探险的。已经生活在火星这种环境的人，还想着要去探险的，反倒没有那么多。万户广场的人，你看看我，我看看你。在心里面谋划着，要怎么才能溜之大吉，回去和自己的萌宠待在一起。

在火星，拥有一只宠物并不是那么容易的事情。来到现场的人，稍微一交流，就发现人人都是铲屎官和各类宠物保姆。难不成能拥有宠物，才是这次发布会现场选人的标准？

火星有规定不能把宠物单独留在家里。来时装周的人，有一个算一个，都在入场的时候，把宠物交给万户广场的工作人员照顾。

伴随着一段完全不适合走秀的音乐，万户广场的入口，迎来了一大波穿戴整齐的宠物。每一只都不是寄存时候的模样,而是穿着合身的户外宇航服。这些宠物,有些跑得快,有些跑得慢。完全没有整体T台的概念,却无一例外地往自己的主人那里飞奔。

发布会现场一下就热闹了起来。原来,这才是第一届火星时装周的压轴系列——宠物户外宇航服。要怎么评价这个创意呢?宠物主们集体陷入了沉思。这算别开生面吗?

2020年代就已经有很多人出去旅游的时候,会带着自己的宠物了,哪怕给宠物买张机票的价格,比自己的还贵。那些特别有钱的,为了让自己的宠物坐得舒服一点,还会专门为此安排一架私人飞机,让萌宠和自己坐在一起。

2070年的地月常态化航班,也有照这个发展的趋势。但所有的这些,都只是提高宠物在出行路上的舒适度。到了目的地之后,还要带着宠物一起太空探险,就是绝无可能的。究竟是什么样的脑子,会想到给宠物出专属的宇航服系列。

一条待确认信息,出现在了火星时装周现场参与者的脑组里:您是否同意结束在万户广场的寄存,带着您的宠物一起,去没去过的地方遛个弯。

万户广场的这些人,有想过自己会被当成免费的模特。有的挺高兴自己能过一把超模的瘾。有的就想看看梁星火要怎么自圆其说。倒是没有想过,最后扛起时装周压轴大旗的,会是自己的宠物。

有人送成套的宇航服——宠物和主人的户外着装都是一对一对的。有人安排详细的探险计划——米多多的探险团可不是谁都能参加的。现场的嘉宾几乎没怎么犹豫,就点击了同意。这么多火星居民和宠物聚在一起,就变成了一场盛大的狂欢,而不是探险了。

随着现场所有宠物主人完成授权,第一届火星时装周开场秀,暨"火星探险"系列最终章正式起航——(づ●—●)づ《带着时尚萌宠,一起冲出火星》——全实况、全太阳系实时投射——业已开启。

第六章　航天结缘

　　火星中继站离火星地面的高度是 3000 米。万户广场顶棚的高度是 1000 米。也就是说，银河之舰要在离万户广场顶棚 2000 米的高度，完成和火星中继站的对接。

　　对接之后，需要经历一系列的检测。检测完毕，要按照既定的程序开始补能。补能结束，就是银河比邻计划的正式推进。

　　银河比邻，顾名思义，就是在银河系里面，给地球找一个"邻居"。这是人类很多很多年前就已经有的计划。地球有大爱，银河若比邻。有科学家估算过，在银河系，像地球这样的，存在生命可能的星球，有一亿颗之多。这还是严格算起来，如果稍微放宽一点标准，就会变成三亿。

　　存在生命的可能，意味着这颗星球拥有如下三个特征：一、需要有可以支持生命发展的固体表面；二、距离所在恒星系的距离适中，不那么冷也不那么热；三、要位于宜居带中，存在生命必需的液态水资源。

　　但生命的可能，和生命是两个概念。就像太阳系的这些已知已勘测的行星和卫星，也有好多是曾经被认为存在生命可能的。真正登陆上去之后，又发现并没有。即便如此，科学家们也还是会在这些星球上，不断地探索和寻找。

现在没有生命，那是否曾经有过呢？对于从事深空探测的科学家们来说，寻找曾经有过的生命痕迹，几乎是和寻找生命体同等重要的事情。相当于宇宙考古。研究明白了恐龙是怎么灭绝的，就能对人类的生存和发展，找到更好的方向。明白了地外星球的生命体是怎么灭绝的，就能对地球未来的生存和发展，提出指导性的意见和建议。

数十亿年前，火星也曾经是一个水资源丰富的星球。火星大气改造计划的最初，是用电化学的过程，在火星稀薄的大气中分离出氧气。负责这项任务的机器人，最开始每小时只能生成12克的氧气。到现在，火星人类基地的大气，已经实现了自给自足。

在银河比邻计划之前，人类发射过很多地外生命探测器。其中，还有一些，是已经飞离太阳系的，甚至有传回没办法用科学来解释的信号的。尽管如此，地外生命的可能，始终都还是一个有点缥缈的概念。科技让人类越来越接近这种可能，但也仅仅是接近而已。

梁天的目标，是让银河之舰的极冻舱，飞得比旅行者一号，还要更远、更久。之所以是和1977年就发射的旅行者一号比，而不是和后面的先驱者10号、11号，以及更后面的飞行器比，多多少少也算是有些无奈。

人类在1970年代发射的飞行器，似乎都有特别的生命力。旅行者一号是这样。使用化学电池，并且电池寿命只有20天的东方红一号，也是这样。一百年过去了，东方红一号，还在轨道上正常默默地运行，除了没办法像最开始那样传回声音。

如果不是心里面藏着太多的事情，方原其实还是很想知道，梁天的内心到底是怎么想的。是什么样的契机，让这个人类移民火星计划的总设计师，从20世纪90年代，就开始有了要死在移民火星的路上的想法。

火星自身的质量要比地球小很多，缺乏足够的吸引力，稳定不住像地球那样的大气层，导致空气稀薄。大气越是稀薄，能见度就越高。中继站和万户广场顶部，仅仅两千米的高度差，早就已经到了肉眼可查的地步。

梁天坐着的位置，没有舷窗。他也没有专门换到有舷窗的位置，欣赏自己一手设计的火星人类聚集地。看到此刻，安安静静地坐在极冻舱边上的梁天，方原的心底升腾起了诸多的疑惑。这个人在想什么？他为什么一点都不激动？仿佛只是安安静静地等待最后的那一刻。

方原早早就认定了梁天不是好人，却还是不得不佩服这个百岁老人，能够那么轻松而又自然地，说出要进极冻舱，在一秒之内达到人类社会学意义上的死亡。就算这是新型的安乐死，也一样需要勇气。

有人说，灵魂的重量是21克。也有人说，灵魂的尽头是量子纠缠。真正的生命是什么，只有找到了彼岸，才能得到答案。

方原没有脑组。梁天的脑组被梁星火给屏蔽了，顺带着还掐断了银河之舰和地球控制中心之间的联系。

根据银河比邻计划事先设定好的行程，梁天总设计师将会在火星中继站，和第一届火星时装周的现场进行互动，用脑组的全息投射观看演出，然后再进行最后的告别。这些既定行程，都需要火星时装周的官方发来一个信号。

方原在对接的程序上动了手脚，银河之舰一旦对接上，就和焊死了差不多。除非他亲自动手去排除"故障"。否则，银河之舰的一个零部件，都别想离开火星中继站。那些方原孜孜以求的答案，如果不在梁天还没有进入绝对零度状态的时候问清楚，可能就永远冰封在宇宙的某一个地方了。

当人们习惯了年轻人都有脑组，就真的想象不到一个没有脑组的小年轻，能做到什么程度。极冻舱早就已经不在梁天的控制范围之内。躺进去是没有问题，极冻模式，绝对不是梁天说一声启动，就能真正执行的。

梁天要在百岁生日的当天来到火星中继站的这个消息，是没有对外公布的，然而，作为银河比邻计划的参与者，方原从一开始就知道这件事情。一直到目前，方原和火星时装周的既定计划，还不存在任何冲突。他把破坏的后果，做到了后面，放在了细节。他虽然讨厌梁天，也不喜欢他给自己的家人过度谋福利，但他一点都不讨厌梁星火，更没有意图破坏火星时装周。

方原知道银河之舰和火星中继站对接的每一个细节，也了解百岁庆典的相关内容，他是有心配合的。按理来说，银河之舰这会儿应该已经收到了信号。要么来自火星时装周的，要么来自地球控制中心的，再不然就是梁天的脑组直接和火星中继站对接，通过中继站和火星共有的通信系统，接收来自万户广场的生日祝福。

只是不知道为什么，火星时装周没有给银河之舰消息，地球指挥部没有给银河之舰指令，梁天更是连脑组都没有和中继站对接上。方原往舷窗外面看了看，又手动操控了一下星舰，都没发现有什么异样。想来是火星时装周的现场还有哪里没有准备好，就直接跳过了他这个没有脑组的，让梁天耐心等待。只有这样才能解释，梁天为什么来了离火星这么近的地方，还能这么淡定。

此刻的方原，还不知道真实的火星时装周，和梁星火向地球控制中心报备的，是完全不同的版本。他要是再多看几秒，就会发现万户广场的缓冲区正在转移，整个广场的顶盖，也在缓缓打开。

按照事先报备的版本，银河之舰进入火星中继站的对接范围，火星机器人艺术团的演员，就会在中继站的户外空间，离万户广场顶棚2000米的高度，化身"年代超模"，从梁天出生的那个年代开始，根据梁天回忆录提到的重要事件，用一幕幕虚拟加真实的投射，回顾梁天总设计师的成长和璀璨的一生。

方原最想看的，是得意门生的那一幕，要怎么演，也不知道火星洞幺会不会曝出什么内幕。真要这样，他对火星洞幺探险精神的崇拜，也会到达一个新的高度。

没有看成舞台剧，又久久没接收到火星时装周的信号，方原决定不让自己这么无聊下去。他要赶在梁天没有发现自己对银河之舰动的手脚之前，心平气和地和总设计师聊聊天，看看有没有办法从梁天嘴里，获得更多的一手资料。

"梁老头，我问问你呗，你是怎么和航天结缘的？"方原态度良好地等了好半天也没有得到反应。该不会说多了要死在移民火星的路上，就真的……方原走过去，探了探梁天的鼻息。

方原的动作，终于惊动了闭着眼睛的总设计师。梁天如梦初醒般地问："小娃娃，你刚在和我说话吗？"

方原松了一口气，又懊恼自己对梁天莫名其妙的关心，别别扭扭地回应："都到火星中继站了，除了我和你，还有别个会喘气的？"

"小娃娃，你刚问了我什么？"

"我问，你是怎么和航天结缘的。"

"我的传记里面不是说了，我从二十岁开始，就梦想死在移民火星的路上。"

"这样的想法，不可能是凭空冒出来的吧？总得有什么契机，让你和航天结缘，你才会有这样的想法。"

"小娃娃，这个说来可就话长了。"

"敢情您老现在还有别的事情要忙？"方原有些烦躁，并且不知道这种烦躁的源头是什么。

梁天看了看星舰的操控台，又搜索了一下自己的脑组，而后，摇了摇头，用带了一丝无奈的语气，出声回应："现在看起来，可能不太会有了。"

"那您有兴趣聊一聊这个丧心病狂的想法吗？"方原能感觉得到，梁天此时的情绪也一样不对劲。方原懒得关心，一不小心，就把自己的心里话给说了出来。

"丧心病狂吗？"梁天问。

"没有没有，我的意思是说，让家人伤心，让自己疯狂。"方原不知道自己为什么要找补，或许是因为搞破坏的难免心虚。

"我那个时候啊，压根就没有想过自己能活到一百岁。我甚至觉得，我可能都活不过二十岁。"

"有病？"方原又一时嘴快，赶忙解释道："那个……我不是说你有病，我是问你那时候是不是有病。"

"小娃娃，不知道要怎么解释的时候，最好就不要解释了。"

"好的。"方原从善如流，"您既然没病，为什么活不过二十岁？"

"因为我没有理想，没有人生的方向，我想做的事情，我家里人都不让我做，他们让我做的事情，我又完全没有兴趣。"人类移民火星总设计师年轻时候的烦恼，竟然和普罗大众差不多。

"你想做的是什么？"

"飙车。"梁天回答。

"20世纪90年代，就想着要飙车？那时候有私家车的应该都还不多吧？"方原撇了撇嘴，"果然啊，传记什么的最不可信，说什么总设计师从小家境平平，一切都靠自己的努力。"

"那会儿还没到90年代呢，1988年，我刚满十八，考了个大货的驾照，想尽办法，四处借车。"

"然后就给你借到了？"

"没有。"梁天回答。

"那后来呢？"

"后来，我只能去跑货运，开那种大卡车，你知道是什么样子的吗？"梁天问方原。

"什么样子不重要，您要拿大卡车，和人飙车？"这才是方原比较难以置信的地方。

"只要是车就行，我管他什么车呢！我那时候也就小娃娃你这个年纪。"

"怎么总叫我小娃娃，您会觉得飙车的自己是小娃娃吗？"

"一个称呼又没多重要，是吧，小方原。"梁天回应。

"嘁，换汤不换药，您还是说回飙车吧，您该不会是飙车追火箭，追到和航天结缘的吧？"

"我飙车，飙着飙着，就飙出了事情。"

"把人给撞死了？"

"那倒是没有，我把人的肋骨全都给撞骨折了。还是一个穿军装的。当场就休克了。"

"欸，那这故事就有趣起来了嘛，再然后呢？你跑路了？"

"没有，当时我吓傻了，我把人给弄到卡车后边去了，你知道90年代的卡车后边是什么样的一个地方吧？"

"大概可以想象。"方原疑惑的是另外一个点，"严重骨折的人，是不能移动的吧？"

"我弄人到车上去的时候没有想到这么多，人当时休克，我以为当场就已经死了，弄上去之后才发现还有呼吸。"

"然后呢？"方原问。

"然后我就不敢再动他了。开着大卡车，用比乌龟还慢的速度，把人给送到了医院。"

"这人后来死了吗？"方原对梁天的一切黑料都有兴趣。

"没有。很快他们指导员就来了，连医药费都没有让我付。"

"这事儿就这么过了？"方原开始觉得这个故事有些无趣。

"我也以为呢。"梁天回应道，"过了差不多有两个半月。人把伤养好了来找我，和指导员一起过来说要告我，让我赔医药费，还要让我进去。"

"隔这么久？"

"对。"

"所以您其实还有案底？回忆录里面提都没有提。"

"我没有。当时人家提了一个条件，只要我完成了，就放我一马。"

"什么条件？"方原问。

"他们拿了六个易拉罐给我，让我放到卡车后面，开足六公里，不发生任何位移。"

"让卡车上的易拉罐一动不动？"方原以为自己听错了。

"对。"梁天点头回应。

"这谁能做到啊？"

"我做到了。"梁天说，"我也因此和航天结了缘。"

什么玩意儿？这是怎么做到的？？就算做到了，又和航天有什么关系？？？方原的脑海里冒出来三个大写的问号。比听到星火燎原，方为栋梁的时候，还多了两个。

"小方原，你搞不明白，卡车上的易拉罐不动和航天结缘有什么关系，是不是？"梁天的脸上带着一种近乎得意的表情，很好地诠释了什么叫老小孩儿。

听到这句话，方原点头如捣蒜。梁天很受用，紧接着又说："我一开始也搞不明白，并且为此郁郁寡欢，我说我十八岁的时候认为自己活不过二十，也正是因为这个原因。"

"啥？"方原一脸的诧异。他的疑惑非但没有得到解答，还更进了一步。就问开车运几个易拉罐，还能关乎生死？难不成，我们用易拉罐装可乐，航天人用易拉罐装炸药？

"让一个喜欢飙车的人，每天用比乌龟还慢的速度开车。一开开几个小时。你见过比这更残忍的惩罚吗？"梁天问方原。

就这？方原都有点不太想回答了。他直接回归到了本质的问题："你都把人的肋骨给撞得根根分离了，让你开个慢车，又怎么了？随便设定一下定速巡航自动驾驶，不就好了？"在方原看来，这完全都不是一个量级的事情。

"啊，我差点忘了，你出生的时候，都已经没有什么人会亲自动手开车了。你可能想象不到，我当时开着手动挡的那种崩溃。"

"确实想象不到。不过嘛，听到你梁老头也有被人逼着做自己不喜欢的事情，我心里自然是欢喜的。"方原也不藏着掖着。他这会儿和梁天也算比较熟了。这一路过来，虽然不怎么说话，也算是朝夕相处。总归，梁老头现在也知道小娃娃对他有敌意了。藏着掖着容易内伤。

"看出来了。"梁天表现得很平静。他活了一百岁，已经很难因为什么人的一句什么话，而出现特别激动的情绪。

"开乌龟车和航天有什么关系？"暗爽也好，明爽也罢，都不能解答方原心中真正的困惑。

"会问出这样的问题呢，就代表小娃娃，和我当时一样，对我们国家老一辈的航天史，一点都不了解。"梁天布满皱纹的脸上挂满了微笑，说道，"我还以为你们年轻人，基组百科一点就通呢。"

"梁老头，说这个，咱俩可就聊不下去了啊！拜您所赐，本奇迹宝宝连脑组都还没有。"

"啊……对，是老头儿一时给忘了。"梁天稍微表达了一下歉意，又说，"我就只记得，给你们这些新世代讲课，和以前完全变了个样，基组百科里面有的，全都会自动跳出来，弄得我都不好拿以前说过的事情出来炫。"

"我送你两个大写的呵呵。"如果不是担心显得太幼稚，方原这会儿就直接翻白眼了。

梁天很认真地问："小娃娃，你都没有脑组，怎么把两个大写的呵呵，往我的投射区送？"

"梁老头，你是故意的吧？"方原的眼白，还是忍不住侵占了本来属于瞳孔的空间。

"哈哈。"梁天笑出了声，"小娃娃，现在才发现呢！"

方原咬牙切齿地活动了一下自己的十个手指。他不打女人，也不打老人……还有小孩——以及打不过的人。

梁天收起了逗弄的心思。他大概猜到火星时装周现场发生了计划之外的事情，却又猜不到具体是什么事情。但他并不紧张。因为他比谁都更确定，自己接下来要走的路。

"小方原，反正我闲着也是闲着，就和你说说，老一辈航天人的精神吧。"梁天给自己找了点事情做。

"老一辈？说的是你自己啊？"方原在自己的眼神里面，加进去一些鄙夷。

"怎么着，现在是觉得老头儿我，连航天人都算不上了？不想知道我是怎么和航天结缘的了？"

"有脑组的人，都知道您是航天泰斗。"方原一脸无辜地摊开双手，说道，"可惜我没有。"

"小娃娃，不要一直纠结这个了，你人都已经到了火星，还怕植入不了你的脑组？你等我走了，就什么都有了。"

"您是银河比邻计划的设计者和执行人，我就是个陪衬，您要是走了，您觉得我还能留？"方原气得把尊称又给用上了。梁天的话，无异于把方原记忆最初，那句噩梦般的话，拿出来无限放大。

"我说的走，是死了。我都社会学死亡了，留个遗愿，难道还没有人愿意帮我实现？你叫我梁老头，人家可都喊我梁老或者总设计师的。"

"你真的，会为我做到这种程度？"方原一个郁闷，尊称又跟着不知所终，将信将疑道，"你早知今日，干吗阻止我上月球？"

"我阻止的是小娃娃，不是你。"梁天解释了一遍。

"到现在还偷换概念有意思吗？"

"小方原，我现在和你说不明白，就像当年和你爸爸妈妈说不明白一样。"梁天不想继续这个话题。

方原不满梁天的态度："说不明白就开始针对和关停我爸爸实验室？"

"我无意为自己辩解什么，这些问题的答案，你可以等有了脑组再慢慢寻找和分析。等我走了，我把我脑组里的记忆模块，也一并分享给你吧。"

方原被惊到了："你要把你的记忆模块分享给我？"

实验室版的脑组是有记忆模块的。对于梁星火这种先天植入的人来说，这个模块就是用来增强记忆，让她具备过目不忘的本领的。老年植入实验版脑组，记忆模块就是用来预防老年痴呆的。因为预防功能的每一条记忆，都需要反复训练，模块里面能储存的内容就不会太多，通常都会是那些最不愿意忘记的事情。

方原这会儿要是能够植入，不早不晚的，过目不忘和预防老年痴呆两边都不占。要是在这个前不着村后不着店的时候，能把梁天的记忆模块分享过来，那就等于继承了梁天的毕生所学的精华。

按照实验室版脑组的基本规则，记忆模块只能分享一次就会自动销毁。方原很难相信，像梁天这种一心为自己家人谋福利的人，怎么可能选择把记忆模块分享给他而不是梁星火。

梁天看出了方原的震惊和怀疑，出声回应："算是对你的一个补偿吧。你爸爸妈妈的事情，我虽然无愧于心，却也难辞其咎。"

方原盯着梁天不说话，想要通过这样的方式，来探查梁天说的是不是实话。

"小娃娃，你现在还有兴趣听，飙车那件事情的后续吗？传记里面没有写，我的记忆模块里面也不会留存。以后梁星火要是想听，可就得你替我这个曾祖父和她说了。"

听完这番话，方原的心里面，忽然就开始有点慌。或许，梁天真的没有他想象中的那么坏？可是，那几个不可逆转的银河之舰破坏程序，都已经设定完毕。如果不是火星中继站久久没有发来指令，这会儿都执行完了。

方原一时也没有更好的办法，更没有后悔药可以吃，只能先处理眼前的事情，说道："有兴趣的。我拿个笔记本过来记。"

梁天拿着方原的笔记本看了看，感叹道："这年头，会带纸和笔的年轻人，也就只有你了。"

第七章　亚洲一号

　　梁天出生在上海杨浦工人新村。如果要把和航天结缘的时间,尽可能地往前推。就可以推到梁天呱呱坠地的那一秒。他家里的上海144电子管收音机,传出了东方红一号颤颤巍巍的电子信号。144电子管收音机,算得上是收音机界的一个传奇。一直到今天,还有很多发烧友在收集。

　　这款收音机的维修攻略,更是由一代又一代电子管收音机爱好者传承下来,并没有因为时代的发展而销声匿迹。有点像是20世纪占统治地位的黑胶唱片机,老骥伏枥,历久弥新。

　　能够在1970年,拥有一台144电子管收音机。和2020年代的人,拥有一台车,是差不多一样的概念。甚至可能还要更奢侈一些。

　　在那个物质匮乏的年代,当时人民所能拥有的最高财富,被概括成了"三转一响"。三转,指的是自行车、缝纫机、手表。一响,就是刚刚提到的收音机,其中,又以上海144电子管收音机为佼佼者。那时候,人们评判一个家庭是否富足,就看这个家庭是否拥有"三转一响"这四大件。

　　1970年梁天家所在的那一栋楼,几乎家家户户都有这样的配置。不得不说,梁天出生的时候,工人是最让人羡慕的铁饭碗之一。按照正常的人生轨迹,梁天将在控江中学毕业之后,子承父业,成为厂区的一名工人。但他偏偏向往自由。家人让往东,他就非要往西。为了走得更远,书不好好念,跑去学开车。

在八十年代末,跑运输虽然不是什么铁饭碗,赚的钱,却也已经比厂区的工人要多一些。一开始,家里人还管,后来实在管不了了,也就只好听之任之。梁天本来就整天在外面疯,得了家人的默许之后,基本也就不怎么着家了。直到他把人给撞了。

梁天完全想不明白,凭自己的车技,究竟是怎么把人给撞倒的。就和凭空忽然多出来一个人似的。他以为休克的人已经死了,想过要跑。把人弄上车之后,又发现还有呼吸。本着不能再伤上加伤,罪上加罪的想法,梁天把车开得比以往任何时候都要平稳。

梁天那时候,还不知道自己撞到的人,是"亚洲一号"发射任务的地面总指挥——01(洞幺)指挥员。

亚洲一号是我国承揽发射的第一颗外国商务卫星。撞人发生在1988年的秋天。离亚洲一号的成功发射还有一年半。

梁天没有想过,自己的成年礼,会来得如此猛烈。在医院里没有被问责,回到家里就开始后怕。跑得了和尚跑不了庙。人家记得车牌,就能找到开车的他。

梁天一边庆幸自己没有撞了人就跑,一边担心人找上门来要怎么办。他跑运输虽然是赚了一点点的钱,但根本不够他花,关键他也没有跑多久。如果让家里人知道这件事情,那他也只能乖乖地回去,子承父业或者母业。

梁天做梦也想象不到,人找上门来,真正提出的要求,不是找他赔偿,而是让他去开车。把易拉罐放在卡车上,开几公里不动,这样的要求,提给一般人,肯定是不可能完成的。怎么想,就是上门找人算账和赔钱之前的故意刁难。偏偏梁天刚好有这方面的专长。他稳稳当当地载着六个易拉罐,缓缓前进了六公里。易拉罐没有发生位移。多多少少也有点超水平发挥。

梁天以为事情就这样过去了。却被告知,他刚刚通过的,是航天发射中心，特装车司机的考核。梁天脑袋上冒出的问号，比方原最近几次加起来都多。他确实是和东方红一号，同年同月同日同时生。但那是举国同庆的事情，和他个人并没有太多的关系。

天生叛逆的梁天从来都没有想过要和航天结缘。他直接拒绝了这个提议。被问到拒绝的原因，十八岁的梁天想也没想就回了一句："就不喜欢啊，还能为什么？"

梁天很生气，眼前这个看起来就很有身份的01指挥员，怎么还出尔反尔？说好了，只要带着六个易拉罐，平稳行进六公里，之前的事情就算一笔勾销，为什么又来这么一出？

"没有人会不喜欢航天。如果你觉得你不喜欢，那一定是你离得太远，还不知道太空有多浪漫。"四十岁的戢志东如是回答。

梁天才不要相信这些，却又拒绝不了去发射中心看一看的提议。本着看看又不要钱的想法，梁天走进了航天发射中心。他看到了航吊操作手，在十三米的高空，操纵机械臂，精准而又迅速地，把铅笔插入啤酒瓶。又看到火箭加注员，蒙着眼睛，都能精准定位一百多个形状相同的阀门。还看到……

那是还没有实现自动化吊装的时代，航天发射中心，有很多光看着，就让人肃然起敬的工人。这些人并不觉得自己有多了不起，只是在做一件很日常的事情，却在梁天十八岁的眼睛里闪闪发光。同样是操作手，同样是加注员，同样是工人，却又那么地不一样。

梁天的脑子里面，忽然飘过了四个字——大国工匠。

梁天就这么留了下来。他身为工人的爸爸妈妈，一听梁天的工作性质，立马举双手双脚赞成。

梁天的叛逆，给这个家庭，造成过很多流言蜚语。念完高中不想着好好去工厂端铁饭碗，一天到晚地只想着开车。这在那个年代的工人子弟里面，绝对算得上是离经叛道了。现在好了，这个最叛逆的小孩，走了比谁都更正的道。

梁天的爸爸妈妈都有了一种守得云开见月明的感觉。这个时候，他们认为最大的幸福，到顶了，也就是儿子有了一个铁饭碗。

梁天成为特装车司机的过程，有很多的意外，更是有非常大的偶然性。写成小说的话，题目肯定又得拉很长——《我开车撞倒了一个人，这个人改变了我的人生》。第一部要是反响还不错的话，就可以接着写第二部——《我开车撞倒了一个人，这个人改变了我的人生Ⅱ——我又改变了人类太空移民史》。

就这样，梁天以特装车司机的身份，参与到了亚洲一号卫星的发射任务。这是继1970年东方红一号之后的二十年里，最让中国航天人骄傲的时刻——1990年4月7日21时30分。

这颗卫星叫亚洲一号，实际并不来自亚洲，而是由休斯卫星公司制造的，购买方是香港亚洲卫星有限公司。这是一颗商用通信卫星。

亚洲一号这个名字并不是随便取的。这么响亮的名号，也意味着，这确确实实是亚洲地区的第一颗商用通信卫星。

1990年，中国的经济才刚刚进入发展阶段。那时候，我们国家的人均GDP排在世界第131位，比印度还要落后5位。

在那样的历史条件下，为什么是中国拥有了亚洲的第一颗商用通信卫星呢？这就不得不提1990年发生在中国的一件大事——第十一届亚运会。亚洲一号为第十一届亚运会提供了卫星转播服务，也标志着中国的广播电视业从此进入卫星电视时代。

1988年国庆，梁天正式进入航天发射中心。十八岁的他倒是没有想过，自己能开车开进这么有历史意义的一个项目里面。在那个时候，他其实是有很多不适应的。能通过特装车司机考核，有一半是因为赔不起钱害怕担责任，有一半是因为超常发挥。

一次开车几公里易拉罐没有位移，是一件很难的事情。每次都要保证做到，难度级别，就翻了一百倍还不止。

特装车司机要负责拉运液氢燃料至发射区。液氢是一种极易挥发、极易爆炸的低温燃料。在特定的条件下，极其轻微的碰撞和摩擦就足以引爆，都不需要有多少的燃料，就会造成巨大的杀伤力。

发射中心的特装车司机要做的，是拉着 300 立方的低温液氢，转移几公里的路径。除此之外，还要在复杂的公路条件下运送火箭，在路两边空隙加起来不到 0.4 米的前提下，丝滑而又平稳地度过。

这还不是最高的精度要求。火箭运送到发射场之后，需要在倒车的情况下，和火箭厂房转运轨道的支架对接，误差不能超过 0.1 米。

一般人，别说开汽车，就算开个小电驴，也很难把精度控制在 10 厘米。梁天开的可是大卡车，还是在远没有倒车影像的那个年代。

航天发射是不容有失的。这个事实，带给梁天极大的压力。刚来的时候，他可以初生牛犊不怕虎。时间一长，压力就大到超出一个十八岁的少年可以自己消化的程度。几次小的测试任务不达标，梁天就打起了退堂鼓，去找了亚洲一号发射任务的 01 指挥员戡志东。

大众看到的 01 指挥员，就是在新闻联播的报道里面，喊一下一分钟准备，3、2、1 点火。真实的 01 指挥员，是要负责一个航天发射任务的方方面面的。

梁天向戡志东请辞："我不喜欢开这种车，一天天的这么慢，开得我神烦。"

"你是不喜欢，还是不达标？"戡志东一下就戳穿了梁天。

"只要我愿意，你觉得会有不达标的可能吗？我没有专业训练过的时候，就能随随便便通过考核，这都练了好几个月了，怎么可能不进反退？"梁天小同志死要面子拒不承认。

"哦，是这样啊。我差点以为有小年轻，能力跟不上打退堂鼓。还好你不是我最瞧不起的那种人。"戡志东假装自己没看出来。既不接受，也没有拒绝梁天的请辞。

这个时候，关于亚运会的宣传，已经铺天盖地。1990 年的一场亚运会，对于国人的意义，可不是 33 年后的同一场体育赛事可以比拟的。那是一个小学生都会为祖国申办国际体育赛事，捐出自己全部零花钱的时代。

梁天想过要回家，去追求曾经向往的自由。飙着车，夜晚三点半，在无人的大街上游荡。但这个想法，只维持了一夜的时间，就烟消云散了。

有一种说不清道不明的情愫，在召唤着这个成长在工人新村的青年。爸爸妈妈让他进厂，他总说不愿意每天都做重复的一样的工作。

他现在做的事情，其实并没有什么变化，一样是开车，一样是重复的训练。却有一种，可以被称为使命感的东西，在他的心底，生了根，发了芽。

第二天，梁天起了个大早，怀着忐忑的心情，去找戢志东。昨天他说了那样的话，总指挥也没有出声挽留。自己本来也只是个"后进分子"，再被01指挥员看不起，那就真的没有什么留下来的可能了。

梁天低着头刚刚走到车门口，就听到有人和自己说话。

"起这么早呢？"

这声音，不用抬头，也知道是地面总指挥的，梁天心虚地把头抬起了一半，闷声闷气地回了一个字："嗯。"

"吃饭了吗？"戢志东又问。

"没……呃……吃，吃过了！"梁天一时间不知道应不应该说真话。

"没吃就赶紧去吃。"戢志东催促道，"等会儿饿得手抖脚抖的，要怎么好好开车？"

梁天站直了身体，稍稍往后拉了一下自己的姿态，确定戢志东没有追究昨天的事情的意思，赶紧给敬了个礼："知道了，东哥！"

说完，梁天用百米冲刺的速度，撒腿就跑。生怕稍微迟疑一下，戢志东会反悔似的。看着梁天的背影，戢志东无奈地摇了摇头。这可是自己断了不知道多少根肋骨，才带回来的人才，怎么可能，说放手就放手？年轻人啊，就怕没有理想，只要有了，就会很好忽悠……

时间一晃，就到了1990年2月。整个发射场，都在为亚洲一号的发射做最后的准备。这是中国航天在世界商业舞台上的第一次亮相。为了确保卫星测试场房达到十万级的洁净度，航天科研人员一个个化身清洁工，穿着防护服，趴在地上，一块一块瓷砖地擦。

这让原本觉得自己和科研人员之间，存在着一条巨大的鸿沟的梁天，内心颇为感触。经过一年半夜以继日的训练，特装车队最年轻的司机梁天，成功地把自己的倒车精度，稳定在了10cm以内。

他其实已经青出于蓝，完全可以把倒车精度控制在5cm以内。他没能达到这个成绩，是因为考核没有这么细致。有些人，考一百分，是因为他只能考一百。有些人，考一百分，是因为卷面只有一百。

梁天在将满20岁的时候，成了一名真正意义上的航天特种工人，开始驾驶装载了300立方的低温液氢的特装车。

第一次执行任务，梁天就吓得不轻。他明明开的比任何时候都要更稳，更精准，特装车的上方却开始冒起了白烟。在看到白烟的那一瞬间，梁天就闭上了眼睛，在心底里和这个世界告别。

预想之中的爆炸，并没有如期而来。这让梁天感到意外。作为一名特装车司机，梁天知道这并不是感叹劫后余生的好时机。等到任务执行完毕，才去和戢志东报告了这个情况。

戢志东略带安慰地问道："会不会是第一次自己执行任务太紧张，所以出现了一点幻觉？"

"不可能！"梁天早已不是刚满十八岁随时会打退堂鼓的那个少年。

"那你怎么会全须全尾地站在这里？"

"那我怎么知道啊？或许是刚下了雨，或许是液氢的温度太低。"梁天随便想了两个理由。

先前没有人说过有这样的情况，戢志东也没有太当一回事，笑着回应："行，你开的车，都把燃料安全送去加注了，你说什么都有道理。"戢志东对梁天今天的表现是非常满意的。

亚洲一号装载任务结束，学有余力的梁天，闲着也是闲着，就这么加入了航天清洁小分队里面。科研人员负责趴在地上擦地砖，梁天就拿着吸尘器，把边边角角，那些手伸不进去的犄角旮旯清理干净。

航天人，航天魂，哪怕是擦拭地面，洁净度也是以十万级来计算的。

……

1990年4月7日，香港亚洲卫星有限公司请来了三百多位中外嘉宾，到现场观看亚洲一号的发射。按照当时的国际惯例，发射外国卫星，不仅需要有同声传译，还必须要有实况直播。中国航天，第一次登上国际商业发射的舞台，就面临前所未有的挑战。

嘉宾入座，主持人刚刚开场，同传就开始上岗："For the first time, China is launching a foreign made communication satellite."

中国航天的第一次商业卫星发射，就此拉开了最后的序幕。在语言上，并不存在任何障碍。有障碍的是，所有的细节，都摆在了实况直播里面。每一个人，都比平时要更加紧张。

4月7日当天，一共有三个发射窗口，两个在下午，一个在晚上9点。上午还好好的，下午3点40分，忽然暴雨倾盆，惊雷滚滚。

亚洲一号通信卫星，是由我国自研的长征三号火箭负责运送的。长三用的是液氢液氧推进剂。这种需要由特装车运输的推进剂，稍微有点碰撞，就可能会爆炸。让装载了这种推进剂的火箭，穿越积云区、阵雨区和雷区……光想想，就是一件很可怕的事情。

发射塔架边上，都有专门的避雷塔，火箭在发射塔架，就还算是安全。要是在这种时候发射，导致火箭被雷给劈了，那将是想都不敢想的灾难。

中国航天人准备了这么久的第一个国际商业舞台，眼看着就要被1990年4月7日的一场暴雨给带走。每个人的心情，都跌到了谷底。包括拥有司机和清洁工双重身份的梁天。他这会儿级别不够，还进不了指挥中心，只能在外面干着急。

或许是皇天不负有心人吧，天公最后还是作了一下美。1990年4月7日，夜里9点整，发射场上空，拨云散雾。最后一个发射窗口，终于向翘首期盼的中国航天人和观礼嘉宾打开。

30分钟倒计时，就此开始。戚志东开始执行发射口令：

"航区各号、首区各号、30 分钟准备完毕。"

"请求 15 分钟以后口令。"

"15 分钟准备……"

"1 分钟准备……"

很多人都以为，到了这个时候，不管发射会不会成功，但发射这件事情，肯定已经板上钉钉。事实却是，进入倒计时 12 秒，还发生了一件让现场气氛直接凝固的事情。

火箭的上方，冒起了白烟。现场的航天人，包括很多老专家在内，全都开始紧张。这看起来，太像是液氢燃料泄漏了。

在这个时候，戚志东作为总指挥，面临两个选择——终止发射，或者，继续点火口令。所有人的心，都提到了嗓子眼。两秒钟的针落可闻的寂静之后，现场响起了戚志东平静而又镇定的倒计时口令。

"10，9，8，7，6，5，4，3，2，1，点火。"

久经考验，果断执行。指令一下，按着电钮，走，打，火箭就发射升空了。

"女士们，先生们，朋友们，同志们，我怀着愉快的心情向大家宣布，据西安测控中心的通报，我们刚才发射的亚洲一号已经进入转移轨道，这次发射成功了。"

亚洲一号的入轨精度，离原定的准确入轨位置，偏差了 9 公里。但这是太空的 9 公里，不是特装车司机的 9 厘米。卫星制造商休斯公司，盛赞这次发射的入轨精度。9 公里的偏差，刷新了休斯公司已售出发射的 32 颗同类卫星的入轨精度纪录。

几个月后，亚洲一号卫星为 1990 年的北京亚运会进行了信号传输："中央电视台，中央电视台，各位观众，你们好！举世瞩目的第十一届亚洲运动会今天下午 4 点将在北京工人体育场隆重开幕……"

亚运之后，亚洲一号卫星的转发器很快就被订购一空。长征系列运载，在这次发射中，赢得了世界各国卫星运营商的青睐。自此，国际订单纷至沓来。

只有戢志东自己知道,实况直播看起来平静而又镇定的十秒倒计时,他究竟经历了怎样的心路历程。梁天的那句,一度被他认为是年轻人推脱的话——或许是刚下了雨,或许是液氢的温度太低——又给了他多大的勇气。

第八章　过河拆桥

1970年4月24日，东方红一号顺利升空。1990年4月7日，长征三号运载火箭，将中国承揽的第一颗外国商务卫星成功送入预定轨道。这是梁天生命的前二十年，也是我国航天事业第一个快速发展的时期。

老一辈航天人筚路蓝缕，让长征系列运载火箭发射技术从无到有，完成了一次又一次不可能完成的任务，中国航天，实现了跨越式的发展。亚洲一号是中国进军世界商业航天发射领域的第一步。这一步，虽一波三折，最后也算得上天时地利人和。

发射任务成功之后的第二天，戬志东找到了梁天，开口就是一句让梁天如遭雷劈的话："小梁，我觉得你不太适合做特装车司机。"

"东哥，你这什么意思啊？过河拆桥啊？"

戬志东点头，说道："对。"

"不至于吧，东哥，我最近也没有犯什么错，所有的任务都是超质量完成。"梁天既不服气，又满心委屈，"今天大家都在庆功，你和我来这一出。"

"小梁，你听我说……"

"有什么好说的？"梁天压根就不想听。他现在很生气，又不想生闷气，把自己给闷爆炸。年轻人嘛，有不爽的，就得直接怼回去，"咱俩身份差别这么大，我又不可能和你抢功劳什么的。来也是你让我来的，现在又容不下我！"要不是曾经把人给撞伤了，梁天这会儿都想上手打一拳。

戢志东有些无语："小梁，你这都想的什么啊？"

梁天一脸鄙夷地看着戢志东："我昨天都听你和人说了，为什么那么果断下达点火指令。"

"我说了什么？"

"你说刚下过雨，装了低温液氮，会冒白烟很正常。"

"你这是在哪儿偷听到的？"戢志东问。

"我有什么好偷听的？我光明正大！我才不像某些过河拆桥的人，一边和别人说要帮我请功，一边又直接在我这儿翻脸不认人！"

"小梁，你仔细想想，你觉得你自己刚刚那番话的逻辑对吗？"戢志东让梁天冷静。

梁天这会儿正在气头上，哪还管什么逻辑不逻辑的，强忍着骂人的冲动，来了一句："逻辑那都是个屁，只有事实胜于雄辩。"

戢志东不觉好笑："下过雨冒白烟，这话你除了和我说，还和谁说过？当时是不是只有我们两个人？"

"想来个死无对证是吧？"梁天冷笑了一下，"你是01指挥员，我就是一个司机，你容不下我，我再跑去和别人说又有什么意义？"

"当然有啊。我去查了一下你的高中档案。"戢志东毫无征兆地换了一个话题。

"你查我档案干吗？我从这儿走了，肯定也不会去找什么铁饭碗啊，你难不成还想拿捏我一辈子？"

"你高中成绩很好，尤其数理化，每一科的成绩都可圈可点。"戢志东看着梁天的眼睛对他说，"你是一名非常优秀的特装车司机。但这不是你唯一优秀的地方。"

"什么意思？"梁天有点被搞糊涂了。

"我是想看看，你有没有可能保送上大学，但你已经不是应届生了，不符合现在任何一项的保送规定，还是得自己回去高考。"

"等会，等会？你这是要干吗？我有说过我想上大学吗？"

"你没有说过。我查了一下你的高中成绩，你要是认真参加高考的话，也还是有机会能考上的。"

"那不废话呢吗？考大学能有多难？"梁天难得赞同了一下。

"还是很难的，我说你有机会，最多也就百分之二三十，还是当时一直在念的情况下。"

"不是啊，东哥，你别玩儿我行不行？"

"你看是这样啊，小梁。我昨天和搞发射技术的那些人聊了一下，就是和你一起搞清洁的那一拨，有一个算一个，都说你很有悟性，胆大心细，很适合搞火箭发射。我希望你能找机会去大学里面，把基础理论给学扎实了。"

听到这儿，梁天大概也知道自己是误会了戬志东。可即便这样，他也没有被戬志东的提议给吸引。他就喜欢开车，再这么开下去，迟早有一天，他也是大国工匠。都已经离开学校两年多了，这会儿让他回去参加高考，这不是玩儿呢吗？关键是，他爸妈为了让他好好念书，早就已经劝过不知道多少次了。他要是愿意上大学的话，哪里还会出去跑运输？

"小梁，我这也只是一个提议，回头你可以再好好想一想。"

"想什么啊？太阳打西边出来，我都不可能再回去学校读书！"

"是这样啊，我还想着，等我什么时候退休了，你来继承我的衣钵，做个发射任务的地面总指挥什么的。"

"喊，谁要和你一样？"梁天在心里面默默想象了一下，自己喊"各号注意，一分钟准备……3、2、1点火"的样子。然后就整个人都不好了。只有亲历过发射现场的人，才知道那个时刻，到底有多么震慑人的心神。梁天的心，狠狠地动了一下。

这一次，他虽然也参与了亚洲一号的发射任务，却在发射的时候，连指挥中心都进不去。只能远远地看着，心跳加速呼吸急促。他希望发射是成功的，可他除了押运过燃料，就只是和技术人员一边擦地一边聊了聊。只要一想起来，就有一种浑身被蚂蚁爬了的感觉。

"你没有这样的想法啊？"戢志东看着梁天，出声说道，"那算我多事儿。"

"知道就好！"梁天瞪了戢志东一眼。

"别这么愤愤不平了。我以后不提就是了。"戢志东出声肯定道，"你是我亲自找来的、最有天赋的特装车司机，你的距离感，是我见过的人里面最好的。我都有点想说是老天爷赏饭吃了。"

梁天很不开心。这个世界，总有那么一种人，会把一颗叫作梦想的种子，种在别人的心里。然后就那么不管不顾地走了。人生在世，要是没有梦想，和浑浑噩噩又有什么区别？这下好了，保不齐要生于忧患死于安乐了。

梁天很气。地面总指挥就能随意指挥特装车司机啦？别说，还真可以。梁天忽然就有了一种被拿捏得死死的感觉。他不能阻止种子发芽，就像他不能阻止太阳西下。

……

梁天的这番话，确实是没有在任何和他有关的采访，或者传记里面提到过的，方原自然也不觉得有太多的可信度："梁老头，我觉得你在骗我，你现在说的这些，和总设计师纪录片里面的那个人，完全都不像。"

"小娃娃，你没有老过，我还能没有年轻过吗？"这话说的，也是没有什么毛病。

"不是说，你从二十岁开始的梦想，就是死在移民火星的路上吗？那难道你的纪录片都是假的？"

"如假包换。我经不住东哥的诱惑，在二十岁的时候，回去考大学，我以前的同学，就开始取笑我。"

"取笑你什么？"

"我念高中的时候和他们说，让我去考大学，还不如让我直接去死。"

方原觉得有些好笑："有必要这么决绝吗？你是明知道自己考不上，才在那里大放厥词的吧？"

"谁说不是呢？我自己也是这么认为的。"梁天顿了顿，"但绝对不能让别人这么认为。"

"为什么啊？"

"年轻人肯定都爱面子啊！"梁天坦白了自己梦想的由来，"所以我就想啊，我得想个特别厉害的理由，让我的同学们都闭嘴。随口就是一句，我要死在移民火星的路上。"

方原不置可否地笑了笑，这理由过于无厘头，又出人意料的真实。梁老头有句话说得对，谁还没有年轻过呢？

"那你怎么不说你要去月球呢？"方原问。

"探月那会儿早就有了，1960年发现者号就已经到月球了，1969年就完成了登月。我再说月球，不也没有什么气势吗？"

"听起来是有那么点道理。你直接说要在火星生活，不是更酷，干吗非得扯上死？"方原又问。

"当时灵光一现，就那么说了。年轻人说话，哪里会想那么多？"梁天反过来问方原，"你不觉得，死在移民火星的路上更悲壮更有画面感吗？"

有的时候，很认真地说出口的一句话，很快就忘了，比如，我爱你。有多少人，在我爱你这三个字后面加过一辈子，又有多少人，只能坚持住一下子。有的时候，随口说出去的一句话，能记一辈子，比如，死在移民火星的路上。

"当时悲壮不悲壮，有没有画面感的，我是不知道，但现在，画面感直接就拉满了。"方原指了指银河之舰的外面。

就这一老一小聊天的这会儿工夫，一大拨穿着宇航服的宠物，出现在了火星中继站。这些宠物不会飞行，也不像梁星火那样，拥有带悬停飞行功能的宇航服。全都是坐着万户广场外面的火星天梯上来的。

这个天梯的高度达到了 4000 米，到达火星中继站之后，还要继续往上延伸 1000 米。这是从设计之初，就为火星常态化旅游扩充做好了准备。来来往往的星舰要是多了，中继站一个平面的四个对接口，肯定会不够。现在这样相当于预留了立体的星舰泊位。只可惜，扩充准备做了 22 年，至今都还没有派上用场。

梁星火给米多多的开场白里面有这么一句话——时值 2070，一百岁，远远没有到人类机能彻底衰退的年纪。

火星洞幺敢公开这么喊话，说的肯定是事实。倒不是说，2070 年的人，都能活到一百岁了，而是梁天的身体状况一直都挺好的。耳聪目明。行动虽有不便，却也没到瘫痪的那种程度。以梁天这样的情况，确实没有必要，非得在这个时候，进入极冻舱。

银河比邻计划，是梁天在 90 岁的时候，就设计好的。他那时候甚至并不认为自己能活到 100 岁。这样一来，就会出现，他已经社会性死亡了，银河比邻计划还没有出发的情况。为了确保这个计划得以执行，梁天早早就签署了极冻协议。倘若他的生命出现危急状况，极冻的流程就会跟着提前。

此一时彼一时，很多人都认为，银河比邻计划的执行时间，是可以更改、可以延后的。只有梁天自己，一直都在坚持，要按照既定的时间表，亲自执行银河比邻计划。

从小到大，方原都只是卑微地想要和别人一样。老师和同学眼里的那些夸赞——你都没有脑组，竟然还能这么厉害——听到方原的耳朵里面，全都变成了讽刺和挖苦。平凡的人，终其一生，都想着要与众不同。生而不同的奇迹宝宝，只想着，有朝一日，能够泯然于众生。

过度良好的记忆能力，让方原的记忆之初，整个就是一个大写的压抑。人家在玩泥巴，他在想算法。人家在斗地主，他在研究前往月球的旅途。上天对他是何其不公？0 岁的时候，带走了他的父母。3 岁的时候，给了他一座越不过去的大山。

梁天表示可以自己一个人，去执行接下来的计划。这是方原想要的结果，却也深深伤害了他。他都已经通过层层考核，正式参加了银河比邻计划，达到了火星中继站。到头来，竟然只是一个可有可无的陪衬。那他之前的努力算什么，之前的破坏又是为了什么？

银河之舰只有在起步阶段，需要消耗大量的氦三。当达到极限速度之后，所有的能源都会实现自给自足。极冻舱有自己的动力系统。但系统里面的能源，是为了到更远的地方，做最终的保障。如果把银河之舰留下，直接用极冻舱自身的动力系统去冲出太阳系，就不一定能够真正地到达。按照最开始给的数据，运算下来的概率，大概一半一半。

银河比邻计划，当时招人的时候，说的是有去无回。实际上，并不是让陪同旅行的人，直接就死在那儿了。而是在梁天进去极冻状态，处于人类社会学意义的死亡之后，陪同的人要一直驾驶银河之舰，护送极冻舱，到达太阳系的边缘。在确保极冻舱成功分离，离开太阳系的情况下，再打道回府。

这个过程是漫长的。地球意义上的食物，很难保证这个漫长的旅程的消耗。途经火星的这一道程序，除了让总设计师来亲眼看一看火星人类聚集区，就是给方原提供未来的生存的火星能量块保障。也就是说，银河比邻计划，并没有招聘广告里面写的那么决绝。

从地球来火星的这一路上，方原和梁天都没有什么交流，但怎么都还是两个大活人。按照原定计划，到达火星中继站之后再出发，那就真正变成了一个人的征途。虽然也不会太无聊——银河比邻计划给方原安排了 22222 个科学实验，需要他在去往太阳系边界的路上完成。但这个过程，肯定是孤独的。

方原并不排斥这个计划。他想要的，只是让银河之舰在火星上逗留一小段时间，好让他在火星上，完成属于自己的脑组植入。有了脑组，就是达成了他此生的夙愿——他愿意为此付出生命。往后的每一天，都会像是赚到的。他一个孤儿，对这个世界，本来也没有太多的眷恋。

方原以为，对接的进度出现问题，是梁天通过脑组，直接和地球控制中心打了招呼。完全都没有想过，在火星上，还有人在做着比他更疯狂的破坏——截留总设计师，中断银河之旅，劫持银河之舰，终结银河比邻计划。

此时的方原，被突然出现的火星萌宠，给吸引了所有的注意力。

首先映入眼帘的，是一大拨喵星人。穿着时尚的航天服，走着完美的猫步。就问全太阳系，还有哪一种生物，比猫更会走猫步？哪怕只是随随便便散个步，喵星人也是脚步轮番踩在两脚之间的直线上。动作那叫一个好看，形态那叫一个优雅。不分高矮胖瘦，全都那么自信昂扬。

没有猫，就不会有猫步。没有猫步，就不会有品牌大秀。没有品牌大秀，就不会有时装周。没有时装周，就……也没有什么所谓。从小到大，方原的脑子里就只有数理化。他才不要关心什么时装周，更不要说还是在火星上。光想想就觉得肯定没什么看头。

方原一直都觉得自己是宠物绝缘体。那些阿猫阿狗的，有什么可爱？他从来不觉得什么宠物呆萌。更不可能收养流浪猫和流浪狗。自己都已经是个孤儿了，没事献什么爱心？

方原就这么毫无防备地，被宇航猫咪走秀给暴击了一下。他忽然就想起来梁天刚刚和他讲的故事里的一句话，"没有人会不喜欢航天。如果你觉得你不喜欢，那一定是你离得太远，还不知道太空有多浪漫"。如果把这句话里面的主角换一下——没有人会不喜欢喵星人。如果你觉得你不喜欢，那一定是你离得太远，还不知道喵星人有多呆萌，竟也是意外地合适。

明明什么都没有改变。明明只是在火星上看到喵星人走着猫步。忽然，方原就开始留恋这个世界的动物和一草一木。这种感觉很难形容。像是一股神秘的力量，驱散黑暗，照亮他原本阴郁的心房。

梁天并没有起身，他坐的那个位置，是看不到舷窗外面的情况的。方原好奇，梁天为什么连好奇都不好奇一下："梁老头，你不过来看看吗？"

"不去了，如果这是我需要看到的画面，那么，就算我不起身，我也是一定能看到的。"

"差点忘了您老有脑组了。"方原自讨个没趣，他并不知道梁天的脑组已经被梁星火给屏蔽和监护了。

梁天已经搞清楚了自己的处境。刚开始和自己的脑组失联，梁天还有点意外。这么多年，他的脑组从来也没有毫无征兆地就进入维护状态。没一会儿，梁天就想到了百岁监护。这原本就是他自己设定的规则。

梁天不免想起，自己是在什么样的情况下，设定的百岁监护。那时候，梁星火刚刚三岁。成功完成了人类移民火星计划的最后一项测试，可以不用每天都全身心地待在火星人类试验基地。开始有了一定程度的投射自由，在每天不计其数的邀请里面，选择自己想去的地方，和想一起玩的小伙伴。

别的三岁小孩，每天换不同的地方生活和学习，肯定会产生不适。梁星火却在这个过程里面，贯通了更多的文化，交到了无数的朋友，得到了太阳系人类聚集区的喜爱。这多让人羡慕啊！除了梁星火，还有谁，是能分分钟，就去到任何一个自己想去的地方，完完全全地身临其境。

从梁星火三岁，火星人类试验基地成功验收开始，梁天总设计师的声望，也跟着冲出了地球。梁天却越来越觉得，这不是自己想要的，开始给脑组设定许许多多的规则。

第九章　终有一日

"呼叫银河之舰。呼叫银河之舰。这里是银河比邻计划地球控制中心。听到请回答。听到请回答。"

方原整个人都愣住了。他虽然搞了一些破坏，但这些破坏的结果都还没有开始显现。地球控制中心怎么忽然就开始做紧急呼叫？并且是通过他作为"随身行李"带上来的，已经可以算作老古董的电脑。

这台电脑，是方原用来接收一些发布给脑组的信息的。类似于之前那个有去无回的招聘。没有脑组的他不应该会收到。这台陪伴方原长大的古董电脑，就相当于一台解密了脑组部分功能的体外设备。

这是孤儿院的院长，在第二个人类太空灾难纪念日，也就是方原两岁的时候，给他开了一个小小的后门。按照正常的情况，这种行为是很容易被发现，并且很快就会被封堵的。但方原的情况比较特殊。这台老式电脑，从一开始，就是孤儿院通过官方渠道帮他申请的。要是没有这台电脑，方原都没办法参加这个时代的任何一种资格考试。

这种早就已经被时代遗弃的体外设备，只有非常有限的信息接收功能。就好比之前的招聘启事，方原就算接收到了，还得到现场，另辟蹊径地报名。

此刻，让方原感到困惑的是，梁天的脑组拥有最高权限，可以打开银河之舰上百个通信系统里面的任意一个。地球控制中心，为什么非要通过他的古董电脑来和银河之舰取得联系？

方原走向自己的电脑，连通了古早模式的视频："这里是银河之舰。收到。请讲。"

视频对面的银河比邻计划地球指挥中心高级指挥官刘龙坤一脸焦急："啊！方副舰，你还好吗？"

方原比提问的人，还要更加意外："很好啊，能有什么问题呢，刘指挥？"

"是发生了意外情况，让梁天总设计师提前进入了极冻状态吗？"刘龙坤问。

方原刚还奇怪，为什么对方第一个问的，是他好不好，而不是梁老好不好。这下就得到了解答。原来地球控制中心的指挥官是以为梁天已经提前进入社会性死亡了。

"没有啊。"方原稍微让了让，让刘龙坤能够看到梁天坐在位置上的状态。

刘龙坤深深地吐出了一口气："没有提前启动极冻状态，总设计师的脑组怎么就下线了？"

方原有些疑惑："下线是什么意思？"

"就相当于没有了。"刘龙坤回答。

"那这样的话，脑组里面的记忆模块还能分享吗？"方原提出了自己最关心的问题。

"都下线了还怎么分享？"刘龙坤提高了音量，"现在是关心记忆模块的时候吗？"

"除了这个也没有什么好关心的啊。"方原意识到自己又被梁天给骗了，摆出一副事不关己的架势。

"你得先有实验室版的脑组，才有可能共享记忆模块。总设计师的脑组，在下线之前，记忆模块很可能已经被分享过了。"刘龙坤耐着性子解释了一下。

"分享给了谁？"

"离得最近的高级别实验室版脑组,当属火星洞幺的了。"

原来如此!梁老头还真的是说一做一套,害得他刚刚差点就被感动到了。那么认真地听梁天讲故事,想着要把总设计师珍藏的记忆,分享给他的曾孙女。方原扭头看了一眼梁天:"梁老头,真有你的!"

"方副舰,你叫梁老什么?"视频对面的刘龙坤,显然不太满意梁天的称呼。从地球出发的时候,方原可不是现在这个态度的。但凡有一丝一毫的不尊敬,方原都不可能入选银河比邻计划。

"我相信你的听力不会出错,听到什么就是什么。"方原也不怕直接摆烂了。

"方副舰,你能让梁老和我们通个话吗?"刘龙坤换了个说法。

"你好歹也参与了银河之舰的设计,难道不知道总设计师的椅子是全自动的?他要是想过来,早就过来了。到现在都没过来,就说明人家并不想搭理你们。"

"方副舰,梁老的整套保障系统,都是通过脑组来控制的。脑组下线之后,他是什么都控制不了的。"

"是吗?"方原忽然有点好笑,转头盯着梁天,努了努嘴:"梁老头,没有脑组的滋味怎么样呀?"

要不是梁天一脸的平静,没有表现出任何遗憾或者失望一类的情绪,方原都很想再拍手来一句——天道好轮回,苍天饶过谁。

"方副舰,银河比邻计划,现在需要由你来负责推进了。现在情况非常紧急,火星洞幺声称,要把总设计师截留在火星。"

"截留?"方原一时没有明白是怎么回事。

"对,火星洞幺在专属频道,公开声称已经屏蔽总设计师的脑组,并且要让总设计师在火星再停留二十年。"

"这么酷的吗?"方原倒是没有想过,自己在火星上还有这么大个帮手。方原一点都不介意为火星贡献十年以上的呼吸。那是有脑组的空气,充斥着梦想成真的甜蜜。

"酷?简直捣乱!你知道银河比邻计划,是多少人的心血吗?"

"不知道啊。"

"那你想想，你那22222个科学实验的背后，有多少个人，多少个项目。"

方原并不想听这些大道理，抬手指了指梁天："你看你们总设计师，有着急的样子吗？"

"方副舰，你赶紧把星舰的全部通信系统打开，把火星时装周现场的混乱，投射到星舰里面，给梁老看一看。"

"不行。"方原斩钉截铁地拒绝了。

"方副舰，你究竟想做什么！"

"你和我急什么啊？银河之舰安全操作手册上明确规定，星舰进入补能程序之前，必须关闭一切系统。我这么小小的一个副驾，哪有权限调整操作手册的流程？"

方原没有脑组，和他通话的刘龙坤有。基组百科自动触发，很容易就能证明方原说的是真的。梁天没事，对地球控制中心来说，是一件天大的好事。问题在于，总设计师为什么这时候，还不和地面控制中心取得联系。

一开始，听到梁星火说要屏蔽总设计师的脑组，他们还觉得挺好笑的。梁星火确实有权限拉黑任何一个想要接收火星洞幺专属频道的脑组。但梁天总设计师的脑组级别，是可以调动星舰的投射功能的。地球控制中心也可以把现场情况投射到实验室版脑组的可升级扩展频段。单方面地不想让总设计师看专属频道，根本就是行不通的。

地球控制中心的人，是怎么也没有想过。米多多念完开场白之后，梁天的整个脑组都下线了。就和直接社会性死亡了一样。地球指挥中心，立马启动银河之舰预先设定的紧急极冻程序，以确保梁天就算突发疾病危及生命，银河之舰还是可以护送梁天的极冻舱，一直到太阳系的边缘。

紧急程序刚要自动启动，故障警报就此起彼伏。这下好了，不仅梁天的脑组失联了，银河之舰也跟着一起失联了。折腾了好一会儿，才终于有人想到，可以试着用方原的随身古董电脑来联系。

"方副舰，请你严肃对待现在所面临的问题。你应该也不希望银河比邻计划就这么失败吧？"

"我很严肃。总设计师现在又没有失能。我接受到的副驾训练，是要完全听从舰长的指挥。您是地球控制中心的高级指挥官，但您指挥不了我啊。"

梁天在设计银河比邻计划的时候，就把最高的执行权限，给到了自己的脑组。他从一开始就存了直接用极冻舱飞离太阳系的心。自是不可能把最后的决定权留给地面控制中心。

如果他的脑组没有被梁星火给接管。就算在他忽然失能，失去意识的情况下。脑组控制下的星舰机器人，也会帮忙完成极冻程序，尽可能地飞离太阳系。

这当然是有一点冒险的。因为数字模拟太阳系系统一直都显示这么做的风险过高。梁天也一直为此调整参数。从地球来火星的这一路上，经过不断的运算和路线调整，极冻舱方案的成功率，已经上升到了50%以上，这样的成功率，在梁天这儿，就已经算是非常值得一试了。

"小方原，你开启一下星舰的通信系统吧，我们可以过一会儿再补能。我想看一看你说的画面感拉满。"梁天终于发话了。

"你刚不是说你不要看吗？"

"老小孩说的话能信吗？"

"怎么着，言而无信你还骄傲上了？"

"我之前不知道，梁星火想让我在火星生活二十年。我以为她会恨我，没想到她会想见我。你去把系统打开，让地球控制中心，把实况投射到星河之舰上来。"

"我现在没办法启动银河之舰的通信系统。"方原拒绝了梁天，"你现在都没有脑组了，也就意味着，没办法计算，这么做是安全，还是不安全。"

不就言而无信出尔反尔吗？谁还不会呢？梁天没有反应的时候，方原说自己只听总设计师的。梁天有反应了，他又拒不执行。

梁天如果还能控制他自己的脑组，都不用起身，一个意念，就能让银河之舰直接进入执行程序。现在嘛，没有脑组的梁天奈何不了银河之舰，没有权限的地球指挥中心奈何不了方原。

"方副舰，你如果继续违抗总设计师的指令，有朝一日回到地球，事前说好的所有待遇都会消失，最后还要进监狱的。"

"刘指挥，你这么威胁人，就没什么意思了。您忘了我报名参与的是一场有去无回的银河之旅吗？"

方原并没有想过一定要回地球。他只要有脑组，就能开心快乐地生活在太阳系的任何一个有人类居住的角落。

"刘龙坤，在我失去脑组，失能之后，方原就是银河之舰的代理舰长了。他有权决定要或不要重启银河之舰的任何一个系统。"即便没有脑组，梁天在银河比邻计划里面的级别也高于刘龙坤。

"梁老，您怎么能在这个时候，做出这样的决定？是因为没有了脑组的记忆增强功能，导致思维紊乱吗？"这会儿，轮到刘龙坤对梁天的决议有异议了。

方原并不买梁天的账："梁老头，你别以为，你随便说这么几句，我就会原谅你，关停我爸爸的实验室和阻止我去月球植入脑组，这两件事情。"

"小方原，如果我没有机会见到梁星火，你帮我好好和她解释。"梁天开始像交代后事一样，交代方原帮他办事。

方原觉得梁天的提议非常没有道理："我自己都还需要解释呢！"

"你们两个，会成为彼此的解释的。"梁天伸出了苍老的手，试图让自己站起来。但他本来就行动不便，这会儿手又抖得厉害，根本也没有站起来的可能。

方原想过去扶，又觉得正在气头上的自己这会儿这么做并不合适，往前走了两步就停了下来："梁老头，你这都哪儿来的自信啊？"

"我不是对我自己有信心，我是对星火燎原有信心。"

"开什么火星玩笑？你觉得我需要这种信心吗？"

"小方原，终有一日，你是会感谢我的。你要相信，那一天，一定不会太遥远。"说完这句话，梁天就陷入了不知道是沉睡还是昏迷的状态。

看到梁天突发的这个状况，方原忽然就有点慌。理智上，梁天出现这个状态，是因为脑组出了问题，和他没有半毛钱的关系。情感上，梁天是他人生前二十年，最大的"绊脚山"，还是他拼了命都翻不过去的那种。

不管从情感还是从理智出发，方原现在都应该是满心欢喜的。把梁天往极冻舱一送，那句压得他喘不过气的"只要有我在一天"，就直接成了伪命题。

他应该大笑三声，指着梁天，志得意满地说："哈哈哈，老头儿，你也有今天。"然后再窃笑三声，坐在梁天一直以来的位置上，心情舒畅的跷着二郎腿："嘿嘿嘿，奇迹宝宝终于等到这一天。"

可方原却一点都高兴不起来。他想要听梁天讲老一辈航天人的故事。他想知道，一个特装车司机，是怎么成长为人类移民火星计划的总设计师的。那时候的梁天刚满二十，就和现在的他一样。那时候的梁天也是没有脑组的。都说年轻，就有无限的可能。真正把握住这种可能的，又有多少人？

梁老头总和他说，"这个问题的答案，还得你自己去找""你这么聪明，很容易想明白的""你是会感谢我的"。

糟老头子坏得很！话都说到这个份上了，就不能再说半句吗？凭什么你说我聪明我就得聪明？别人最多也就是道德绑架，怎么到了梁老头这儿，还上升到智商绑架的程度了？你就算把我的智商给抬到火星的高度了，架不住我情商低啊！没爹没妈，长这么大容易吗？

方原不想深究梁天话里面的意思。事情已经到了现在这个地步，他就算想要挽救，估计也挽救不了多少。

方原回到自己堪称古董的电脑前面，开始敲代码。当一切到了彻底没办法挽救的情况，趁着梁天还有生命体征进行极冻，便是一个必要且关键的选择。在执行这个程序之前，方原要先手动接入医疗机器人系统，拿到一张类似于濒死证明的极冻许可证。

如果梁天的脑组没有问题，出现突发危急情况，这个证明很有可能已经自动打出来，并且最后的检查程序也已经执行完毕。

方原可以不管刘龙坤的各种指令。因为旧式电脑并不在官方指令发布途径列表里。基于这个前提，方原找到无数条驳回的理由。最重要的是——谁能证明古董电脑对面的人，是真的刘龙坤？

这都 2070 年代了，视频换脸，比喝口水的难度大不了多少。在刘龙坤没有提供生物学身份认证的情况下，方原完全可以解释——我以为遇到了骗子，我和骗子说的一切，都是为了稳住他。

有没有人相信不重要。重要的是，他的行为，在操作手册层面，并不存在任何瑕疵。官方渠道都有哪些，手册里面列得明明白白。还非常有前瞻性地设定了，如果遇到了更高级的文明，受到了攻击，要怎么处理。总之呢，十年磨一剑的银河比邻计划，方案要多详细，有多详细。

如果方原要提前给梁天执行极冻程序，就必须有官方认证的濒死证明。没有的话，除非梁天自己操作，否则后果就和杀人差不多。写代码重启医疗机器人，对方原来说，并不是什么太过困难的事情。他可是连脑组都能开后门的人。

医疗机器人很快就结束了检查。报告显示，梁天现在身体各项指标都正常。不仅如此，还前所未有地放松，已经进入了深睡眠的状态。

这份报告，看得方原一愣一愣的。在他的印象中，梁天虽然一直坐着不怎么动，却是精力旺盛到像是根本就不需要睡觉。任何时间，他看梁天，都是醒着的。

方原差点都要相信，觉少是成为伟大人物的第一要素。方原没想到，梁天不睡则已，一睡就晕。原来和一天要睡足八个小时的人相比，每天只睡四个小时的人……只是失眠有点严重。

从医疗机器人那里接收完检查报告，确定梁天暂时不存在生命危险，方原就完全不想搭理刘龙坤了。他的古董电脑的年代这么久远，信号不好总可以吧？硬件故障总没问题吧？发生什么情况，都很正常吧？

方原一边说着"信号怎么了"，一边踢掉了古董电脑的电源，他都没有拿检查报告给刘龙坤看一眼，就这么彻底地掐断了和地面控制中心的联系。

从小到大，方原有太多小心翼翼的时刻。小时候，以为够乖，就能去月球植入脑组。上了大学，以为好好学习，就能拿到前往月球脑组实验室的通行证。

一次次的以为，一次次的失望。既然，这个冷漠的地球，没有任何一个人，会急奇迹宝宝之所急，那他也没必要太把银河比邻计划放在心上。

按照方原最初的计划，银河之舰会在补能结束之后，出现无法切断和中继站对接的故障。这个故障，看起来会非常简单，但负责维护中继站的机器人和人类工程师，一定没办法解决。因为问题是出在银河之舰这边而不是中继站的对接口。

火星中继站的工程师，并不具备检修银河之舰的资质。出现星舰手册未曾记录的外部突发状况，就需要陪同执行银河比邻计划的副舰长，出舱处理，随机应变。这是银河之舰手册里面，写得非常详细的流程。

这样一来，就需要记下非常多的参数，并且一直不断地进行运算。这也是为什么，一开始，银河比邻计划在招人的时候，就限定了是有脑组的新生代。哪怕有一些基组百科还不完善的内容，也可以通过地球控制中心，主动添加词条，来进行协助。看起来是副舰长一个人在操作，实际却是一整个团队。

方原借由妈生的过目不忘的本领，通过了这些原本需要自带基组百科的考核。他早早地就给自己编排好了一出大戏。

银河之舰刚到火星中继站就出了需要副舰长出舱操作的情况。本来就是新手，一路上又平安无事，一到中继站，就出了他完全没有见过的阵仗，导致年纪小小的副舰长整个人都乱了阵脚。

副舰长翻遍了操作手册，也没有找到应对这种突发状况的内容，过度紧张，导致记忆归零。手也抖腿也软，给什么信息，都能直接出错。连 3×3 都能算出来等于 7。整个一个人形的错题收集器。

年轻人嘛，又没有太多的人生阅历。平时拽得和二五八万似的，遇到事情就抖若筛糠，也很正常。

这一出大戏下来，方原作为唯一一个可以解决问题的人，因为害怕自己记忆出现紊乱，怎么都不敢上手。想要解决这个问题，只能让副舰长拥有可以精准显示相关内容的脑组。然后，又那么刚刚好的，副舰长和副舰长的实验室版脑组，都在火星。

外星来的人，到了中继站，并不算是真正进入了火星，不需要受到火星法律的限制，一留就要十年以上。反过来，对于火星居民来说，中继站只是一个来去自如的制高点。火星居民上来中继站一趟，就和地球上的人，去第一高楼看风景，是差不多的娱乐。

银河比邻，是在银河系里面给人类寻找"比邻"。这个计划，可不单单是为地球人类谋福利，与火星人类的福祉，也一样息息相关。不说别的，就说需要方原在路上完成的那 22222 个太空实验，有差不多四分之一都是太空育种项目。

带着种子上天，利用太空特殊的环境，对种子进行诱变，以此选育出新的品种——产量高、出苗壮、抗病好、发芽多……集万千优点于一身的变异株，来丰富全人类的粮仓。

地球农业当然会因为这样的种子受益。要是一不小心，变异出特别适合在火星土壤环境下种植的品种呢？

通过磁场和大气再造，火星也是拥有一些本土农业的。但是，从地球上带来的作物，从火星的地上长出来，就完全不是一个味道。大部分食物，对于在地球长大的人来说，都难以下咽，只能提炼成能量块。只有那种，连土壤都是从地球运过来的，极少数特殊区域培养作物，能还原一部分地球上长出来的味道。

火星能量块自然是管饱又健康，但谁又不会想念家乡的味道？就连梁星火这种出生和成长在火星的，都会整天闻着地球美食的味道想入非非。

就问那些吃一碗米饭相当于买地球超一线城市一个平方米的火星居民，会不会想要在火星上看到随处都能种植的水稻？就问有没有人能经得住这种可能的诱惑？会不会想想都开始唾液分泌加速？

把这个理由拿出来当重点说，只能靠火星能量块来解决温饱问题的火星人类聚集区的管理者会不心动？方原还就不信了，在这样的情况下，还没人把本就属于他的实验室版脑组，乖乖地送来中继站。副舰长的脑组要是搞不定，影响的可不只是奇迹宝宝，而是一整个银河比邻计划。

另一方面，方原也考虑过可行性。他的脑组，是先天适配的，早就经过了最严格的检验。换了别的申请人，一等等好几年。到了方原这儿，只是麻烦火星有关方面，派个专门的团队，到中继站，帮他植入实验室版脑组。

这是分分钟搞定的事情，还不会影响银河比邻计划的进程。在对接的细节上各种搞破坏，既不影响火星时装周，也不影响银河比邻计划，一直是方原心中的首选方案。因为有这个步步为营切实可行的方案的存在，方原并不认为自己需要梁天的帮忙，才能获得脑组。

梁天给出的提议，说要帮他留在火星，虽然很让方原心动，却也没有到让他听完就无条件服从的程度。从小到大，方原习惯了靠自己，以及规避一切来自总设计师的影响力。让方原没想到的是，他这边一切都按部就班了，梁天那边却出了那么多的意外。不管怎么说，只要梁天不需要提前进入极冻状态，那一切就等植入完脑组再说。

除了银河之舰里面的两个人，火星中继站的萌宠和它们的主人，都不知道发生了什么。这会儿，喵星人模特队，已经走在火星中继站的中央枢纽。中央枢纽有一块实体的屏幕，用来显示星舰在中继站的补能和上下客的情况。

在银河之舰到来以前，所有进入火星中继站的星舰，都会在第一时间下客卸货。快速补充完能源之后，即刻返航。像银河之舰这样，一到就停着不动，完全没人出来的情况，还是第一次出现。

方原只用了两个步骤，就处理好了刘龙坤忽然闯入老式电脑信号的情况：第一步，说一声信号不好；第二步，不小心踢掉电源。这台曾经对方原来说，最为珍贵的，可以让他窥探脑组一隅的电脑，在真正的实验室版脑组面前，显得轻如鸿毛。

方原看了一眼沉睡的梁天，没有过多的打扰。他决定要先看看那些驱散了他内心阴霾的宠物猫。如果可以，谁又不希望自己的内心是充满阳光的呢？谁愿意年纪轻轻活得那么压抑呢？让喵星宇航员的力量，来得更猛烈些吧。

如果有可能，方原希望可以带着自己的脑组和喵星宇航员，一起完成接下来的旅程。他才刚刚走到舱窗，就发现中央枢纽的补能显示屏信号抖动了两下。很快，这个实体屏幕的显示内容也被强行切换了。

"各位火星同胞。各位火星同胞。"

"这里是银河比邻计划地球控制中心。"

"我是高级指挥官刘龙坤。"

"我和地球上的很多人一样，正在通过火星洞幺专属频道，收看火星时装周的直播。"

"很抱歉用这样的方式，打扰到你们为总设计师设计的百岁庆典。"

"我现在有理由相信，银河之舰的副舰长方原，利用火星洞幺想要给总设计师带来惊喜的信号屏蔽过程，控制了已然失能的梁天总设计师。"

"副舰长方原，在达到火星中继站之后，发生了叛变，切断了银河之舰和地球的全部联系，企图更改银河比邻计划的执行方向。"

"亲爱的火星洞幺，我相信，你截留总设计师的前提条件，是让总设计师身心健康地再活二十年。"

"但总设计师现在已经处于失能状态，生命危在旦夕。"

"各位火星同胞，请你们停止百岁庆典，共同帮助总设计师，完成毕生的梦想，帮助全人类，完成银河比邻计划。"

刘龙坤的这番话，把没有搭乘火星天梯，直接靠仿生宇航服上来的梁星火给说蒙了。明明是她，监管了梁天的脑组，让曾祖父的脑组处于失联的状态。怎么就变成了那个什么副舰长的杰作了？

还发生了叛变？开玩笑，实验室版脑组，是那么容易被别人控制的吗？就连她这个人类第一个实验室版脑组的拥有者、总设计师的直系亲属，都得钻百岁监护的漏洞，才有机会。别的随便什么人，又怎么可能先她一步完成？

梁星火像看喜剧似的，看着在中央枢纽屏幕上的刘龙坤。好笑归好笑。却也知晓，刘龙坤没搞明白这个状况，其实一点都不奇怪。

实验室版脑组，之所以有实验两个字，是因为具有可升级的模块。模块升级过程中，一些确认不具备潜在危险的，将有可能在未来被添加到普惠版里面。但前提是先通过实验室版的测试。

脑组出现至今，每年都会有新的限定规则。在银河比邻计划执行之前，梁天一直都是这些规则的制定者和最后决策者。规则制定之后，就会在实验室版的部分脑组进行升级和测试。只有测试成功并通过最后的验收，才会经由脑组决策办公室对外公布。

百岁监护的测试需求，需要有两个或以上的直系亲属，拥有实验室版脑组。加上测试者本人，就需要至少三个有亲属关系的实验室版脑组的相互配合。符合这个条件的家庭，截至目前，只有一个——梁星火＋梁星蓝＋梁天。

梁星蓝拥有的，是人类第三个实验室版的脑组。梁星蓝的实验室版脑组，不是先天植入的，是在火星洞幺的实验获得成功之后。因此，生产时间比方原的脑组还要更晚一些。

以成功植入来算的话，梁星蓝是第二个。但这整个过程，几乎都是隐形的。加之梁星蓝根本就没有出现在任何公众场合，百岁监护模式，哪怕是对于专门研究实验室版脑组的人，也一样是一个隐藏的功能。

梁天的脑组已经被梁星火监护了，只要隐形至今的梁星蓝不出来捣乱，梁星火被发现的可能性就微乎其微。梁星火不在乎刘龙坤是不是搞清楚了真实情况，倒是他话里面的一个信息，引起了梁星火的注意。

失能？生命危在旦夕？如果真的发生这样的情况，她作为梁天脑组的监护人，第一个就会收到预警。梁星火的目标，是把梁天留下，让他好好感受一下火星的风土人情，再通过监管脑组权限，把银河之舰开走。

这么精心设计的一个计划，都还没有进入执行阶段呢。怎么情况忽然就变得复杂起来了？还怪……令人期待的。

这个声称自己是银河比邻计划地球控制中心的高级指挥的人，肯定是收到了错误的信息，做出了错误的判断。可是，为什么会这样呢？她才刚刚监管了曾祖父的脑组，为什么看刘龙坤的反应，总设计师像是已经失联了有一段时间。

入侵火星中继站的实体中央屏幕，虽然不能算是很难的任务，但也是需要时间的。这一定比她监管脑组的时间，来得更长一些。也一定是穷尽了所有的办法，才会想到用这样的方式。

在这之前，发生了什么？为什么会出现这样的情况？是什么原因，让一整艘银河之舰，在梁天的脑组被她监护之前，就和地球控制中心失去了联系。

梁星火进去梁天的脑组监护，启动了模拟数字太阳系超算系统的最高权限，调取银河之舰即将到达火星时的数据回放。在数据回放的过程里面，梁星火听到了类似于清晨鸟群合唱的声音，这是典型的合声波。

火星洞幺专属频道,也是通过合声波共振,来进行星际信号传递的。除了声音,系统还捕获到了弥散和脉动极光。合声波、弥散极光、脉动极光,在太空都不罕见,罕见的是,这些情况同时出现。利用的好的话,就会产生意想不到的效果。

数据回放的内容,除了有真实数据,还有一个专门的区域,放了一个参考系。参考系显示的,是半年之前,也就是银河之舰出发的时候,模拟数字太阳系超算系统做出的预测。几乎和真实数据回放一模一样。

看到这里,梁星火哪还能不明白,银河之舰在即将到达火星中继站的时候失联,是梁天有意为之的。可是,这是为什么呢?是想起来有百岁监控,觉得在这个时候把握住脉动极光,会让直系亲属的实验室版脑组之间也失去联系,通过这样的方式阻止她就近成为监护人?

那这绕的圈也太大了吧?应该还有别的原因吧?梁星火越想越兴奋。这真的,比和米多多一起在火星探险,还要更加刺激她的交感神经。

再有就是副舰长方原了。先前没有怎么看到过和这个人有关的报道。基组百科也没有自动显示这个人的信息。这难不成不是真实人类,而是实验中心训练的数据,一个不小心就产生了自主意识?要是这样的话,梁星火还挺想试一试,火星洞幺和地球数据之间,到底谁的掌控力更强一些。非常短暂的一个瞬间,梁星火的思维就拓宽了好几个层面。

刘龙坤并没有给梁星火太多想入非非的时间,就又开始单方面的解释:

"副舰长方原,曾经因为奇迹宝宝的身份,为太阳系的人类聚集区所熟知。"

"他是人类第二个实验室版脑组的主人,却因为种种原因一直错过。"

"我们有理由相信,这位副舰长因此产生了反地球、反人类的情绪。"

"请火星人类脑组实验室,密切监管每一个尚未接入的实验室版脑组的情况。"

"以免落入反人类分子的手中,造成不可挽回的后果。"

"银河比邻计划地球控制中心,向每一位火星同胞,表达深深的歉意。"

"我们曾经希望,让一个在普惠版脑组里面成长起来的新生代,来陪伴梁天总设计师,完成最后的征程。"

"奇迹宝宝方原,蛊惑了总设计师,影响了最后的结果。"

第十章　初次见面

刘龙坤已经有点歇斯底里了。此时的他，还完全没感觉到，自己的这番话，同时得罪了很多人。

首先，梁天总设计师是火星移民的信仰。这样的人，要是这么容易被蛊惑，那他们的信仰，岂不是太容易崩塌？如果方原是通过别的手段，上到银河之舰的，火星移民可能还会同仇敌忾。刘龙坤偏偏透露，这是梁天总设计师自己的决定。

其次，方原既然是人类第二个实验室版脑组的主人，那他肯定和火星洞幺有着差不多优秀的背景。这样的人，说反地球就反地球，说反人类就反人类，那火星移民还有什么未来？

刘龙坤因为突发状况过于着急。在他自己还没有得到认可的情况下，就透露了很多不该透露的信息。这样一来，难免招致怀疑和反感。

梁星火趁着刘龙坤说话的时间，反应了一下。确定这个地球控制中心的高级指挥，绝对没有可能成为帮助她更接近目标的人。梁星火启动由她监管中的总设计师脑组的最高权限，直接把火星洞幺专属频道正在播放的画面，切换到了中央广场的实体屏幕上。

方原想让刘龙坤下线，还得假装不小心踢掉老式电脑的电源。梁星火想要刘龙坤下线，只需要一个意念。总设计师的脑组，又不是真的失能。刘龙坤的意志，代表不了梁天的意志。脑组监护人，却是合理合法地拥有了代表权。

"各位亲爱的火星同胞，我就是刘指挥嘴里的，亲爱的火星洞幺。是你们从小看着长大的那个火星一号公民。"

"我看到了大家的表情。你们现在是不是有点意外？意外就对了！不意外怎么能叫探险呢？"

"没有足够的意外，怎么能当作'火星探险'系列的完结呢？要是就那么草草结束，你们肯定会说连火星洞幺都学会了烂尾。"

"这，当然是不可能的。为了避免烂尾的情况发生，我专门邀请银河之舰地球控制中心高级指挥官，录了这样的一个视频。"

"现在，我宣布，'火星探险'系列最终章主题是营救——《带着时尚萌宠，一起冲出火星》。"

"我们要营救的，是被困在银河之舰里面的人类移民火星计划总设计师。我们的目标，是让总设计师在火星上，身心健康地再活二十年。"

"请大家放心，我的曾祖父目前的真实身体状况相当良好。他将会亲眼见证，第一届火星时装周，亲自参与我们为他准备的百岁庆典。"

梁星火原本就是极具感染力的存在。刘龙坤费尽心思，也只能攻克中继站中央枢纽一块显示补能情况的实体屏幕。火星洞幺不管到了哪里，都自带全息投影。从任何一个角度，都能看得清清楚楚。

原本，那些拿了萌宠同款宇航服的宠物主，还觉得有些奇怪，说好的别开生面的时装周，最后怎么忽然变成了这样。听完梁星火的这番话，倒确实是对别开生面这四个字，有了全新的解读。

火星洞幺是每个人看着长大的。火星居民对梁星火的信任度，比对自己家的小孩还要高很多。梁星火都这么说了，宠物主们，也纷纷让自家的萌宠火力全开。

火星上又不是只有喵星人，遛狗专业户们，决定来个更厉害的。猫步是走不过喵星人，汪星人派出两只训练有素的导盲犬，拉着庆贺总设计师百岁华诞的巨型横幅，冲上了中继站的中央枢纽。

这下好了，一面巨大的旗帜，直接盖住了自信昂扬优雅时尚的喵星模特队。看到导盲犬在前面带路，其他的汪星人也纷纷加入了狂奔的行列。碍于火星人类聚集区的规模限制，在宠物宇航服出现之前，汪星人很少有可以这么肆意狂奔的时候。看到这个场景，铲屎官们也都开始热血沸腾。

第一届火星时装周的氛围，就这么被带动了起来。刘龙坤的忽然闯入，直接变成了一个事先设计好的探险引导片。铲屎官们沉浸在"火星探险"最终章的欢快曲调里。知道真相的方原和梁星火，有各自不同的思索。

方原很清楚，刘龙坤的闯入，肯定不是预先设定好的环节。他意外火星洞幺的淡定和从容。如果是他遇到同样的场景，先不说，他有没有可能立马掐掉被地球控制中心攻入的视频信号，最起码，他会需要一段反应时间，来思考相应的对策。

梁星火则是想要尽快搞明白，究竟发生了什么，让地球控制中心的高级指挥官这么歇斯底里。首先要弄清楚的是银河之舰的功能是否还齐备，她还有没有可能，通过梁天的脑组权限，把银河之舰全须全尾地开回到地球。

地球有可能会禁止她入境，但肯定不可能不允许她补能。只有这样她才能回去火星，接上总设计师，完成未尽的银河比邻计划。在火星补能，补的是能量块。地球又没有这种东西。这样的话，臭豆腐啊，榴莲啊，福州锅边糊啊，柳州螺蛳粉啊，厦门沙茶面啊……菜单还不是随便她开？

梁天的脑组下线，是梁星火动用了最高监护级别，掐断了所有的功能，包括最基础的联络。按照百岁监护规则的设定，梁星火的行为，就和2020年代的爸爸妈妈们不让三岁以下的小孩子玩手机，是差不多一个性质的事情。能看还是不能看，能玩还是不能玩，全都是监护人说了算。

梁星火真正获得监护权限的时间，还非常短暂。短暂到刘龙坤很难发现异常。

方原站在舱窗的边上,他能看得到中央枢纽的屏幕,也能看到穿着仿生宇航服的梁星火。虚拟投射和本人,都一样看得一清二楚。

梁星火也看到了方原。她用手指了指自己的宇航服,用嘴型问方原有没有。与此同时,梁星火的手上多出来一套哪吒造型的宇航服。

方原反应了一下,很快就明白了梁星火是什么意思。方原指了指自己的耳朵,表示他可以听到星舰外面的声音,只是他的声音有可能传不出去。方原转身把梁天之前放到他手上的仿生宇航服拿了起来。

哪吒宇航服的造型或许特别,但肯定没有地球顶尖科技实用。梁星火的反应要比没有脑组的方原快上许多,直接开口:"来啊,出来一起玩儿啊,奇迹宝宝。"

顺着梁星火的声音和说话的方向,负责"火星探险"系列画面捕捉的卫星系统,直接定位到了方原。

刘龙坤一开始说副舰长方原的时候,基组百科一点信息都没有。当他把奇迹宝宝的名号加上,基组百科就自动搜索了一大堆陈年往事出来。

火星处处都是奇迹,以及想要创造奇迹的人。奇迹宝宝这个名号一出,方原在火星上的认可度,也直接跟着飙升。火星居民更加确定刘龙坤刚刚的闯入是刻意安排的,为的就是告诉大家,这次陪着梁天来中继站的人,也不是没名没号的年轻人。

方原确实是要离开银河之舰的,但不是现在。按照计划,他需要等火星相关部门迫于紧急情况把脑组送过来的时候,才一步三回头地离开星舰。方原强忍住了立刻出舱的冲动,指了指后面,做了一个睡觉的动作,示意梁天在银河之舰里面睡着了。

梁星火不清楚在被监护人睡着的情况下,百岁监护模式是不是还有什么特别的设置。既然是试验,那一切就都还是未知的。按照脑组监护的规则,当出现危及性命的紧急情况时,脑组在任何状态下,都会发出强预警。只要没有发生这样的情况,梁星火的心就放得很宽。

"这么吵，我太爷爷都能睡得着？"梁星火眉眼弯弯，甜甜的笑意里面夹杂些许意外，对着正处于狂欢状态的火星居民们喊话："总设计师是不是嫌我们的生日庆典，办得还不够热闹！"

梁星火的宇航服具有悬停飞行功能，米多多的也是，但剩下的宠物和铲屎官，就没办法直接飞起来，或者停在一个固定的高度。

火星中继站的每一个平面，都有四个对接口。这些对接口，都是可以移动的。听到梁星火的喊话。已经到了中央枢纽的铲屎官们，纷纷开始手动操纵，把原本处于不同朝向的对接口，全都往银河之舰的方向转。很快就搭建出了可以无限接近银河之舰的透明旋梯。

借由火星相对有限的引力环境，来到银河之舰边上的喵星人高高跃起，双手攀着舷窗，然后又轻轻落下。还有的，甚至会在降落的时候伸出一只前爪，看起来像是和星舰里面的方原打招呼。这只还没落回地面，另外一只就已经上去。这前赴后继的样子，既呆萌，又欢乐。

喵星人们可能并不知道发生了什么，别的猫都跳了，也要跟着跳一下。就连狂奔的汪星人，都被这样的前赴后继吸引，小心翼翼地过来准备加入。和天生喜欢爬高往下跳的喵星人比起来，汪星人在透明对接旋梯的中央，显得有一点恐高。

……

方原再度走到梁天的身边，查看他的状态。梁天看起来还是在深睡眠，和先前没有什么变化。方原想着，是不是再把古董电脑给打开，让医疗机器人出具一个不需要随时监护的证明。这样一来，他就可以在不违反银河之舰安全操作手册的前提之下，去星舰外面搞明白，火星这边，究竟是怎么回事。顺便再看看能不能尽快给自己争取一个植入实验室版脑组的机会。

方原还没往电脑那边走，就被闭着眼睛的梁天给拉住了。梁天伸手拉住的不是方原的身体，而是方原拿在手里的那套具有悬停飞行功能的仿生宇航服。

方原在松手和不松手之间犹豫，一时间，有点分不清楚，梁天到底是睡着还是醒着的状态,又为什么要在这个时候,拉着亲自送到他手里的仿生宇航服。是这么快就反悔了想要拿回去?

"去玩吧。小娃娃。"梁天闭着眼睛和方原说话:"能在有生之年,看到星火燎原合体在火星上探险,也算是超越了我曾经最美好的想象。"

方原被吓了一跳:"老头儿,你一直醒着呢?"

"如你所见,我一直在睡。"梁天仍然没有睁开眼睛。

方原差点被整无语了:"那我现在是在和你的灵魂对话吗?"

"茫茫宇宙,浩瀚太空,原本就可能藏着关于灵魂的秘密。"

"呵呵,梁老头莫不是也想说,科学的尽头是神学?"

听到这句话,梁天缓缓地睁开了眼睛,开口说道:"科学的尽头是彼岸。"

"那彼岸又是什么呢?"方原问。

"彼岸啊,那是人类要一起去寻找的答案。我很有可能是找不到了,但星火燎原还有机会。"

"梁老头,你这话说得,我看得上火星洞幺,也得人家看得上我才行啊。"

"小娃娃,当你的眼睛里面,装的是全人类,你就不会认为我说的彼岸是小情小爱。什么亲情,什么爱情,什么友情……统统都不算。"

方原还没想好怎么反驳呢,就听梁天自己摇头叹息,说道:"可是啊,一个人,如果连亲情、爱情和友情都不放在眼里,到了最后,又一定会像我这样,追悔莫及。"

"梁老头,你到底想说什么?"方原被整糊涂了,"你能不能不要一天到晚地神神叨叨,说话说一半。"

"我猜啊,你再不下去,火星洞幺,就要上来了。我现在想的啊,就只有睡觉。小方原,你要记得帮我说声抱歉啊。"梁天说着说着,就又昏迷了似的。

……

米多多最后一个坐着火星天梯，来到中继站。她的户外宇航服也是最尖端的仿生悬停款。但她没有像梁星火那样，用悬停飞行功能，直接上到3000米的高度。

米多多是和大部队一样，坐着火星天梯上来。她一个人，单独坐一架，手里推着一个巨大的泡泡机。泡泡机，顾名思义，就是用来制造泡泡的。但米多多推的这一台，制造的又不是一般的泡泡，而是火星磁合泡。

这种泡泡，一旦从泡泡机里面打出来，就会悬停在那里。生命体都可以自主往里面跳。跳进去之后，就会被磁合泡给包裹起来。只进行一次包裹，就仍然会悬停在原来的位置。生命体在里面做任何运动，磁合泡都不会移动分毫。直到里面的空气被消耗殆尽，才会慢慢地往下掉。磁合泡包裹住生命体之后，会忽略掉内部的动作，又会对外部的力量特别敏感。

伸出一个手指头，轻轻一碰，都能让磁合泡往固定的方向一直飘。直到遇到体型庞大的固体障碍，没办法快速绕行，才会再次停下来。如果生命体是穿着自带呼吸系统的宇航服被包裹在磁合泡里面。那这个磁合平衡的悬浮状态，就能持续很长时间。

米多多的探险系列，经常会用到这样的磁合泡，来观察即将要探险区域的地貌。先前，大家都以为这种打造磁合泡的特殊材料是很昂贵的，只有和火星洞幺一起制作"火星探险"系列的时候，才有可能使用。参与到最终章的制作，磁合泡发射机就像是不要火星币似的，往中继站的各个方向和各个高度打。

大概是因为火星中继站在设计的时候，就没有想过要容纳这么多人。通过磁合泡悬停高度的不同，就可以把平面的空间延伸成立体的。一开始，铲屎官和他们的喵星汪星主子，还有一些局促。等到抱着萌宠往磁合泡里面跳的人慢慢变多，参与火星时装周的现场人，也就开始了争先恐后。

大家都已经发现了，磁合泡包裹了生命体之后，就会被轻轻地往银河之舰的方向推。虽然各自的高度并不一定相同，但肯定是越早出发，越有可能占据观赏银河之舰的最佳位置。至于早早就到了，却远离舷窗，什么都看不到，也只能感叹运气不好。

反应快的会在这个时候打开自己和宠物的面罩，尽快把磁合泡内部的氧气给消耗光。这样就能重新出发，跳进一个新的磁合泡。随着聚集在银河之舰边上的磁合泡越来越多，银河之舰的造型，就像极了在洗泡泡浴。

一开始，方原是没动直接出舱的心思的。毕竟，他想演的戏，他手里有的筹码，都得在银河之舰要离开中继站的时候，才会触发。看到磁合泡慢慢悠悠来来回回的架势，方原意识到火星时装周压根就没有想让银河之舰离开的想法。

有人不想让银河之舰就这么离开，这对方原来说，肯定是一个好消息。这种情况下，方原就要尽快出舱，给自己找到植入脑组的最佳路径。现在的问题是，银河之舰的所有系统，都还处于关停的状态，就算他想要出舱，也没有哪个舱门是没有被磁合泡给堵上了的。

梁星火在这个时候出现了。就和梁天"昏迷"之前猜的一样。火星洞幺穿着包裹着热情的仿生宇航服，指尖轻轻一点，围绕在附近的磁合泡就相互碰撞，避让出了一条通往银河之舰前部舱门的路。然后，梁星火什么都没有干，舱门就自动打开，直接把她迎接到了银河之舰的里面。

"谢谢奇迹宝宝，给我开门。"梁星火进舱的第一句话，是对方原的感谢。

方原很是有些无辜。他还没有来得及重启银河之舰。在这种情况下，方原自己都不知道要怎么离开银河之舰，又怎么可能隔空给梁星火开门。

眼前的这个火星洞幺，和方原以前在同学的投射里面认识的很是有些不一样。具体不一样在哪里，又不太好说。好像是同一个人，又好像哪儿都不一样。

奇迹宝宝这会儿有点蒙。先是梁天一会儿深睡眠一会儿清醒,没有昏迷胜似昏迷。然后是梁星火不请自来,还要对他表示感谢。最关键的是,这位堪称人类榜样的火星一号公民,竟然连门都不敲一下就直接进来。

男女有别不知道吗?万一本宝宝正在换裤子,或者干点什么会让自己开心的事情……好好的一个人类榜样,就这么闯进来全太阳系投射,真的合适吗?奇迹宝宝也是要面子的。第一次出现在这么大的场合,难道不应该西装笔挺一下子……方原整个人都凌乱了。

……

"我的曾祖父,他,还好吗?"梁星火来到梁天的身边,柔声发问。人是蹲在梁天的身边,问的却是方原。

方原第一次这么近距离地听到梁星火的声音。活的、现场版的。他一直都很羡慕那些拥有脑组,可以邀请梁星火一起虚拟生活的同龄人。很多人可能一辈子都体会不到梦想照进现实的感觉。方原在二十岁的时候,就有幸和这种感觉不期而遇。从没有脑组到真人版这么近距离的嘘寒问暖,就算知道梁星火关心的人不是自己,也没有办法抑制激动澎湃的少年之心。

方原不知道要怎么形容此刻的感觉,说不清,道不明,却又那么让人贪恋。意识到自己有些失态,方原擦了擦差点就要流下来的口水,用尽可能波澜不惊的语气回答梁星火:"刚刚让医疗机器人检查过了,说是进入了深睡眠。"

方原转身把没给刘龙坤看过的医疗机器人的报告记录,调出来给梁星火。只要不用和火星洞幺面对面地说话,方原奔腾的心跳,就能回到限速范围之内。

"原来是这样?"梁星火出声询问方原的意见,"那我们要不要叫醒他?"

火星洞幺这么小心翼翼地问他话,方原视线稍微移动了一下,就和梁星火四目相对。凝望向他的那双眼睛,目光灼灼,像是噙满了期待，又装满了温柔的不忍。

方原何曾见过这样的火星洞幺，更不要说还是真人版的。他偶尔也能通过古董电脑，实现专属频道的切入，碍于条件的限制，他看的，远远没有那些拥有脑组且真正喜欢梁星火的人多。火星洞幺一句简单的询问，就整得方原完全不知道今夕何夕，身处何地，未来又要到什么样的地方。

"这个问题很难回答吗？"梁星火又问了一遍。

"呃……嗯……"方原强行回忆了一下，结合现场的这个情况，很快就找到了需要回答的问题，"要不然，咱就先让梁老好好睡一觉？"方原选择了一个可以和火星洞幺有更多独处时间的方案。

"那就听奇迹宝宝的。那你出来和我们一起探险准备庆典吗？"梁星火显然并没有要继续和他独处的打算。

方原有些失望，却也下意识地回答："好……好的。"

"那这样的话，你要不要先检查一下星舰看看有没有什么问题再和我一起出去？"梁星火一直都非常关心银河之舰的情况。她这么快冲上来，也是为了确定，星舰的情况是否良好。按照道理来说，她都已经监护了梁天的脑组，就能够直接查看星舰的各个舱体的状态。但此时的火星中继站，真正能够按照道理来说的事情，很有可能一件都找不到。

"不用检查，银河之舰一切正常，是因为补能的需要，才切断了所有设备的运行。"方原解释完了还嫌不够，认真地强调了一遍："这是银河之舰操作手册里面的正规流程。"

这样的解释，多少有点此地无银三百两，却也是方原内心的真实写照。他这会儿还没能植入梦寐以求的脑组，一切还要小心为上。不能因为见到了火星洞幺，就什么都不要。

"是这样啊……正常就好，那你赶紧穿上宇航服出来一起玩呀！"梁星火飞扬着情绪邀请。好看的眼睛，真诚的表情。心情也是肉眼可见的好到飞起。这是梁星火事先就练习过的邀请姿态，她和方原一样，不想让对方察觉到自己的真实意图。

"我一早就想出来一起了。"方原答应了邀请,却没有穿梁天和梁星火分别给到他的宇航服,也没有抬脚离开银河之舰的动作,反而是往后退了一步,拉开了和梁星火之间的距离。

"怎么了?"梁星火问。

"我有一点恐高……我刚刚从舷窗往下看了一眼,感觉中继站不是我特别想要待的地方,我想要脚踏实地地踩在火星的土地上。"

"你恐高,然后又坐着星舰,来参加太空任务?"梁星火把火星洞幺频道,切换到了由米多多主持的探险视角。趁着她自己这边的情况不会被直播,出声问方原:"所以这是你的底牌,也是你今天做这一切的目的,脚踏实地留在火星?"

梁星火问得很直接。方原一时不知道要怎么接。或者说,他不确定自己要回答到什么程度。一直都存在于虚拟世界里的偶像,有时候就是这样。你明明觉得已经和对方很熟了,方方面面也都了解过了,到了真正见面的时候,多多少少还是会有点奇怪。要么害羞一下,慢慢找到之前在虚拟世界里的那种感觉。要么在虚拟照进现实的那一刻,错付了感情,错付了青春,错付了能够付出的一切。

"你放心,现在咱们俩之间的对话别人是听不到的。"梁星火对着方原俏皮地眨了两下眼睛。像是在释放某种有特殊意义的信号。

方原反应了好几秒,不确定梁星火这么做的原因。这么多年来,他几乎所有的精力,都用在了记忆那些,别人只要有脑组就能自动获得的信息。在没有完成实验室版脑组的植入之前,他压根也不可能考虑任何和植入脑组关系不大的事情。

火星洞幺这是在干什么?美人计?方原避开梁星火的视线,在心里给自己打气:"火星美人,你也太小看地球上的少年了。美人计只能让我身体的一部分变成钢铁,却左右不了我钢铁般的意志……"

方原并不是很想相信梁星火。主要是这位姑娘的曾祖父才刚刚和他说过近乎一模一样的话。当时的他,听着老一辈航天人的故事,甚至都有点后悔自己对接口做过的手脚。如果他能轻轻松松把这个蓄谋已久的过程给逆转过来,那他一个激动,可能也就已经这么操作了。

问题在于,他策划了大半年,所有手脚都做在细枝末节的地方。虽然都是小地方,但又互相牵扯,牵一发而动全身。这破坏,搞起来不被发现不容易。想要一下就撤掉,那就不是不容易,而是难于上青天了。

当然,这里说的,是古代意义上的青天。时代发展到2070,人类想要上天,简直不要太容易。连月球都可以随便去旅游了,古人那些举杯邀明月一类的美好意境,早就已经化为虚无。

尤其是"举头望明月,低头思故乡"这种,但凡去过月球的人,都不可能因为看了一眼那边的生活环境,就想到自己的故乡。倒是可以在月球旅游基地里面小酌两杯,来个"举杯邀地球,低头是乡愁"。

"奇迹宝宝,你怎么不说话了?"梁星火一脸笑意,好声好气地问。

"因为我不喜欢别人叫我奇迹宝宝。"方原一脸的不爽,"逆鳞你懂不懂?"

有的人就是这样。别人对你态度不好的时候,你就拼命想要讨好。别人的态度稍微好一点,就以为别人欠了自己的。方原倒是没有这么愚昧的认知。他是觉得,这样的态度会让自己显得更酷也更成熟一些。

"是这样啊……"梁星火一脸的惊喜,"那咱们两个,可真是太像了。"

"像?哪里像了?"方原继续耍酷。

"当然像啊,我也不喜欢别人叫我火星宝宝。"梁星火对着方原,眨了眨忽闪忽闪的大眼睛。

方原用钢铁般的身体和意志,书写了大写的抗拒。这位漂亮姐姐,您演戏的痕迹这么明显,还好意思说这是两个人之间的悄悄话?哪门子的悄悄话,需要一边放电一边说?

"呵呵。"方原冷笑了两声,直击要害,"那能一样吗?你是火星洞么，我是什么？"

"你是人类第二个实验室版脑组的拥有者啊。咱俩一个第一，一个第二。这么一算，咱俩就不仅仅是像，而是直接贴在一起了。"

贴？谁要贴？胶水才是用来贴的。好好的人类，学什么非生物。

"你懂不懂什么叫拥有？"没几句话，方原就第二次被触碰到了逆鳞，很是有些不爽利。方原的语气虽是生硬，却也知道，自己所经历的事情，并不是梁星火导致的，只能哀怨地又来了一句："你从一出生，就什么都有，你又怎么会懂？"

"我不懂？"梁星火收敛起了温柔和笑意，冷冷地反问道，"那你愿意拿你的人生和我换吗？"

"我的人生？孤儿的人生？没有脑组的人生？你想要换的，是这些吗？"方原问梁星火，带着明显的火气。

方原认为自己问出口的，是一句笑话，梁星火却认真而又笃定地回答："是的。"

方原意外于梁星火的忽然变脸，反应了一下，才觉得自己大概率是被忽悠了："喊，我还真的差一点就要相信了。你们这姓梁的祖祖孙孙，可真是一个赛一个的虚伪。"

"我可以不姓梁。"

梁星火的回答，再次让方原感到意外。他虽然没有一天到晚都沉浸在火星洞幺专属频道，却也清清楚楚地知道，火星洞幺的家庭气氛，到底有多好。究竟是什么原因，让此时此刻，站在他身边的这个梁星火，变得和梁天只言片语描述的那个人差不多？

方原不断地告诫自己——这是真人秀，这是真人秀，这是真人秀。站在他身旁的这个姑娘，可是连刘龙坤的紧急联络，都能毫不犹豫掐掉的。还有什么，是活得像火星洞幺这么肆意的女孩子，做不出来的？

想到这儿，方原忽然又反应过来。梁星火在登上银河之舰之前，就已经帮了他很大一个忙。以他当时的情况——银河之舰停止运行，老式电脑没接电源——根本没有可能,通过自己的操作,打断刘龙坤的各种信号入侵。

在这种情况下,他完全不应该把梁星火摆在自己的对立面。不管怎么说,奇迹宝宝和火星洞幺,当下的目标,是一致的。方原终于反应过来:"你确定,我们现在说话是安全的?"

"当然。"梁星火回答。

"那出去之后呢,还一样安全吗?"

"是的,第一届火星时装周,所有的安排,由我说了算。"

"那我们出去吧。我想要的,不是在火星脚踏实地,我想要的,始终都只有我的脑组。假如人生真的可以互换,我的一切你都可以拿走,只求不出生在一场全人类的灾难,活得和每一个同龄人都不一样。"

方原并不是真的想要开始摆烂,而是,此前的情况,已经超出了他的掌控范围。他以为,自己对银河之舰已经有了绝对的控制权,已经无限接近最初的梦想。梁星火毫无障碍地不请自来,简直像是降维打击。

"脑组有什么好的?"梁星火来了个站着说话不腰疼的反问。问完,没有给方原回答的机会,就做了一个噤声的手势,示意方原保持安静,紧接着就开始和米多多的全息投射说话:"米姐,气氛渲染得差不多了是吗?……好的,我们马上出去。……没有,只有我和奇迹宝宝,我的曾祖父这会儿在睡觉。……行,那我们先出去再说。"

方原没有脑组,他看不到米多多的虚拟投射。听着梁星火的单方面表达,也能猜出个大概。方原不用提醒,就拿起梁星火带过来的哪吒宇航服开始穿。方原没有要梁天拿给他的那一套,多少还是有点硌硬。

方原没有问梁星火,穿好以后,要怎么才能离开所有设备都处于停运状态的银河之舰。总归,这位姑娘能毫无障碍地进来,就肯定能不费吹灰之力地带着他一起出去。结果却是两人齐齐地撞在了气密舱的门框上。梁星火和方原互看了一眼,眼神里面都写满疑惑。

"你不是副舰长吗？"梁星火出声问方原，"你出去的时候，星舰怎么都不会自动开门？"

方原一脸问号："你自己闯进来的时候也没有和我这个副舰长打过招呼啊。"

"那你开还是我开？"梁星火指着舱门发问，没兴趣在争论无聊的问题上浪费时间。

"当然是你开啊。我这会儿还不太方便彻底掌控银河之舰。"一个不小心，方原就把大实话给说完了，临了又怕暴露太多，赶紧出声解释，"重启的流程有点复杂，操作手册上面列了洋洋洒洒几十页。"

梁星火并没有注意到"彻底"这两个字。听方原那么说，就开始调用梁天脑组的监护权限。进来的时候毫无障碍，出去的时候，试了好几次都不开。

这是怎么回事？总设计师的脑组权限，忽然降级到了连银河之舰的门，都没有办法打开？梁星火刚想伸手推一推，就听到背后传来了一道苍老却并不浑浊的声音："小娃娃们，你们两个是不是想得太简单了？"

梁星火和方原齐刷刷地回头。这道声音的主人，不是早早就已经进入深睡眠状态的总设计师又是谁？不是叫都叫不醒吗？不是外面怎么嘈杂都没有用吗？这忽然一下子开口吓人是怎么回事？

第十一章　心结情怯

比起梁星火，已经在梁天跟前摆烂过的方原，反应倒是快了很多："什么简不简单的，小娃娃的世界能有多复杂？"

"小方原。我说过，我会让你合理合法地拥有脑组，你为什么就是信不过我？"

"我宁愿去相信一个杀人惯犯不会再杀人，也不要相信你这么仗势欺人高高在上的一个人。"方原摆明了想要激怒梁天，给梁星火争取一点想办法出去的时间。反正都已经这样了，方原也就不介意再摆烂得更彻底一点。

梁天没有再接话也没有解释，转头对梁星火说："你能想到利用百岁监护的权限，倒是挺让我这个曾祖父意外的。我很愿意，我的脑组就让你这么一直监护下去。但你要再等一等，现在，你得立刻把脑组的权限还给我。"

梁星火这也算是被正主给抓了一个正着。她倔强地看着说话自相矛盾的梁天。既没有交还权限，也没有出声回应，就这么僵持着。

梁天率先败下阵来："五分钟之内，如果我不能和地球控制中心取得联系，接下来将要发生的事情，可能就会超出我的掌控范围，更是你们两个小娃娃没办法面对的。"

"梁老头，你这是在威胁我们。"方原别的底气没有，却有足够的信心，梁天不可能在被他动过手脚的银河之舰里面，威胁到任何人。梁天已经控制不了银河之舰，他的脑组又联系不了地球控制中心，再加上行动不便。以上的这三点，让梁天的威胁，不具备一星半点的杀伤力。

"听话，我是在帮你们。"梁天先对方原说："你去重启银河之舰。"又对梁星火说："你现在要立刻解除脑组的全面监护，至少把对外联络的功能，先归还于我。"

方原不动，梁星火也不动。

"你们两个都是好孩子，要相信，我保护你们的心，从来都没有变过。"梁天的话，说得相当恳切。

星火燎原依旧不为所动。就算全地球的人，都认为梁天是好人，方原也不会这么认为。就算全火星的人，都把总设计师当成偶像，梁星火也没有这样的想法。

梁老很无奈地笑了笑："我得承认，你们两个小娃娃的计划都挺好的。按照你们两个商量的思路发展下去，还真有可能改变银河比邻计划的执行方向。"

"我们没有商量！"梁星火和方原异口同声地说。

"你们两个，都很聪明，我给你们两个讲讲道理。"梁天开始劝说，"银河比邻计划，不是梁天的银河比邻计划。我只是设计了这个计划，并且争取到了亲自执行的机会。银河比邻计划，是为全人类，在银河系之外，寻找一个可能的彼岸。这是全人类的事。你们两个，可以针对我这个人，但不能针对全人类。"

方原听到这里，就听不下去了："怎么就成了我针对全人类了？我都没有想过要破坏银河比邻计划，也做好了一个人完成22222个太空实验的计划，我都不像你，想着自己弄个极冻舱就走。真要有人在针对全人类，那也是你梁老头。"方原几乎是用吼的，哪个年轻人愿意被扣上这么大的帽子。

"我这次筛选的这些实验项目，尤其是那些和农业相关的，其实都可以先在火星上实验。每一个实验，都有备份。你可以在合适的时候，再做一个太空对比实验。"

梁天的解释，并不能让方原满意："梁老头，我都说了，我要的是脑组，你为什么非得让我留在火星？"

"小方原，你不留下来，你又怎么获得脑组呢？"梁天问。

"我就不能在中继站植入吗？"这是方原一早就想好的方案。

"当然是不能啊。这要是可以的话，火星中继站早就人满为患了，一天下来，怎么都得接待几十个像我这样的老头。"见方原还是不信，梁天又指了指梁星火："不信你问问你的同伙。"

这一次，梁星火倒是没有继续保持沉默："实验室版的脑组和普惠版的不一样，需要在实验室的特殊环境下植入。火星人类脑组实验室非常复杂和庞大，没有可能搬来中继站。"

拥有实验室版脑组的人实在是太少了。方原确实不知道还有这样的情况。他同学的脑组，都是出生之前，在医院就直接植入了。过程相当简单，并不比接种疫苗复杂多少。

方原的心里乱糟糟的。如果梁天说的是事实，那么，他又是在什么时候，知道自己的计划的？是这一路上都在看笑话，还是……方原没有脑组，很难一下子理清头绪。

梁天见状，又开始劝梁星火，用的是和刚刚差不多的话："五分钟之内，如果我不能亲自和地球控制中心取得联系，接下来将要发生的事情，就不是你们两个小娃娃能面对的了。"

"何以见得？"这是梁天第二次强调五分钟这个概念了。梁星火不确定，梁天是不是在危言耸听。

梁天认真解释：

"我是银河比邻计划的最高执行官，拥有这个项目的最高权限。这是你知我知，大家都知道的事情。你也正是凭借自己的聪明才智利用了这一点。"

"但是，我脑组的权限再高，也只是针对这个项目。我的地位再高，再怎么被人们尊称为总设计师，也不是地球和火星这两颗星球的最高决策者。你可以截断刘龙坤和火星中继站的联系，你能截断地球和火星的官方交流途径吗？"

"刘龙坤还年轻，又是第一次担任星际项目的地球高级指挥官，难免有些着急和冲动。他通过入侵方原的老式电脑和中继站的中央屏幕来喊话，是做了没有授权的事情，会给他自己留下把柄。他的这个行为有些粗糙，被你截断利用，也都是因为他操之过急。"

"刘龙坤肯定不希望有什么意外，来影响他第一次当高级指挥官的完美履历。但是啊，真当事情超出了他的控制，他肯定是会上报到官方的。更不要说，你现在是全太阳系直播。哪怕 99% 的人相信了你刚才的那套说辞。剩下 1% 的人，也会把这件事情查个底朝天。"

"梁星火，你要相信，全人类的智慧，一定超出我们任何一个人的想象。哪怕你拥有实验室版脑组，哪怕你是火星洞幺。"

梁星火有绝对的自信，可以通过监护梁天的脑组主导整个银河比邻计划的走向。她可以让银河之舰更换目的地，分分钟就能改成让她魂牵梦萦的地球。但梁天刚刚这番话里面表达的，更深一个层面的，超越了银河比邻计划高度的视角，又确实是梁星火从来就没有接触过的。

她出生在火星，成长在火星，几乎也没有遇到过火星以外的事情。尽管每天被邀请到地球上的不同家庭里面做客。说到底，也都还是停留在虚拟层面的事情。真实的地球是怎么运行的？地球和火星的官方联系渠道又有哪些？这一切的一切，并不是一次次的身临其境，能够接触到的。

以梁星火的聪明，自然是一点就透的。火星洞幺的骄傲又不允许她承认自己先前的计划太过幼稚。

这一边，梁星火的心理发生了巨大的转变。她开始思考下一步的最佳路径。另外一边，方原却有了更深的怨念："你说这么多，不就是想重新掌控银河比邻计划吗？现在让你和官方联系，你肯定是要把银河比邻计划推回到最初的轨道上。"方原执念依旧，不会因为听了一两个故事，就发生根本性的改变。

"小娃娃，你要相信我，我现在没有时间和你解释那么多。咱们要先把眼前的难关渡过。我会记得我答应过你的脑组，你也要记得，帮我和梁星火说声抱歉。"

"不是啊，梁老头，人现在就在你面前，你在这儿和我说这些！你这是玩儿我呢？'抱歉'就两个字，有嘴就能说，你自己难道不会？"

"从我嘴里说出来的，梁星火一定不会接受。等我实现了我的承诺，也请你一定要慢慢慢慢地，让梁星火接受我的歉意，放下心中的芥蒂，愉快地到她自己想要的地方生活。"

作为2050年的新生代，方原实在是无法理解，梁天的脑子里面到底装的是什么。当面说声抱歉很难吗？这不就和我想你、我爱你，或者问今天吃饭了没，是差不多一样简单的事情吗。

方原还想说点什么。火星中继站现场的情况，却没有给他这样的时间。

"各位火星居民，各位火星居民，这里是火星官方广播。有脑组的居民，也可以切换到官方频道……"

火星官方广播是全渠道的。从最古老的喇叭喊话渠道，到脑组里面的内嵌频道。不仅有全语种自适应，还有手语和盲文。通过这样的方式，可以保证不落下一个人。

梁天说了两次，他必须在五分钟之内，和地球控制中心取得联系。实际只过了三分钟，火星官方就直接下场了。反应时间，比梁天预计的还要更短一些。

这也不难理解。梁星火和方原，不仅切断了梁天和地球控制中心的联系，顺带着连银河之舰和火星官方的沟通渠道，也一并给掐断了。这样一来，都不用三方确认，就知道肯定出了问题。

原本就已经动摇了的梁星火，没有在这个时候继续固执下去。火星洞幺的智商不允许她在这种级别的事情上莽撞。在听到官方广播的瞬间，梁星火就解除了对梁天脑组的全权监护。

梁天刚刚拿回权限，就开启了全渠道通话："火星官方，火星官方，我是梁天。"

虽然没有事先商量，祖孙俩的配合，却也堪称默契。总设计师通过人类脑组最高权限做出的回应，打断了火星官方的广播。

两秒钟的沉寂过后，官方广播里面，传出了询问的声音："梁老，这里是火星官方，您现在是否安好？"

"火星官方，我现在感觉良好，正在执行银河比邻计划。感谢火星官方，在火星中继站为我举行百岁庆典。"梁天很自然地收下来自火星官方的关心。做了这么多年的总设计师，处理起来这方面的事情，自是比较得心应手。

"梁老，我们收到地球的公告函，说您在进入火星中继站之后，就失联了。"

"火星官方，我是在进入火星中继站之前失联的。"梁天和火星官方出来喊话的人，认真地解释了一下，"银河之舰即将接入火星中继站的时候，遇到了磁暴，进而形成了脉动极光，干扰了合声波共振传导。我和副舰长绕行了几圈之后，仍然没能解决这个问题，就直接进入了对接程序。这个突发状况，使得银河之舰和地球控制中心，失去了一段时间的联系。"

火星官方还是有些不放心："梁老，我们收到来自地球官方的沟通函，是说您在火星中继站遭受了挟持。"

"没有的事。这是人类飞行器第一次遇到合声波共振被打断的情况，不在模拟数字太阳系的运算范围之内。"梁天继续解释，"超算中心启动了紧急运算模式，导致我的实验室版脑组也出现了一些需要缓冲的情况，现在一切已经恢复正常，感觉良好。"

梁天通过实验室版脑组，把自己投射到了中继站中央广场的顶部。他通过全息投射，和来中继站现场参加第一届火星时装周的萌宠和铲屎官们招呼。但虚拟投射，始终还是有一部分情况，是可以伪造的。

火星官方也因此没有立刻下线全渠道喊话的程序。

"火星官方，我将在两个小时的身体检查和状态调整之后出舱，请火星官方派人协助，我想亲眼看看火星中继站的时装周和百岁庆典。"

"这样啊！"喊话的人松了一口气，"欢迎梁老莅临第一届火星时装周，请梁老保持脑组和星舰通信渠道的畅通。如有任何问题，请和火星紧急联络频段取得联系。"

"好的，谢谢。请给我一点时间，让我先和地球控制中心取得联系，好让他们放心。"

梁天和火星官方的这番通话瞬间就解决了方原和梁星火即将面临的星际危机。还有什么，是比总设计师准备亲自出舱，更能让人信服的？这个时候，已经没有什么人记得刘龙坤的那番话。就算记得，也彻底当作是百岁庆典的引子。

银河之舰里面安静得落针可闻。梁天刚刚的那番话，包括最后说要出舱，都是为了规避梁星火和方原两个身上的责任。让人以为，一切的一切，从一开始，就是老头儿自己授意的。

方原想不明白，梁天为什么这么做。截至目前，梁天在方原这儿，始终都还是不落好的。

梁星火大概能明白，梁天为什么没办法当着她的面说抱歉。但是，曾祖父肯定没有明白，她真正介意的，究竟是什么。不是火星洞幺的身份，不是成为人类移民火星的试验品，不是遇到米多多之后才知道什么叫隐私，而是……

梁星火苦笑了一下，事情发展到现在，想那么多七七八八的也没有用。当务之急，是先认真地执行火星时装周的开幕式和总设计师的百岁庆典。

等到梁天和火星官方对话结束，忍了好久的方原，终于开口说话："梁老头儿，你刚刚说了那么多，也没有什么实质性作用啊。"

原本，方原都是叫的"梁老头"，这会儿改成了"梁老头儿"。字面上变化不大，却代表着方原的内心，悄无声息地发生了一些细微的改变。

奇迹宝宝对总设计师的态度变了。这么些年，方原并不是什么不知好歹的人。他拥有的不多，所以会对每一个对他好的人，掏心掏肺。比如孤儿院的保育员，比如他的导师蓝茱宜。唯有梁天是方原心里的一根扎得很深的刺……

方原并不是一个喜欢把人往最坏的地方想的人。实在是亲眼所见又亲耳所闻。他再怎么努力，也没办法给梁天的所作所为，找到一个合理的借口。

"怎么说？"梁天没太搞明白方原的意思。

"就……就算你彻底搞定了火星官方，那还有一个地球官方在等着啊。别的咱不说，光刘龙坤高级指挥官那一关就不好过吧……"方原说出了自己的担忧。他有点后悔自己之前的态度，但也只是那么一点点。后悔有用的话，每天啥也不干，大字形地躺在床上忏悔，不就直登极乐之境了吗？

"没事的，小方原，你放宽心，刘龙坤那一关不用过。"梁天摆了摆手，说道："他要是聪明的话，就会按照梁星火的话术来说。"

"凭什么呀？他和我们又不是什么利益共同体。"方原不信。这个世界上的人，虽然不见得有多坏。但他明明在搞破坏，对方还发来无尽的关怀，怎么都不太合理。

"他当然是了。他如果不承认之前的那段视频是和火星洞幺事先约定好的，就得解释未经允许入侵火星中继站中央广场实体屏幕的行为。"

"那他解释不就好了吗？"方原问。

"这是违规行为，他要怎么解释？除非入侵这件事情不是他的所作所为。"

"可是他都已经通知官方了啊。"方原还是有些不太理解。有谁见过自首的人，把杀人的罪名都坦白了，非得藏着曾经抢劫过两百块吗？

梁天摇头:"那不一样。"

"哪儿不一样?"

"通报给官方的行为不存在违规。我的的确确是失联了一段时间,他身为地球控制中心的高级指挥,再怎么关心都不为过吧?事后证明我没事,顶多也就被说几句反应过度。"梁天提示方原换一个思考的方向。

"这么个意思啊……好像是这么个道理。"方原认同完了又开始评价,"你们这些人,怎么一个个的,脑子里面都弯弯绕绕的。"

"小方原,你这打击面是不是有点大?你自己难道就没有点弯弯肠子?"

方原感觉到梁天话里有话,想也不想就回答道:"我啊,花花肠子倒是有!"人越菜口气就越大,奇迹宝宝也概莫能外。

梁天拿回脑组控制权和火星官方取得联系,是动用了他自己脑组的最高权限和全部联系渠道的。不用梁天亲自动手联系地球官方,地球官方就先联系了他。梁天示意方原赶紧去重启银河之舰,紧接着就接通了地球官方发来的全息投射申请。刘龙坤也出现在了地球官方的投射里面,却是站在非常边角的位置。

方原一边重启星舰,一边盯着刘龙坤。他还是有点担心,怕自己刚刚的态度,招致高级指挥官的报复。刘龙坤却是和梁天说的一样,一句话都没说,直接当了一个人形的背景板。还是那种做错事被罚站状态的背景板。

梁星火不像方原这么没见过世面。她只庆幸自己躲过了一劫。总归还是有那么一层曾孙女的关系在,在没有太大利益冲突的前提下,曾祖父属实没有什么必要对她赶尽杀绝。请注意!是在没有太大利益冲突的前提下!但凡遇到重大冲突,她就会被抛下,并且,是唯一一个被抛下的。

梁天很快结束了和地球官方的全息通话,理由是要做出舱的准备。地球官方验证了梁天的脑组信息,查看了医疗机器人出具的身体报告,确认没有问题,也就退出了这个通话。退出的那一秒,方原看到负责和梁天沟通的官员,带着愤怒的表情,走向了多少有点无辜的刘龙坤。

这个感觉,对于方原来说,还蛮新鲜的。一直以来,他都觉得自己是被官方针对的对象。这会儿,明明做错了事有人罩着。这难道就是传说中的,翻身农奴把歌唱的感觉!我噻儿一个瑟啊,噻儿一个瑟!方原忍不住在星舰重启的画面前面,扭起了古典的秧歌。

等到这一切都结束,梁星火有点僵硬地开口:"谢谢你,曾祖父。"

先前解决那么大的危机,梁天都淡定从容应对自如,这会儿忽然就有点说不出来话了。张了好几次嘴巴,才最终开口:"梁星火,曾祖担不起你的一声谢,现在时间紧迫,你先去忙火星时装周,等这个突发危机过去了,咱们再好好聊一聊。"

"突发危机过去了……"梁星火咬了咬下唇,"是不是,如果没有发生这样的事情,就算来了火星,也没有准备要和我聊?"

梁天颤抖着伸出手,想要摸一下梁星火及膝的长发:"你能理解曾祖的近乡情怯吗?"

"说实话,我不能。"梁星火避开梁天颤颤巍巍伸过来的手。

"你先去忙火星时装周吧,等结束了,你给曾祖一个申述的机会,好不好?"梁天的声音也有些颤抖。

"好。"梁星火只回答了一个字,就用最潇洒的转身离开。她发现自己的眼眶酸酸的,却倔强地不让任何带着咸味的液体滑落。

梁天有好几十本传记,和好几部近似于传记体的电影。这是身为人类移民火星计划总设计师的特别待遇之一。梁星火全都看过。有的是她自己找出来看的。还有的,是全家人,隔着两个星球,虚拟聚会的时候一起看的。

一直以来,梁星火都知道自己是试验的对象,并且是最成功的。地球能源趋于枯竭,人类需要到月球上,去火星上,寻找资源,也准备去寻找银河系之外的彼岸。身为火星洞幺,梁星火一直都知道自己存在的意义。她失去的,是别人都有的。她得到的,是别人都没有的。

从某种程度上来说，这也算是一种平衡。

梁星火从来都没有反过人类。因为她就是从一个人类幼崽，慢慢成长起来的。在梁星火的心里，真正让她硌硬的，从来都是另外一件事情。

如果，人类需要火星洞幺，如果，火星必须有独自成长到三岁的一号公民，那她作为双胞胎中的一个，为什么必须是她？为什么，这个对全人类都很重要的机会，不能给到梁星蓝？为什么梁星蓝会被保护得那么好？

哪怕是以家人的身份，梁星火也几乎就没有见到过梁星蓝，公众的场合，更是一次都没有。梁星蓝又不像方原那样，至今都没有脑组。这个小她六分钟的弟弟，和她一样，拥有实验室版的脑组，并且是在一切有关火星洞幺的人类实验彻底完成之后才植入的。这是多么小心翼翼的一个保护过程啊。经过双胞胎中姐姐的人体实验，确认无毒无害，再给弟弟也安安全全地装上。

梁星火能明白人类大义，却接受不了这种家庭安排。她也有想过，自己这样，会不会太奇怪，会不会有点抓小放大。会不会是因为她没有在地球上长大，所以理解不了地球人的文化。

因为这个，梁星火还专门认真地去研究了一下，地球人类的行为模式。她看到了一则五十年前的新闻调查，同一个年轻人，加价大几千块钱，买周杰伦演唱会的黄牛票，眼睛都不眨一下，买杯咖啡少用了一块钱的优惠券，就整颗心都在滴血。

类似的调查，一抓一大把，梁星火有理由相信，不管是在地球，还是在火星，不管是在过去还是在现在，一件事情，重要和不重要，从来不在别人眼睛里，而是存在于每个人的心底。

比起人类大义，梁星火更想知道，为什么是"她"而不是"他"。这个简单的家庭安排，才是梁星火真正介意的事情。家人对梁星蓝的每一次保护，都会对梁星火造成伤害。

从出生开始，她的一切，都要公开给全人类。梁星蓝却连植入实验室脑组这么大的事情，都是悄悄进行的。外部收到的唯一消息，就只有一句话："人类的第三个实验室版脑组已经在月球成功植入。"

植入了，成功了，然后，就没有然后了。名字都没有提，只笼统地说了个人类。这可真的是，有够区别对待的。这么巨大的一个新闻事件，如果不是有人采用了特殊的手段。哪怕是发生在月球上，又怎么可能这么悄无声息？

这样的特殊手段，为什么不能用在火星洞幺的身上？为什么她需要等那么多年，才等到一个真正关心她的人，教会她什么是隐私？

梁星火谈不上有多恨自己在地球上的家人。爱之深才会恨之切。她都没有怎么爱过，又要到哪里，去寻找那么多的恨？但心底的那一层隔阂，肯定是没办法避免的。

相比于梁天，梁星火更加不能接受那个叫梁鑫渠的地球人。这个人，是他人类学意义上的父亲。这个人，亲自拍板让她留在了火星。不仅如此，这个掌控着地月能源运输渠道的男人，在过去22年那么长的时间里面，一次都没有来看过她。

来火星千难万难，那是对别人而言。这个男人有的是渠道，要不然太阳系根本也就不可能存在什么火星洞幺。他可以为女朋友来一趟火星，却不能为亲闺女来一趟。

梁星火想着想着，就发现自己可笑且可悲。想什么呢？能一样吗？一个是异星恋的女朋友，一个是被抛弃在火星的代号01。

0—3岁，孤独的，唯一的，火星人类。3—14岁，不知道什么是隐私的火星人类。14—18岁，虽然知道了什么是隐私，却还是没办法拥有的火星人类。22岁之前，从来都没有真正意义上见过任何一个亲人的火星人类。

她又不是什么真的火星特有物种，她为什么要被这么对待？火星洞幺的荣耀？有没有人问过她要不要？这一切的一切，并不是一句抱歉就能解决的。这一点，梁星火知道，梁天也知道。这是梁星火的心结，也是梁天的情怯。

第二卷 火星有你

第一章　那些过往

梁星火走了，方原还在那儿杵着。梁天催促道："小方原，你连唱歌都喊火星是你的梦中情星，还不趁现在出去体验一下和火星约会的感觉？"

方原倒是没有想过，梁天还关注他在过来火星的这一路上，都唱了什么。但他这会儿有点不太想走。他担心自己一走，梁天就进极冻舱，独自去执行银河比邻计划。要这样的话，梁老头儿……太孤单了吧。方原发自肺腑地鄙视自己，银河比邻计划的舰长是孤单还是寂寞，关他一个可有可无的副驾什么事？堂堂总设计师又哪里需要奇迹宝宝烂好心？

"小方原，你杵在这儿是不是担心脑组？你脑组的事情，我一直都记得呢。"为了让方原安心，梁天出声解释，"我都和火星官方说要出舱，还让他们派人协助，肯定不可能不出去看一眼我的生日庆典。"

方原又一次得了梁天总设计师关于脑组的保证。但他还是想不明白，现在这种情况下，他要怎么才能合理合法地拥有他自己的脑组？真的可以让梁天一个人去执行银河比邻计划吗？

方原摇了摇头，尽量清空自己的情绪。他试着用梁天的逻辑说服了自己。忽然冒出来的这么多疑惑，全都是担心脑组才产生的想法，不是对关停爸爸实验室的人生出了不该有的关心。

方原顺着这个逻辑下来，跟在梁星火的后面出了舱，踏上了脑组所在星球的中继站，开始了和梦中情星的约会。

火星中继站，是一个室外的开放空间。中继站矗立在火星富含氧化铁的红色土地上。需要穿着宇航服，才能在中继站正常地行走和呼吸。这里不完全算是火星的领地，却绝对是火星居民的真实生活环境。

在踏出舱门的那一刻，方原被火星上的太阳给震撼到了。他都有点不确定，自己是不是看到了太阳。找了找参照物，又确定了好几次方向，方原才发出了感叹："真是难以相信，从火星上看，太阳竟然是一颗蓝色的星球。"

"这不是常识吗？"梁星火问。

什么叫常识？脑组里面有的吗？为什么一个一个的，都这么过分？没有脑组的方原强势回击："这是你们火星人的常识，但我是地球人！地球人！地球人！"

"啊，不好意思，我忘了，你这个地球人还没有脑组。"梁星火一脸的歉意，不动声色地来了一个完美的回击。梁星火原本心情就很糟，但她不是一个那么容易暴露自己情绪的人，也不会像奇迹宝宝那样，要么用喊的，要么说什么是自己的逆鳞。身为火星洞幺，她已经职业演戏22年。

方原咬牙切齿地回了一句："我谢谢你的提醒！"

"不用客气。"梁星火甜甜柔柔地笑着，"既然你没有常识，那我就给你介绍一下我们火星和你们地球的不同吧。"言罢，梁星火毫无征兆地用力地推了方原一下，直接把方原从对接银河之舰的透明旋梯上给推了下去。

因为和梁天赌气，方原没有穿梁天给的仿生宇航服，他穿在身上的这套装备，没有悬停飞行的功能。哪怕火星重力只有地球的0.38倍，从几千米高的地方掉下去，也一样是粉身碎骨的结局。

方原下意识地尖叫了一声，魂都差点被吓没了。预想之中的自由落地并没有发生。他很快就掉进了早就遍布在银河之舰周围的一个空着的磁合泡里面。

梁星火对着惊魂未定的方原喊话："奇迹宝宝，你可以在里面翻滚，也可以在里面抬头看蓝色的太阳。"

梁星火没有继续恶作剧。你捅我一刀。我就捅回去，紧接着再推你一把。这样也就算是扯平了。方原适应了一下，就开始跷着二郎腿躺在磁合泡里面哼着自创的火星之歌，假装自己从一开始，就非常地惬意。

梁星火悬停在方原的磁合泡边上，开始给方原介绍：

"我们火星的大气极为稀薄，其中95%的成分是二氧化碳。大气构成也和地球的情况，存在着非常显著的差异。"

"火星大气主要吸收的，是太阳光谱中的红色。这样一来，经过火星大气的太阳光，就会向冷色调的蓝色靠近。"

"如果要类比你们地球的情况，就和遇到沙尘暴天气的视觉感受差不多。火星大气中的尘埃颗粒散射掉了红色光波，使得从你们地球看到的火星呈现出红色。"

"也是这些永久存在于火星的浮尘，不断地吸收大气中的蓝色光，当阳光接近火星地平线的时候，这些浮尘就会变得特别显眼。这样一来，站在火星的地面看太阳，就变成了一颗蓝色星球。"

梁星火并不想把和方原的关系闹得太僵。至少是眼下这个特殊的阶段。方原是她不得不合作的人。

磁合泡里面的方原，在蓝色太阳的照耀下，兴奋地一边翻跟斗一边走起了太空步："欸，一号火星公民，我要怎么从这玩意儿里面出去啊？"

方原被自己的礼貌给感动到了。他都不像别人一样，开口就叫人外号，火星洞幺，而是尊称梁星火为火星一号公民。怎么说呢，洞幺虽好，但架不住不是所有的文化都能理解这两个字。相比起来，肯定是一号公民的认知度会更高，表达方式也更直接。

方原想着，自己有多不喜欢别人叫他奇迹宝宝，梁星火就有多不喜欢别人叫她火星洞幺。他这会儿太兴奋，完全没有意识到"火星一号公民"和"火星洞幺"的换汤不换药。

梁星火抬了抬下巴："你把宇航服脱了就能出去了。"

方原受了些许惊吓，努力往后移动了一小段距离："你敢当着全太阳系的面，直接谋杀我？"原大头觉得自己礼貌得像个冤大头。

梁星火淡淡地瞄了方原一眼："你哪里值得我这么大动干戈？"

梁星火话里面的那种不在乎的小劲头，让方原有一种蚂蚁爬满了全身的感觉。疼是肯定不会的，但那种百爪挠心的感觉，还不如直接疼一下。原大头表示不服："你都把我从上面推下来了，还不够大动干戈呢？"

"你看看火星中继站有多少个磁合泡？就这么下去，是条虫子都能接住，何况你这么大个地球人。我是怕你胆小，不敢自己往下跳。"梁星火摆明了是在刺激方原。

方原却像是没有听懂，盯着银河之舰的方向，愣了好一会儿，收起所有的兴奋，转而来了一句："我就是胆小！我现在就想回银河之舰！"

"你这才刚出来，回去干什么？"梁星火意外。

"梁老头儿说让火星官方派人协助，火星这儿的人，肯定也不熟悉他的需求。我才是毕竟陪了他一路的人。"

梁星火盯着方原，想要从他的脸上，找出些许蛛丝马迹："你态度转变这么大，很难让人不产生怀疑。"

"我得去看着！我还有很多事情要找梁老头儿问清楚！我要珍惜他出舱前的这段时间，把该说的都说了，该问的都问了！"方原正视了自己的内心，他就是放心不下，就是真的关心。

……

看到梁星火和方原从银河之舰里面出来，米多多放下磁合泡发射机，很快就飞过来悬停在了她的身边。梁星火迎了过去："米姐怎么这个时候过来了？"

"总设计师不是说要出舱看看火星时装周和百岁庆典吗?那边一群人,带着萌宠摆造型去了,说是要编排一个'东方红,太阳升'的造型出来,我就把直播的内容切换到排练现场了。"米多多出声解释。

"那米姐不是更应该看着吗?"

"不用啊,摆造型这样的事情,考神不是比我更能胜任?"

米多多提到的"考神",并不是一个人,也和考试一类的事情,扯不上任何的关系。考神是试验团队撤走之后,留下来照顾梁星火的机器人之一。外形看起来是考拉。特长是哄睡。

考神就和真的考拉似的,一天要"睡"二十个小时。不仅有千奇百怪的睡姿,还会轻轻地打呼。考神的呼噜声也很奇特,认真听的话,就有点像是地球上摇篮曲的旋律。

考神是哄睡机器人,专职哄幼年的火星洞幺睡觉。等到梁星火稍微长大一点,考神也就失业了。但这个失业并没有持续多久,梁星火不到五岁,掌握了顶级的机器人编程技能,赋予了考神各种各样的新技能。

考神早已不是什么能够代表人类尖端科技的先进机器人。但梁星火就愿意一遍一遍地升级考神的程序。哪怕考神的内核,已经跟不上星际科技的发展了。梁星火还是一样地不离不弃。

为了考神,梁星火没有养过宠物。有什么需要带着宠物一起出席的活动,梁星火就带着考神。算起来,考神也已经是火遍太阳系的机械宠物了。

地球上的年轻人,遇到重大考试的时候,就会打开火星洞幺专属频道,看看能不能偶遇考神。谁都知道考神和考试没有关系。却还是忍不住想要拜一拜码头。一年又一年,总有考生觉得,只要在火星洞幺频道遇到了考神,就代表考试一定能过。

久而久之,大家甚至为这种毫无根据的迷信找到了依据——考神是照顾火星洞幺的机器人之一,四舍五入,也算是把梁星火带大,考神能培养出梁星火这么优秀的火星一号公民,多看几眼,沾点考运,总是没有错。

曾经有要移民来火星的主申请人，说要带一只真的考拉给梁星火，被梁星火拒绝了。她有考神足矣。人类会抛弃她，宠物会离她而去。唯有她亲自编程的宠物机器人，才是最好的仰仗。

……

原本嚷嚷着想要回去的方原，在看到米多多之后，又开始在磁合泡里面挥手跳跃："米导米导，我是月球探险系列的粉丝呀，从小就被米导迷倒，一集都没落下，经常在梦里跟着米导去月球密道。"

米多多看了一眼方原，笑着和他挥了挥手，就把梁星火带远了一些。米多多还没来得及搞明白，又是副舰长叛变，又是总设计师出舱的，最后还带上了火星官方，到底是怎么回事。关键还都和约好了似的，全都挤上了那一小块中央屏幕。把一块早就已经被时代淘汰的实体屏幕，给弄成了信息中枢。

"让米姐担心了。"梁星火抱歉道，"简单地来说呢，就是我之前的计划行不通。我太想当然了。"

一直以来，梁星火就没有哪个计划，是做了没有实现的。米多多也是基于这个原因，对梁星火没有明确告诉她的计划，多有放任。

"是被奇迹宝宝给破坏了？"这是米多多首先能想到的。

"不是，他算是和我一边的，他想要的是在火星植入实验室版脑组，不存在什么利益冲突。"梁星火没有要推卸自己身上责任的想法。太阳系这么大，总归还有很多是她接触不到，也理解不了的事情。

"那刚刚一会儿有人喊话火星公民，一会儿火星官方出来讲话，是怎么回事？"米多多指了指方原的方向，又指回梁星火，一脸担忧地问："你俩会不会有事啊？"

"不会的。我的那位曾祖父已经把事情给解决了，接下来还会负责收尾。"梁星火让米多多放心，"现在的情况是总设计师让我出来看着火星时装周。"

"这儿有我和考神在，有什么好担心的？你还是赶紧回去和曾祖父聊一聊。"

"有什么好聊的？"梁星火仰起头，深深地吸了一口气。心底有不甘也有不解，鼻子不免又有些酸了。梁星火不知道自己为什么会这样。她又不是有多在意人类移民火星计划的总设计师，还想过让他也尝尝，被家人抛弃在火星二十年是什么滋味。为什么这会儿整个人就和馊了似的，一会儿眼睛酸，一会儿鼻子酸。

"火阿，你先前说，有办法把总设计师留下来，让他在火星上，身心健康地再活二十年，我也就没有劝你。现在这个情况，你的曾祖父要是真的就这么去执行银河比邻计划了，你一定会后悔的。"

"我高兴还来不及呢？我为什么会后悔？"梁星火嘴硬。

"人都有会后悔的时候。"米多多笃定回应。

"谁说的，米姐就从来都是勇往直前的。"梁星火一直把米多多当成这方面的偶像。

"我只是藏得比较好。如果再让我选一次，我一定不会移民到火星。我在地球上，是受过很多的伤，也比在火星上连个能伤到我心的男人都找不到要强。"

"哪有人上赶着求情伤的？"梁星火并不相信。

"我求的是人间烟火气。"米多多推了推梁星火，"去吧，珍惜现在，把该说的都说了，该问的，都问了。"

梁星火一脸疑惑。如果不是知道没有可能性，她都要怀疑米姐是不是和方原商量好了，用同一个话术来劝说她。为什么一个一个都这样？总设计师过两个小时就会出舱，等回去了再问，不也一样吗？究竟有什么好着急的？

火星的一天，有 24 小时 39 分 35 秒。火星的一年，是 687 个地球日。按照火星年来算，她现在都还不到 12 岁，正是可以肆意任性的年纪。难不成是因为她没有在地球上生活过，所以不知道地球人的正常相处模式？区区两个小时的地球时间，真的有那么重要吗？

梁星火可以不管方原说什么，却不能无视米多多的话。梁星火转过身，用一个非常漂亮的弧线，把方原的磁合泡，踢到了银河之舰的门口。她这回踢的力气比较大，不是之前那种轻轻一推，原本悬浮在银河之舰周边的磁合泡，相互碰撞了几下，就都飘远了。

方原看到被撞走的磁合泡里面的人，把呼吸面罩打开，就能安安稳稳地落地，才意识到，梁星火刚刚说，"把宇航服脱了就能出去"，并不是有意谋杀，而是在说大实话。

来到一点都不熟悉的火星，又没有自动基组百科来补充常识，是真的有点容易闹笑话。

……

梁星火和方原各怀心事地回到了银河之舰。

"你们两个小娃娃出去了一趟，怎么回来连表情都是一样的？"梁天看了看方原和梁星火一起进来，试着缓和气氛，"我在来中继站的路上还和小方原说，他的名字是我给取的。他原本叫方燎原。你们两个，一个叫星火，一个叫燎原，一个有第一个实验室版脑组，一个有第二个。"

这番话，并没有拉近总设计师和两个年轻人之间的距离。梁星火不认为自己和方原有什么关系。对于这个话题有那么一点莫名其妙。方原不认为自己和脑组有什么关系。对于这个话题有那么一点莫名抗拒。

作为一个从小就梦想把自己的身体和灵魂都献祭给脑组的钢铁直男，方原最不愿意做的，就是把时间浪费在找对象一类的事情上。还什么星火燎原，也不怕把星星给点着了，把草原给活活烧干了。

此时此刻，方原只想要回自己的实验室版脑组。有太长太长的时间，他和脑组，就只有一线之隔。往前了说，月球和地球离得那么近，还有常态化航班。往后了说，他现在和脑组的物理距离，也就十几公里。

尽管各有各的抗拒，方原和梁星火都没有出声反驳。与其说，这是对人类移民火星总设计师的尊重，不如说这是两个年轻人对一位老人刚刚帮忙解围的回应。

肾上腺激素爆棚的时候,他和她都一个劲地往前冲。那个时候,他们都以为,自己的计划天衣无缝。这会儿冷静下来,才知道自己差点捅了多大的一个娄子。

尤其是方原。他一直都觉得自己是无根的浮萍。他自己拼命努力了这么多年,又不像火星一号公民,有全太阳系人类的喜爱作为仰仗。真要有什么事情,像他这样的人,消失也就消失了。

"梁老头儿,一会儿出舱,我来帮你就行了,你也不用等什么火星官方派人。"方原打开了银河之舰和火星官方的联络渠道。银河之舰已经重启完毕,只要不离开中继站,星舰就还不会有任何问题。

表面上看起来,方原是跟着梁星火出舱被吓了一跳就毫无收获地回来,实际却是给火星官方吃了一颗定心丸。回到银河之舰,早就被一次又一次的"梦断垂成"给整出后遗症的奇迹宝宝,一分钟都不想浪费,一秒钟都不想再等,直接就问:"梁老头儿,你究竟为什么,要反对和阻挠我去月球植入实验室版脑组?"

……

梁天给方原取名的时候,离他出生还有两年多。方原这会儿是穿了个哪吒造型的宇航服,但他不是真的哪吒,也不可能在妈妈的肚子里待上两三年那么长的时间。这是梁天答应过要说与方原听的故事。在方原的追问下,这个故事开讲的时间提前了一点点:

"你的爸爸妈妈都是我的得意门生。他们两个,都是人类顶级的科学家,每天的生活里面,就只有各种试验,压根也没有想过要小孩。每次问起来,都说自己要丁克。这在 2040 年代,也算得上是比较常见的选择。

"我始终还是希望,我的这两个爱徒,能够尽早有自己的小孩。我和你爸爸妈妈说,等我以后有了曾孙,不管男女都叫星火,他们两个要是以后有了孩子,就叫燎原。"

"一个星火,一个燎原。一个姓方,一个姓梁。'星火燎原,方为栋梁'这句话，还是你妈妈听完自己说的。也是你妈妈在那儿讨价还价，说方燎原这个名字太复杂，足足有三十笔，让她想起童年手写名字的阴影。"

"那天的气氛很轻松很欢乐，商量到最后，就去掉了中间的那个字。我们当时就是在开玩笑，你的爸爸妈妈对生儿育女这件事情，还是一点都不感冒。就算是要生，也只想着借助最先进的科技，使用人造子宫。"

"后来，梁星火出生了。那个时候，整个地球，铺天盖地都是火星洞幺。梁星火的成长轨迹，超越了所有人的期待。除了特别年幼的时候，被不太会换尿布的机器人弄伤过几次，又被不会拍嗝的机器人给弄吐过几次。那么无助的一个人类幼崽，就那么茁壮地独自在火星上成长。"

"再后来，这两个明明说好了要把一辈子都奉献给月球基地的人，忽然开始努力造人，还要专门跑到月球上去造。你爸爸妈妈那个年纪，要自然怀孕也不是那么容易。或许是基于这个原因，他们没有第一时间告诉我。"

"火星洞幺一周岁以后，从智商到行动能力，再到语言能力，所有的一切，都远远高于同年龄人类幼童的发展标准。人类移民火星计划，到了那个时候，其实就已经算是成功了。当全世界都开始庆贺火星洞幺的成功，我却觉得自己是一个罪人。"

"恭喜的声音越大，我的内心就越不安。我当时就想去火星把梁星火给接回来，但是我做不到。在那个整个地球都对移民火星感到狂热的时节，我痛恨我自己。"

"我每天都在后悔，觉得自己应该下地狱。或者，至少，应该因为反人类罪，进去蹲一辈子的监狱。可偏偏，我的声望又随着梁星火在火星上健康成长在呈指数级增长。"

"那时候梁星火一岁，算上第一批火星移民在路上需要耗费的时间，梁星火至少还要再独自生活两年半。"

"就在这个时候,你的爸爸妈妈找到我。说他们两个在月球上造人成功了,说可以用和火星洞幺同样的独自成长到三岁的方式,让他们肚子里的孩子成为月球一号公民。我当时听完,就想先掐死我那两个孽徒,然后……再掐死我自己。"

说到这里,梁天的眼睛都红了,已经不再清澈的眼神里面,装满了浓得化不开的哀伤。梁天的故事还没有停止:

"你爸爸妈妈的研究,都和月球有关。我理解他们想要让月球拥有永久人类聚集区的心情。但我们成年人做的研究,为什么要让新生儿去做验收的标准?人类移民火星计划,已经有那么个丧尽天良的败笔了,我又怎么可能让月球实验室的验收标准,也那么惨绝人寰?"

"我那时候就有心劝说你的爸爸妈妈。我和他们说,如果他们是对火星洞幺的脑组感兴趣,等到你正式出生的时候,地球也已经有了更安全的普惠版。但是他们怎么都听不进去我的话。"梁天压抑着自己的情绪,身心都在颤抖:"小方原,你是不是从很多人不同的途径,都相互印证了,我对这件事情的态度?"

"不用印证,我亲眼所见,亲耳所闻,就足够了。"方原出声回应。

"如果只是到你能听到的程度,那都还是轻的,我那时候和你的爸爸妈妈说……你们两个要是敢在怀孕的状态回月球去,我就死在你们两个的出发仪式上。然后,他们两个就偷偷地加入了另外一个计划。一个完全不在我掌控范围之内的科学研讨和探查计划,再然后……就发生了'2·22'人类太空灾难。"梁天回忆当时的场景,早就红了眼的哀伤,又加重了几分。

方原一时间不知道要怎么回应,梁天的说法,和导师蓝荣宜告诉他的,有些出入。他把自己最想不明白的地方挑了出来。

"梁老头儿,咱先不说,你对我爸爸妈妈的态度。你明明知道去月球植入脑组,是我最大的愿望,为什么那么费力阻止我去月球植入脑组,还不让别人提到我的爸爸妈妈,难道就因为我爸爸妈妈不听你的话?你就这么恨屋及乌?"

"我只有懊悔，我哪来的恨？你有这个想法的时候，还不到三岁！你那时候，也一样还是一个人类幼崽，我自然是不可能同意的。但是，你发现没有，小娃娃，你一给银河比邻计划提申请，我立马就特批了。"

"说的和真的一样。"方原提交申请的过程，可没有梁天说的这么轻描淡写。

"必须是真的！哪怕你的申请理由是你和火星有个约会。哪怕根本不在这个计划的筛选范围之内。哪怕我从一开始，就知道你的目的不单纯。我还是义无反顾，排除一切疑义，选择了你。"梁天进一步解释。

"明明是我自己拼命努力，考了第一，怎么就变成你排除一切疑义了？"方原见不得自己的努力，被彻底忽视。

"我看过你的硕士论文，看过你写的所有报告。银河比邻计划的每一门考试的题目，全都向你的知识库倾斜。这一切，也不过是因为申请参与银河比邻计划的你，已经是个成年人，能为自己的选择负责。既然火星是你的梦中情星，身为给你赐名的长辈，我定会竭尽全力，帮你实现和火星约会的梦想。"

人和人之间，有的时候，是很难达成共鸣的。经历不同，阅历不同，看到的世界也就完全不同。方原仍然不是特别能理解，梁天为什么会用生命来反对他成为月球一号公民。又不得不承认，没有梁天的特批，他这会儿绝对到不了火星。

方原消化了一下梁天的话，又看了看梁星火，然后就得出了一个非常奇怪的结论：奇迹宝宝要是做了月球一号公民说不定真的比火星洞幺要厉害。

就比如说现在，他只是内心有那么一小丢丢的感触，态度有那么一丢丢的缓和，开始思考梁天的这个逻辑是不是合理。反观火星洞幺，尽管表情依旧倔强，泪水却已挂满脸庞。

……

梁星火看过和梁天有关的所有传记、电影和采访。不管哪一种，基本都是对梁天的各种歌颂。像这种把自己的内心剖开，分享各种遗憾的，就从来都不曾有过。

所以，让她独自留守火星这件事情，曾祖父也认为自己做错了。曾祖父没有对她说过抱歉，却能为了保护方燎原不被同样对待，对他的父母说出这么决绝的话。

梁星火能感受到这位百岁老人话里话外的忏悔。与之相对应的，她仍然认为，这番话的叙事逻辑有些奇怪。阻止方燎原成为月球一号公民就能补偿火星洞幺？她不免要想，在这种奇怪的逻辑下，没有她的地球，梁星蓝是不是得到了双份的宠爱？把没能对她的好，全都给到梁星蓝，这样也算是一种对她的补偿？

梁星火想要在梁天的独白里面，找到关于她和梁星蓝之间的解答。却是由始至终，都没有听到过任何一个相关的字眼。连梁星蓝这个名字，都没有出现过。是这么一个小小的"家庭安排"，比说了这么久的"人类大义"，还要更加难以让人启齿吗？还是曾祖父觉得，这样的安排根本就不值得解释？

22岁的梁星火，已经能很好地理解隐私，理解友情。但亲情，对于火星洞幺来说，始终都隔着地球到火星的距离。这一点，并没有因为梁天的到来，而发生实质性的改变。甚至还让原本藏在心底的矛盾，浮上了心尖。

梁星火的心里，有太多的委屈和不解。她钻进了自己真正在意的牛角尖里面出不来，以至于她都没发现，自己早已泪流满面。她知道自己应该在这个时候开口询问，就像米姐劝她的那样，把该说的都说了，把该问的都问了，但她就是固执地连一个字都说不出口。

她怕声音沙哑。她怕眼睛哭瞎。哪怕以火星洞幺的智商，也想象不到一个合理的借口，来解释梁星火和梁星蓝所受到的区别对待。有些疑惑问出口了，就能得到一个解答。而有些疑惑问出口了，只会得到一场凌迟。

梁星火从来都没有表现过自己对这件事情的在意。小的时候，她不知道还有一个梁星蓝。长大之后，深受全太阳系追捧的火星洞幺，又怎么好意思去针对地球上一个默默无闻的年轻人？

火星洞幺被那么多小朋友崇拜，被那么多大人关爱，所有的装备，都代表着全太阳系最尖端的科技。让方原歇斯底里的实验室版脑组，火星洞幺从出生的时候，就已经轻松拥有。

仅仅是一个拥有实验室版脑组的可能，就能让那么多在地球上呼风唤雨的主申请人移民火星。连梁星火自己都忍不住想问："你究竟还有什么不满足？"

方原看到梁星火的脸上挂满了泪水，梁天自然也是看到了。梁天想要拉一下梁星火的手，梁星火撇过头，一个后退，直接给避开了。

意识到自己的失态，梁星火的第一反应是把隐形呼吸面罩直接给戴了回去。银河之舰里面有充足的氧气供应，本不需要戴面罩。但梁星火就是这么做了。或许是条件反射，更有可能是自欺欺人，整张脸一起反光，就不存在闪闪的泪光。

第二章　拯救澳星

方原不想让银河之舰里面的气氛继续凝固下去，没头没尾地来了一句："梁老头儿，那你后来考上大学了吗？"

相比于梁星火内心受到的触动，方原就只是听了一个并不完全相信的故事。毕竟，除了阻挠他获得实验室版脑组，还有另外一件事情，横亘在他的父辈和总设计师之间——关停方心阳材料实验室。

这么多头绪，不是一时半会就能理清的。但方原又切切实实地被梁天刚刚话里面的情绪给感染了。他认真想了想梁老头儿来到中继站之后帮忙扛下来的事情。决定要暂时原谅一下面前的这个老人，权当是送上一份不花钱的百岁生日礼了。

等过了这个特殊的时间点，把今天听到的信息消化消化，再和导师蓝荥宜探讨一下，看看会不会得出和以前不一样的结论。至于现在嘛，反正闲着也是闲着。不如就先听梁天还没有讲完的老一辈航天人的故事。

梁天看向后退了好几步的梁星火，几次欲言又止，最后也没能说出一个字。有些话，并不太方便当着方原的面说。

"当然是考上了，基组百科里面……"虽然是在回答方原的问题，梁天的心思还全在梁星火的身上。

梁天一句话还没有说完，就被方原给接过去了："啊，对对对，这个基组百科里面有，但没有脑组的我就想听你自己说，不行吗？"

方原默默地在心里面给自己点了一个赞，为了让这个百岁老人好好过个生日，他可真是收敛了所有的逆鳞和坏脾气。

方原的这个反应，终于拉回了梁天的思绪，他精简了自己的答案："考上了。"

"上海交通大学？"方原顺坡就下，既然决定了让人好好过个生日，就也没有必要句句话都带刺。他不过是长得比玫瑰还要娇艳欲滴一些的地球少年，又不是属玫瑰的……

"没有。"梁天否认道，"我参加高考之前，都离开学校当了那么久的特装车司机了，哪能一下考上上海本地的好大学？"

"你不是我爸爸妈妈的导师吗？"方原不解。

出生于20世纪70年代的梁天总设计师，有很多资料，是外部找不到的。还有一些，即便找到了，也不一定是事实。一个人没有信息不好查，信息太多也一样不好查。需要抽丝剥茧地进行分析，才能得到最接近事实的答案。

"我在上海交通大学有带学生，是因为我后来分配的单位是上海航天八院。我主要的学生，都在八院，在上交大带的反而是不多。能遇到你爸爸妈妈这样的学生，也算是我的幸运。"

这句话方原还是爱听的。尽管没有见过自己的父母，多少还是会有点与有荣焉的。

"那你考上了什么大学啊？"问完，没等梁天回答，方原就先补充了一句，"您老可千万不要再和我说，基组里面有一类的话，您再当着我的面这么说，我就哭给你看。到时候全地球都知道你梁老头儿欺负我。"

"西南工学院。后来改名叫西南科技大学。"梁天给出了正面的回应。

"四川啊，那你应该很会吃辣吧？四川的麻辣兔头是真的有点好吃！"说到吃的，原大头的思维忽然就开始有些发散，作为新生代地球绅士，都来到火星中继站了，也不好光顾着和另外一个一起从地球过来的男同胞聊天。

"洞幺姐姐，麻辣兔头是什么样子的，你的基组百科肯定会自动跳出来解释的，对吧？"方原很贴心地找了一个特别简单的话题，和火星一号公民互动。考虑到对方刚刚的情绪崩溃，方原连语气，都尽可能地暖了起来："好羡慕你有基组百科啊，听说基组百科在介绍美食的时候，连香味都是能真实还原的。"

方原又在心里给自己点了一个大大的赞。此时此刻，他代表的可是地球上的顶顶优秀的男性公民在火星上的形象。这可不就是火星将降大任于奇迹宝宝？活脱脱的天选之子。

梁星火本就内心挣扎，她已然失去了开着银河之舰去地球"补能"的机会。方原再来补这么一刀，梁星火很难不想把他当兔头给剁了。梁星火收住眼泪，在银河之舰找了一个稍微远的位置，闭上眼睛，假装火星移民的睡眠质量，好到一秒就能进入梦乡。

方原自讨了一个没趣，却也不太介意。原本呢，他也就是好心。代表一下地球高质量男性，关心一下来火星遇到的第一个女性。火星上的姑娘理解不了地球少年的好心，那必定是人姑娘的情商和智商都有问题。再怎么样，也不能把锅扣在地球少年的头上。原大头好不容易才把头长这么大，这要还是什么锅都能扣上，那不真成冤大头了？

有思及此，方原放下初到火星的地球绅士包袱，继续和梁天探讨自己关心的话题："梁老头儿，离开学校那么久，一回去就能考上大学，是不是那个叫戢志东的地面总指挥，也和你之前对我一样，专门照着你的知识库来倾斜出题？"

方原叫梁老头儿，已经叫得越来越自如了。问问题，也开始比一开始要随性很多。

梁天布满皱纹的脸上，爬满了笑意："小方原，这你可就想多了，那可是90年代的高考，哪有那么容易倾斜？别说那时候，你自己14岁考上大学，难道靠的是倾斜？"

"那可说不准，我可是奇迹宝宝，但凡被人知道我的来历，多半都会说我能那么早考上大学肯定是因为有后台。"方原自嘲，这样的话，他从小到大听过不少。哪怕他极力隐藏，总还是有那么些人，会知道他的来历。

梁天看着方原，一时不知道要说什么。他想要伸手安慰一下，又怕被方原像梁星火刚刚那么躲开。

方原自己把头伸了过去，顺势宣泄了一下自己内心的委屈："梁老头儿，不是我说你，你反对还是不反对我爸爸妈妈把我弄成月球一号公民咱先不评价，可都这么多年了，你怎么也不出来给我站个台呢？"

这番话，多少有点撒娇的意味，不是方原平日里会有的状态。一直以来，他都装出一副很强大的样子，用各种各样的优秀来包装自己，让自己看起来比实际年龄更成熟。可他本来就还是一个少年啊。一个孤独的、孤单的、孤儿的少年。还有谁比他更渴望关爱？

梁天看了方原一眼，带着意外和不解，出声问道："不是你自己和保育员说，希望再也没有人记得你是奇迹宝宝的吗？"

"江妈妈连这个都和你说啊？"这回轮到方原意外了。

"在你将满四岁的时候，我专门让人去问了的，不然你以为，以你的身世，真的能够凭自己的能力，一隐身就隐身这么多年？"

"不是吧……"方原气不打一处来，"我说梁老头儿，你为什么总关照不到点子上？"

"可能因为我们两个都是直男，你说话也总说不到点子上。"梁天看向在远处假寐的梁星火。他知道，有些问题，已经到了不得不面对的时候。他不能一直逃避，也不能想着，梁星火这么聪明一定能够自己找到答案。他得尽快和自己的曾孙女聊一聊。

"我哪有？"方原拒不承认，"我一个没有脑组的人，说话做事要是还找不到重点，怎么可能轻轻松松就考上你都考不上的大学？"

"行，你没有。小方原，你能不能给我和梁星火，一些单独相处的时间？"梁天下定了决心，哪怕梁鑫渠一直都说，选择把梁星火留在火星这件事，要让他亲自到火星，亲口和梁星火说。

方姓直男往梁星火那边看了一眼，出声问道："人都已经睡着了，你要浪费这个时间干什么？"

"和家人在一起，哪有什么时间是能算作浪费的？"梁天的注意力依然在梁星火身上。

"梁老头儿，你拿这样的问题，问一个孤儿，你礼貌吗？"这句话，方原没有用吼的，问得很是有些平静，却直接扎进了梁天的心里。

梁天愣了一下。他刚刚的那句话，确实不太礼貌。见到梁星火之后，他的眼睛，几乎就看不到方原。这其实是一种下意识的亲疏有别。他和方原相处了一路，潜意识里就会更珍惜和梁星火在一起的时间，也更加关注自己的曾孙女一些。

梁天和方原讲的那些过往，是本来就要说的。但他之前是希望得到方原的理解之后，再由方原把他的悔恨传达给梁星火。他不想借由自己的身份，在自己的百岁庆典直播的过程中，对火星洞幺进行道德绑架，让她谅解，逼她原谅。

梁天在火星中继站和梁星火说的话并不多。却还是感受到了，在虚拟聚会的时候，感受不到的很多细节。比如说，对梁星火能力的直观感受。这是火星上第一次举办时装周，现场又发生了那么多的突发状况。

梁星火的能力要是稍微差一点，没办法运筹帷幄，这会儿就肯定是要焦头烂额的。执行一场活动，并不比策划简单。很多策划者到了执行的时候，光救火都来不及，根本不可能有时间坐在这里"闭目养神"。

梁天活了一百岁，参加过的活动和晚会数都数不过来。对于活动流程一类的事情，自是要比一般人更清楚一些。再怎么安排妥当，总策划肯定时不时还是要去处理一下的。真要这个时候和梁星火聊，聊到一半，梁星火如果有事情要离开，那这不上不下的，反而更不好。

梁天决定先把方原感兴趣的事情给说清楚了，再找机会和梁星火说。每一个人都是自己的主角，站在奇迹宝宝的角度，他这个老头儿，确实就有些过分了："是不礼貌，老头儿向你道歉。"

方原倒是没有想过，梁天现在道歉都能道这么干脆。眼前的这个人，是在他的记忆之初，就给了他一座大山一样压力的总设计师，真的就一点都没有架子？

既然已经决定要暂时原谅，方原倒也没有太过纠结，就继续问自己感兴趣的问题："梁老头儿，你在上海航天八院念研究生的时候，你的东哥总有帮你了吧？"

"为什么这么问？"梁天尽可能把心思全往方原这边放。

"他不是你在上海航天八院的导师吗？"方原问。

"这时候你又知道了？"梁天反问。

"我听你说完之后，专门查过他啊，你还不允许没有脑组的人，有点自己的兴趣爱好啊？"方原解释。

"我一开始的导师不是他，我进航天八院的时候，东哥还在做发射任务的地面总指挥，是快毕业的时候才换的东哥……"梁天停顿。

"导师还能这么换的？"方原好奇。

"东哥是提前退休的……那也是一个悲伤的故事。"梁天吐出一口浊气。

"有多悲伤啊？"方原一脸狡黠，"说出来让我开心一下呗。"

"小方原……"梁天看了方原一眼，"你不会因为这样的事情开心的。"

方原表示不服："你又不是我，你怎么知道我会还是不会？"

"因为你现在也是航天人了，而接下来的那一段，是中国航天的至暗时刻。"梁天解释道。

"有吗？我看过的资料里面，怎么没有至暗的一段？"方原不信。

"都说至暗了，外部资料里面提到的肯定不会太多。"梁天说。

"那你和我说说呗。"方原兴奋地眨着眼睛，瞬间就来了兴趣。他就喜欢外部资料不怎么能找到的。就是那种，就算有脑组，也一样于事无补的。这样一来，他就和同龄人都在一条起跑线上了。

这可不是方原有什么不该有的想法。一个只想着和大家一样的男孩子，又能有什么坏心思？天下之大，人类之多，唯有一条亘古不变的真理——不患寡而患不均。

"小方原，你知道，我年轻的时候，大家都想生活在一个什么样的世界里吗？"

"火星啊。"方原不假思索地回答，"你的梦想不是死在移民火星的路上吗？"

梁天摇头："20世纪90年代，有这样想法的人，应该屈指可数。"

"那你说说看呗，我出生之前六十年的事情，我哪能知道得那么仔细？"方原不喜欢猜来猜去，除非是未来女朋友要和他玩点小情趣。

"我们那时候总说，想要生活在新闻联播的世界里。"梁天回答。

"啊？为什么啊？"方原没有看过新闻联播，即便梁天给出了答案，也还是不怎么能够理解。

"怎么说呢，可能觉得新闻联播里面放的都是很美好的事情。"梁天顿了顿，"但是你知道吗？小方原，新闻联播也曾经直播过重大的失败。还是在我们最自信昂扬的时候。"

"我能说没有脑组的我并不知晓吗？"方原出声问道。梁天可能并没有再次提起脑组的想法，架不住方原自己特别在意。

"当然可以，你又不是那个年代的。"梁天往后靠了靠。开始追忆往昔："新闻联播直播失败的那一天，是1992年3月22日。"

"为什么不提前一个月？那就刚好是我的生日了。"方原接话。

"那会儿离你出生还有58年，而且也不是什么太值得庆贺的事情，等你知道那天发生了什么，就不会想要在那一天过生日了。"

这话原大头就不爱听了，直接选择自爆："说到不值得庆贺，还有什么比奇迹宝宝的出生更加不值得庆贺的吗？都成了人类太空灾难纪念日了。"

"对不起啊，小方原，我没有要忘记你的爸爸妈妈的意思。"梁天再次道歉。

方原不太想接受梁天一而再的道歉。人有的时候就是这么奇怪。想要是一回事,被迫接受又是另外一回事。

"梁老头儿,咱能跳过这个事儿吗?"方原暂时还不知道要怎么面对过去。

"好。跳过。我们继续讲新闻联播。我的爸爸妈妈,在1992年3月22日下午给我打电话,他们说买了庆祝的鞭炮,但他们的心情也非常紧张,非常害怕会失败。"梁天继续讲故事。

"什么失败?"方原问。

"那天是个卫星发射的日子。"梁天提示。

没有脑组的方原,很难瞬间调出"历史上的今天",方原选择直接发问:"那天发射的是什么国之重器吗?"

"并不是,那天也是一次商业发射,发射的卫星叫澳普图斯通信B1星,还是休斯公司制造的,和亚洲一号是同一个制造商。"梁天回答。

"难不成1992年的这个发射任务也是你开的特装车?"方原好奇。

"不是。我那时候已经去西南工学院上大学了。"梁天否认。

"那你的爸爸妈妈,为什么要因为一颗国际商业卫星的发射给你打电话?"方原不解。

"我虽然不是澳星B1发射任务的一员,但我是亚洲一号发射任务的特装车司机啊。"梁天带点自豪地解释,"亚洲一号的发射那么成功,我的爸爸妈妈,还有他们身边的亲朋好友,能找到的、最接近航天的人,肯定是我啊。"

早期的航天发射中心,都是在比较偏僻的位置,还有很多任务都有保密的性质。那时候的航天发射场,也都建在比较偏僻的地方。航天人和家里人的联络,多半都比较有限。也只有在极少数的情况,家里人才能通过媒体,找到他们的身影。

"这么想想也有道理。但你家在上海,澳星B1的发射在西昌,隔着那么大老远,你爸爸妈妈买鞭炮干什么?要买也是你买才对啊。"方原继续提出自己不理解的地方。

"有电视直播啊。那时候才刚有卫星通信不久,全国几亿人看着呢!买鞭炮的可不只有我们家,全国的大街小巷,到处都有人买。哪怕和航天一点关系都没有的,也一样会买。"梁天给方原答疑解惑。

"虽然没见过实体的鞭炮,还是能知道,鞭炮是你们那个时代,用来庆贺生老病死那种级别的事情的,就因为发射一颗国际卫星?至于吗?"方原不太信。

"以咱们现在 2070 的眼光来看,当然是不至于的。但那是 20 世纪 90 年代啊,小方原。"梁天强调。

"20 世纪 90 年代怎么了?"方原问。

"那时候,又是举办亚运会,又是第一次申办奥运会,民族自豪感达到了空前的高度,别说大人了,很多小学生,都会省下吃早饭的钱,去买亚运和奥运纪念章支持申办……"

方原好像懂了,又好像没懂:"办一场体育赛事,还得上升到小学生不吃饭的高度?"

"算是一种情怀吧。你理解不了我们那个年代很正常,就像我也经常没有办法理解你们脑组一代。"梁天感叹。

忍了半天的方原终于炸毛了:"拜托!脑组这玩意儿,您老有,我!可!没!有!"

"没有挺好的啊,这么激动干什么?"在对待脑组的问题上,梁天和方原是有着很大的分歧的,"小方原,你没发现吗,哪怕没有脑组你也比同龄人聪明和优秀?你记性好到能记住自己三岁以前的事情。你能一字不落地说出,我和别人的对话。"

"我好你个大头 g-u-i……"真是哪壶不开提哪壶。还没说完最后一个字,方原就意识到了自己说话不太对,赶紧改口,"我就是为植入脑组而生的,我凭什么不能激动了。"

"别着急,小方原。你很快就会有脑组了。然后……你就会奇怪,自己为什么曾经会有那么样的一个梦想。不值当。"梁天很笃定地说。

"值不值当，要由我说了算！"方原投给梁天一个生无可恋的眼神："您老行行好，赶紧说回1992年的3月22日。"

……

亚洲一号是我们国家第一次进行国际商业发射。中国的发射场第一次在国际上亮相，就创造了卫星入轨精度的世界纪录。时隔两年，我们国家启动了第二次国际商业发射。

梁天的爸爸妈妈在澳星B1发射的那天下午给他打电话："天天，爸爸妈妈鞭炮都买好了，等会儿车间主任也要来咱们家天台一起看直播，不会最后有什么意外吧？"

梁天知道爸爸妈妈的担忧来自哪里。就在几个月前，1991年12月28日，东方红二号通信卫星，也就是后来人们常说的中星四号地球同步转移轨道卫星，在发射之后，未能成功进入预定轨道。

在这之后，航天人内部有一种非常强烈的声音，反对几个月之后的澳星B1发射直播——压力太大，最好不直播。几经波折，最后还是做出了直播的决定。负责电视直播的卫星通信车从华北一路开到了西昌，一切准备就绪。

梁天没有正面回答爸爸妈妈的问题，而是来了一句："这次发射定在6点40分，新闻联播也是要直播发射结果的，你们见过新闻联播直播过失败吗？"

梁天的爸爸妈妈反应了一下："确实是没有。"

说服人是需要技巧的，而这些技巧里面，最简单的，就是用对方根深蒂固的观念来说服对方。

1992年，梁天家所在的工人新村，家家户户都已经有了电视机。但大家还是喜欢聚集在天台一起看重大直播，方便结束之后直接开始庆祝。就好像晚一秒出来庆祝，就会落在人后。那种心态，在后来人看来也是有点奇怪。

1992年3月的这一天，全国各地，好多城市的天台，好多农村的祠堂，都和梁天家的一样，成了人们临时聚集的地方，以一种自信昂扬的心态，观看卫星发射直播。绝大部分人，都没有想过会有失败的可能，以为就是走个"过场"。

该说不说，那个时候，有能力发射国际商业卫星的发射场并不多。委托方休斯公司，能够做的选择也不多。

携带澳星 B1 升空的，是一款叫作长二捆的全新运载火箭。这款运载火箭开了地球商业发射史的一个先河——草图下单。

休斯公司在和我们国家签署卫星发射合同的时候，长二捆还只是一张草图。这里说的草图，与其说是一张图纸，不如说是一张国画。手绘的、非常初级的示意图，在主火箭的箭身周围捆绑 4 个助推火箭，取名叫"长征二号 E 型"。

这张草图，说白了就只是一个设想，完全都没有进入正式研发的阶段。当时的中国航天人拿着这样的一幅构想草图，开始"纸上谈兵"，参与澳大利亚第二代国家通信卫星系统的招标。然后，还中标了。

也就是说，这次发射，是先签了卫星发射合同，然后再开始研发和制造能够携带这款卫星升空的火箭。这个行为，其实是非常不符合商业逻辑的。火箭都还没有呢，就给人画大饼——你们等一下哈，等这款火箭出来了，就把你们的卫星送上去哈。

怎么听，都有些不严谨。更夸张的还不是这个合同的本身，而是合同签订的时间——1988 年年底。这也意味着，和澳星 B1 签约的时候，距离亚洲一号的成功还有一年半。我们国家完全没有成功的国际商业航天发射经验。休斯公司是疯了，才会签下这样的合同吧？

商人逐利，疯自然是不可能疯的。1984 年，我们国家开始调研国际商业航天发射市场。1985 年 10 月，对内宣布长征系列运载火箭投放国际市场。1986 年 7 月，对外正式扬起长征系列运载火箭投放国际市场的风帆。

那个时候，我们国家的运载火箭技术、发射技术、测量控制技术已接近或达到国际先进水平。卫星回收技术和高能低温燃料火箭技术也都已跻身于世界先进行列。我国是世界上少数几个能够用自己的测控通信网控制和管理卫星的国家之一。

但是，没有成功的经验，在商业发射市场上，就没有太大的话语权。这里面有太多的疑虑，甚至不是价格优势能够打消的。没有先例，就很难吸引国际卫星制造公司，把自己的卫星交给中国的发射场来发射。哪怕我们国家的发射报价，是其他有能力发射的国家的最低报价的 1/2，也一样打消不了这样的顾虑。

从我们国家宣布进军国际商业卫星发射之后，一共签订了七份协议。经营不善的经营不善，破产的破产，取消的取消。只有休斯公司的两颗澳星，进入了最后的发射程序。

休斯公司作为一家顶级商业卫星制造公司自然是不可能吃亏的。在这种历史背景下，中国航天人为了拿下这份合同，签署了一份非常苛刻的合约：第一，休斯公司不给我们预付任何的经费。第二，不给我们提供关于这颗卫星的任何技术材料。第三，长二捆必须在 1990 年的夏天，完成一次成功的试射。

根据当时签订的合约，长二捆运载火箭，从研发到制造，再到试射成功，一共只给了 18 个月。要知道，即便是当时世界上最先进的国家，想要完成这样的研发，也得在两年以上。

这个条款给的时间很短，但看起来还是一个"正常"的条款，紧随其后的最后一个补充条件，就非常"儿戏"了——只要休斯公司认为，中方不能发射，或者，没有足够的证据能够证明中方可以按时发射，休斯公司就有权终止合同，并要求中方赔偿 100 万美金。

梁天告诉方原："简单一点来概括，就是休斯公司认为我们不行，或者不能按时发射，我们就得给休斯公司赔钱，甚至不一定会给我们尝试的机会。"

方原有些不能理解："一点权利没有，全是义务，这么霸王的吗？"

"当然啊，那时候我们连一次国际商业发射成功的经验都没有，长二捆火箭更是只有一张构想图，我们拿什么和人家谈条件？"梁天反问。

没有人知道，休斯公司当时签下这个合约的时候，是什么心态。是要给中国商业航天发射一次机会，还是想着，反正又没有什么损失。不管原因是什么，总归是把合同拿下了。

发展中的中国航天开启了全国总动员。为了按时完成这个合约，我们国家动用了20多个省份的74个市的300多家企事业单位。在100天内解决了火箭捆绑连接等20项技术难题。在180天内做完了300多项地面试验。

长二捆运载火箭于1990年7月16日启动再次发射试验，并且取得成功。随着1990年3月亚洲一号的成功发射，再加上长二捆运载火箭的成功试飞，不管休斯公司一开始是什么心态，也都发生了改变。中国人民自信昂扬地在电视机前等着直播结束放鞭炮，委托方也是信心满满地等着发射成功以后的庆祝仪式。

方原被梁天给整糊涂了："梁老头儿，你一会儿开先河，一会儿试验成功的，然后又在那儿和我说，这是至暗时刻？"

"是啊。"梁天叹了一口气，"一直到我爸爸妈妈给我打电话的那个下午，一切都还是很完美的。"

梁天一家人，分别在上海和四川，看了澳星B1的发射直播。1992年3月22日6时40分，戴志东发布点火指令，展现在亿万电视观众眼前的长二捆火箭，在棕黄和银白色的滚滚烟雾中微微升起又回落，而后一动不动。

梁天苦笑着回忆："很多人都以为自己家里的电视坏了。"

奇迹宝宝化身好奇宝宝："火箭不动，为什么觉得是电视坏了？正常人首先考虑的，肯定是火箭坏了才对吧？"

"并不是的，小方原。别说是普通的观众，就连现场的专家，都看傻了。"梁天解释。

在1992年3月22日之前的世界发射史上，不管是发射卫星还是导弹，不论是发射空间站还是飞船，都只存在两种情况。第一种，点火启动后火箭起飞。第二种，点火程序启动后火箭点不着。像长二捆携带澳星 B1 这种，点火程序启动了，火箭发动机也点着了，最后又一动不动的，就是史无前例的。

"只有两种情况？"方原不解，"不是还有很多火箭，是发射到一半就爆炸了的吗？"

"空中爆炸也属于第一种情况，都算是已经起飞了的。"梁天回答。

"哦，好吧。"方原又问，"那携带澳星 B1 的长二捆为什么这么懒？"

"那不是懒，那是紧急关停！"梁天解释。

"那照这么说的话，就是，火箭也好好的，卫星也好好的，对吧？"方原总结道。

"对！"梁天点头，"这在当时也算是一个奇迹。"

"梁老头儿，咱能不提奇迹这两个字吗？我长这么大，就没有见过比我还奇迹的。"

"行，不在奇迹宝宝面前班门弄斧。"梁天从善如流。

"糟老头子坏得很。"方原对着梁天咬牙切齿，反倒显得更亲昵了一些。

"小方原，我从来也没有说过自己是好人啊。但奇迹宝宝确实是很敏锐的人。"梁天一而再地喊奇迹宝宝，听得方原百爪挠心，却也没办法和一个百岁老人太过较真。

"我敏锐，我特敏锐，我全家都敏锐，我有祖传的敏锐，行了吧！然后呢，我哪里敏锐了？"方原没好气地回答。

"小方原，我不是数落你，你能指出火箭和卫星都还好好的，就是敏锐。当时观看直播的人，包括我的爸爸妈妈在内，有一个算一个的，都觉得那次发射，丢了中国人的脸面。但从国际上来说，那次失败，反而让长二捆火箭在地球上的声誉达到了顶点。"

方原给出了自己的理解："这就好比万户飞天在国内外的评价两级分化，是吧？"

"不一样,万户确实失败了,长二捆是我们觉得自己失败了,委托方却并不这么认为。"梁天说。

"卫星都没发上去,还不叫失败?"方原理解不了这个逻辑。

"嗯,休斯公司创造了一个新的词,叫作发射中止,中间的中。和最开始写在霸王条款里面的那个终点的终不一样。"梁天解释。

方原扯了扯嘴角:"这是翻译吧,放到英语里面就是两个不同的单词,说来说去,也不过是一字之差。"

"小方原,你可别小看这一字之差,这里面的意义差别是巨大的。此前没有支付过一分钱定金的委托方休斯公司,在发射中止后,直接提前全额支付了 520 万美元的合约金,用来支持我们再次发射。"梁天强调。

"啊?"方原张着嘴巴问,"明明失败了,反而还成了卖方市场了?"

"可不就是嘛!"梁天兴奋地拍了一下自己的大腿:"就在发射失败后的第三天,1992 年 3 月 24 日,国际通信卫星组织,还和我们签订了另外一颗大型通信卫星发射合同。"

"梁老头儿,你让我捋一捋啊,是不是在这些卫星公司的眼里,卫星的安全比火箭的安全更重要?火箭发动机都已经点着了,还能紧急关停,是不是算一次理想的失败?"

"哈哈,我就说小方原你聪明嘛!当时休斯公司的首席科学家也是这么评论的,他说——这是一次理想的失败和一次完美的成功。"梁天手动给方原点赞。

方原很受用,说出来的话,又有那么点别扭:"都没发射上去,还说完美的成功,这未免有点夸张了吧?"

"完美的成功说的是澳星 B1 星的第二次发射,1992 年 8 月 14 日,焕然一新的长二捆火箭,将又在我们这儿寄存了差不多 5 个月的澳星 B1,成功地送入了预定轨道。"梁天说明情况。

"寄存?"方原好奇。

"对头！又让你个瓜娃子给抓住了重点撒。"梁天一激动，说话就带了一股子大学时候的川辣味儿，"3月22日那次既然算中止，咱们这边，不仅不需要赔款，对方还得给我们支付保管费。"

这确实是一个非常喜人的结果了。发射算中止不算失败，不计入合同里面的失败记录。都不算失败了，电视机前亿万同胞担心的合约赔款，自然也就不存在了。这样一来，长二捆火箭不会刚刚登场就夭折，卫星公司也不需要制造新的卫星选择新的火箭。

如果算上承接这次发射任务的国际商业保险公司也不需要赔款。整个发射失败的结果，都能算得上是"三赢"。然而，由于那是我们国家，有了电视直播卫星之后，第一次把重大失败展现在国人的面前。一开始，很多人都没有办法接受。有骂航天人的，也有骂为什么要让自己看这样的直播的。

当人们了解到，世界航天史上，还从来没有出现过火箭已经点火还能紧急关停的发射中止，当大家知道，这一次的"失败"不仅不用担负高额的赔偿，还拿了很多新的合同，慢慢地，回过味来的全国人民，纷纷给发射中心送去鼓励。

贵州凯里的一位市民给发射中心发去一封电报："悲痛过后，再祝你们澳星发射成功。"南开大学物理系的学生给发射中心的电报则是写着："虽整装而未发，功仍不可没。国人共勉，来日定闻银箭扶摇直上九万里。"

还有很多写信的。湖南师大附中即将毕业的高三学生在信里面写道："惊闻澳星首次发射未成功，心情无比沉重。我们深知此次发射任务艰巨，意义深远，你们身负重担……请相信全国人民是你们坚强的后盾，我们的心紧紧相连……"

不知道是不是因为全国人民的安慰电报和信件给了中国航天人信心，澳星B1的第二次发射，仍然进行了直播。1992年8月14日，澳星B1的第二次发射，成为休斯公司的卫星，在全球历次发射中，入轨精度最高的。再次打破了当时入轨精度的世界纪录。

这个纪录，原本是由梁天担任特装车司机的亚洲一号发射任务保持的。"这是一次理想的失败和一次完美的成功"，是中国航天在国际商业发射领域的又一高光时刻。

"梁老头儿，你管这叫至暗时刻？"方原感觉自己被总设计师给忽悠了。

"你个小娃娃，怎么这么没有耐心？"梁天回应。

"我都蹲在这儿听你讲了一个小时了，还叫没有耐心？"方原不服气。

梁天这才发现没有位置坐："你蹲着干吗，你找张椅子坐着听啊！"

方原转头看了看梁星火，他原本是有一个随时可以招呼过来的椅子机器人，奈何银河之舰设计的时候，并没有想过会有第三个人。倒不是说，偌大的星舰，就没有其他可以坐的地方了，只不过专门为副驾驶定制的椅子机器人好巧不巧地被梁星火给坐了。

以前吧，他只是支配不了自己的脑组，现在倒好，连自己的椅子也支配不了了。方原就这么蹲着，倔强地没有召唤自己的椅子机器人。开玩笑，椅子来了，椅子上的人也就来了。这么一搞，整得他有多想要接近火星洞幺似的。就算想姑娘了，也不可能当着人曾祖父的面啊！

梁星火并不知道这样的情况。一直闭着眼睛假寐的她，压根也看不到方原此刻有些哀怨的眼神。方原非要这么蹲着，梁天也没有再劝。总归这也是年轻人才有的资本，他就算是想蹲，都没有可能。梁天再次进入回忆澳星B1发射的节奏。

发射中止，是一个全新的名词。这个名词之所以被创造出来，是为了达到"三赢"的结果。如果这次发射失败了，保险公司需要启动赔偿手续，卫星公司需要重新对发射任务进行招标。一系列的手续，都会非常麻烦，时间更是要用年来算。

休斯公司最缺的就是时间。他们制造的两颗澳星，是用来替代运营寿命即将到期的第一代澳大利亚国家通信卫星的。且不说一颗澳星本身的价值就达到了 1.4 亿美元。如果一直发射不上去，在通信方面造成的经济损失，只会比卫星本来的价值更大。

卫星保住了，对于委托方和卫星制造公司来说，就是一种劫后余生。这也是为什么，原本签了那么苛刻的合约，最后上赶着要提前支付尾款，以支持第二次发射。唯有发射中止，既不成功，也不失败，才是这颗卫星，能够最快被送上去的方法。

90 年代，卫星发射失败是常有的事情。很大一部分都是在空中爆炸，箭毁星亡，得从卫星制造环节，重新开始。中国航天人创造出了第三种可能。

"梁老头儿，火箭是怎么停下来的？"方原不免好奇。

"我问了东哥。他们一开始也不知道。"梁天说。

"我们自己人都不知道吗？"方原意外。

"对，一开始不就说了，这是世界航天史上，从未出现过的情况吗？"梁天反问。

"然后东哥就去找原因了？"方原问。

"没有。找原因那是后面的事情。"梁天出声提示，"小方原，你想想当时的情况。"

发射虽然中止了，但火箭已经完成了点火。点火的那一刻，长二捆的六台发动机，喷射出来的，是接近 2000°C 高温的火焰。火箭虽然没有升空，却也不是完全没有动。肉眼都能看到有轻微的位移。

这个时候的长二捆是什么状态？整个一颗高达 50 米重达 400 吨，装满了航天燃料的巨型炸弹。稍有不慎，别说是发射塔架了，整个发射场也会变成一片火海。真这样的话，损失的可就不仅仅是摇摇欲坠的火箭和火箭携带的卫星。

地球航天发射史上，从来没有出现过火箭已经点火，但既没有升空也没有爆炸的情况。火箭在地面爆炸，可比在空中爆炸的结果，可怕得多。西昌卫星发射中心的人，自然也不确定接下来会发生什么。

这一秒没有爆炸，不代表下一秒没有。发动机关停，还远没有到危机解除的时候。地面设备系统指挥员请示了戚志东，带着抢险队员，不带一丝犹豫地冲到了发射塔架下面。

这个时候，航天人心里只有一个念头。保住澳星，保住长二捆，保住卫星发射中心。这个念头强烈到没有人来得及思考会不会有生命危险。

发射台的周围，是漫天的气浪和滚滚的烟雾。抢险人员飞奔到发射台边上，看都看不清，更没有办法靠近。为了避免被气浪冲走，抢险人员把手臂挽到了一起。你靠着我，我推着你，就这么强行扑到了气浪里面，因为发射塔架经过高温的冲击，他们脚下的胶鞋被烫得吱吱作响。

航天人就是在这样的情况下，去固定已经位移了十厘米的火箭，并且拔掉电源插头。整个过程，只要稍微有点静电，或者信号干扰，火箭就有可能原地爆炸。除此之外，火箭的体内，还有电爆管和引爆器一类的火工品。这些东西如果不及时拿出来，也一样随时都有可能引发爆炸。

抢险人员只有从 40 厘米见方的舱口爬进去，才能把这些火工品给取出来。但光爬进去还不行。火工品，不是放在舱口，而是放在火箭的中间。摇摇欲坠的火箭矗立在发射塔架，想要从里面上去，就得搭工作梯。事发突然，又史无前例。现场根本没有这样的预案。工作梯、照明灯、防毒面具，什么都没有。

即便这样，也阻挡不了航天人抢险的决心。没有防毒面具，就用衣服和毛巾捂住口鼻。没有工作梯，就一个一个直接踩着肩膀往上爬。没有照明灯，就靠平时的经验在黑暗里摸索。整整 39 个小时，在新闻直播之外，在人们看不到的地方，航天人用自己的血肉之躯，保住了澳星 B1、保住了长二捆，更保住了整个发射场。每一个参与抢险救灾的人，都是在成功保住之后，才反应过来开始后怕。

事后调查，导致发射中止的故障，是出在了运载火箭助推器点火控制系统程序的配电器的第四、第五导电触点之间，有一丝重量仅为

0.15 毫克的铝质多余物。就这么一个"小不点"产生的电弧，接通了关机触点，使得火箭助推器在点火后关停。

由于推力不均，火箭脱离发射台的固定，刚点火抬升就直接坐了回去，这个过程，造成了将近 10 厘米的错位。10 厘米相较于长二捆 50 米的高度，是非常小的位移。可就是这么小的位移，也足以造成火箭重心不稳，直接倾倒爆炸。

命运之神在这个时候，眷顾了西昌卫星发射中心。发射澳星 B1 的二号工位，是为了长二捆全新赶工的。在西昌卫星发射中心的二号工位之前，我们国家的火箭发射台面，都是完全平面的。设计长二捆发射平台的时候，戚志东鬼使神差地在圆形平台的外围，画了几毫米厚的高棱。

"你知道吗，小方原，那是一个几乎都没有人注意到的小细节。"梁天感叹道。

"我不知道啊，但听起来好像很关键的样子。"方原不明觉厉。

"确实是这样，事后去现场看，比火箭站的地方稍微高出来的那个高棱，被磕出来一个很明显的印子。火箭很有可能就是因为这个不经意间的设计，才没有转到外面去。"梁天告诉方原，"四个脚已经移位了三个，最后这个如果没有被挡住，就彻底失去了重心，火箭一倒下，整个发射场也一样是要被炸掉的。"

"梁老头儿，你为什么知道得这么详细，难不成这个设计也和你有关？"方原问。

"东哥有给我打过电话，说是因为我这个飙车爱好者在做特装车司机的时候，一天到晚地拉着他看各种赛车尾翼，才让他在设计的时候，有了这么鬼使神差的细节。"梁天回应。

"这哪里是鬼使神差啊，这分明是梁使天差啊！"方原适时感叹了一下。

"东哥说，当时就是为了美观，并没有想过会有什么用。东哥一直都说我是福星，但我觉得应该是没有什么关系。"

"梁老头儿，如果亚洲一号的成功发射和你有关，澳星 B1 的成功中止也和你有关，那你确实也算得上是福星了。"方原表达了自己的看法。

"如果我真是福星，如果我一直守在发射中心，或许就不会有后来的至暗时刻了。"梁天懊恼摇头，原本沧桑的脸庞，多了无尽的黯然神伤。

第三章　至暗时刻

"梁老头儿，忽然这么深沉干什么？你要一直是个特装车司机，不搞什么火星移民，我倒是大概率，会拥有一个美好的童年。"方原不太会安慰人，抱怨起来倒是有点精准。

"历史是不容假设的，就像我们没办法预见未来。"梁天从懊恼的情绪里面出来，"航天人需要的不是福星，而是精准的质量把控。"

0.15 毫米的一个小铝块，差点毁了整个西昌卫星发射中心。1990年 3 月 22 日的教训太过深刻，3 月 22 日，也因此成了我们国家的航天质量日。

澳星 B1 第二次发射成功之后，我们国家在国际商业航天发射领域，就有了自己的一席之地。订单纷至沓来。但这个过程持续的时间很短。中国航天中标的是两颗澳星的在轨交付。澳星 B1 发完了，还有澳星 B2 在等着。

澳星 B2 发射的戏剧化程度，并不比澳星 B1 小。澳星 B2 的发射时间，是 1992 年 12 月 21 日 19 点 20 分。戚志东执行了全套发射口令。倒计时。点火。火箭升空。到达预定高度。一切都很完美。按照历史经验，火箭发射到了这个程度，铁定会进入预定轨道。

休斯公司的代表，确定了他们自己的监控数据之后，认为火箭已经发射成功，并于 1992 年 12 月 21 日 19 点 50 分，签署了发射成功的确认书。到了这个时候，发射中心的任务就算执行完了。戚志东却没有办法在这个时候开始庆祝。

就在火箭发射升空的第48秒，他清楚地看到，火箭顶上，出现了一个黄色的火球。这个火球来得蹊跷，是以前从来都没有出现过的情况。时间就这样又过去了4个小时又10分，1992年12月22日0点，休斯公司紧急联系发射中心，他们一直没有和澳星B2取得联系，怀疑卫星发射失败。同一时间，冕宁县泽远乡发来汇报，境内出现已经烧毁的、小汽车大小的不明坠落物体。

"东哥收到这个消息，恨不得带着中方人员，立刻出现在疑似卫星残骸的现场。"梁天情绪低落。

"要去就去呗，干吗还要恨不得？这都不像澳星B1那个时候，有随时爆炸的危险。"方原认为这是个小事。

"小方原，你忘啦，先前说澳星合约里面的第二条，是休斯公司不会给我们提供关于澳星卫星的任何技术材料。"梁天提醒。

"这都已经烧毁了，还要技术封锁呢？"方原不解。

"是的，根据合同，我们没有权利，单方面检查疑似卫星残骸。一直等到23号，才在外方赶过来的技术人员的监控下，对残骸进行检查，确认了就是澳星B2。"梁天告诉方原一个细节，"外方技术员将关键零件装入箱子封存，箱子装满了就把一些小的零件，装到了自己的夹克里面，保证卫星技术不泄露。"

"所以，虽然都签署了成功确认书，但澳星B2的发射最终还是失败了，对吗？"方原问梁天。

"是的。"梁天回答。

"那这算是我们的责任，需要赔偿对吗？"

"不，这个责任，一直到现在都没有定论。我们认为，是澳星自带的燃料箱发生爆炸。但我们没有机会检查残骸，事发的原因，也就成了航天史上的未解之谜。"

"还能这样……"方原有点不知道要说什么。

"是的，这次和B1那次不一样。"梁天解释道，"如果认定是卫星爆炸，就和我们没有关系。如果认定是火箭发射的问题，我们不仅要重新发射，还必须赔偿卫星的损失。"

"那既然是确定不了责任的未解之谜，最后要怎么处理？"方原问。

关于澳星B2发射事故的责任认定，双方的争论是非常激烈的。根据我们国家的专家的判断，火箭发射后的第48秒，被长二捆托载在顶部的卫星自带燃料箱，发生了突然爆炸。这个爆炸，将火箭前部的整流罩给炸开了，卫星也从这个位置脱落。

长二捆火箭，在卫星爆炸产生震动、运载重量突然减轻的情况下，自动调整姿态，仍然按照原定程序正常飞行，将澳星B2爆炸后的剩余部分，"成功"送入了预定轨道……

如果按照这样的情况认定，责任就在外方。外方的专家则是认为，长二捆在火箭或整流罩的设计、制造和装配上存在故障的缺陷。这样责任就在火箭制造方。想要得到一个双方都认可的答案，就必须允许对卫星残骸进行检查。在技术封锁下，这个检查又只能是单方面的。

事故责任认定从1992年12月22日，一直到1993年8月14日发布，足足花了235天，才有了澳星B2卫星发射任务故障调查的联合声明。

这份联合声明总结来说，有两个结论：第一，双方都认为，火箭没有问题——在设计、制造和装配上都没有导致澳星B2发射失败的缺陷。第二，双方都认为，卫星没有问题——在设计和制造上都没有导致澳星B2发射失败的缺陷。

方原觉得这个所谓的联合声明，和之前的合约一样，有些儿戏："你也没有问题，我也没有问题。那么，问题来了，究竟是谁的责任？"

"这个问题要是能直接给出答案的话，就不会是未解之谜了。这个联合声明算是双方都能接受，最主要的作用，是给国际商业保险公司看的。"梁天解释道。

"保险公司有这么重要吗？"方原不解。

"每一次国际商业发射，都一定是要有保险的。商业行为，需要把损失控制在可控的范围之内。"梁天说。

"那后来呢？和澳星 B1 一样，澳星 B2 也进行了第二次发射，对吗？"方原又问。

"没有。澳星 B1 能够第二次发射，是因为我们通过 39 个小时的抢险，一直到第二天天快亮的时候，保住了那颗卫星……"梁天收起回忆，回答方原的问题，"澳星 B2 都爆炸了，我们连抢险机会都没有。"

"那这样的话，根据那份联合声明，就是双方各自承担责任，我们再造火箭发射，休斯公司再造卫星，是吧？"方原问。

"对头。就说你小娃娃聪明！休斯公司后来造了一颗澳星 B3，过了一年多，1994 年 8 月 28 日我们成功地把澳星 B3 送入了预定轨道，完成了澳星的全部合同。"梁天把日子都记得清清楚楚。

"为什么要一年多这么久？之前澳星 B1 两次发射，不是间隔了五个月吗？是因为造卫星要一年多？"方原问。

"不是的，他们造卫星和我们造火箭都已经熟门熟路了，用不了这么长的时间，问题出在要解决爆炸的原因。"梁天回答。

休斯公司找中国发射卫星，但又对卫星的技术严防死守。这么一来，卫星是什么样的，对于发射方来说，就和瞎子一样。我们国家在做澳星发射试验的时候，携带的是同等质量的铁疙瘩。但铁疙瘩和卫星，肯定是有很大的不同的。

澳星 B1，没有发生爆炸，算是幸运。澳星 B2 爆炸之后的好几次发射试验，卫星都发生了爆炸。究其根本，是卫星技术和火箭技术的协调不完善。这么一来，就需要在背靠背的情况下，分别加强卫星和整流罩的设计。这一来二去的，时间就这么过去了。

"澳星合约拖了这么久才完成，最后是不是就很不愉快？再也没有后续的合作，直接进入至暗时刻了？"方原进行了合理的推测。

"恰恰相反。"梁天说，"休斯公司对两颗澳星的在轨交付是非常满意的，转头就和我们签了亚太二号卫星发射的合同。"

"这样还能满意，休斯公司的人脑子长得也太奇怪了吧？"方原搞不明白这里面的逻辑。

"不奇怪的。一来呢，我们那时候便宜。二来呢，我们确实把卫星送了上去，还是特别高精度的。"梁天解释。

"这么形式主义？就为了创造一个又一个入轨精度世界纪录？"方原无语。

"不是的，小方原，入轨精度还是非常重要的。"梁天看向方原，强调道，"卫星是必须要进入既定轨道才能正常运行的。如果发射上去，离既定轨道很远，就要通过卫星自身携带的能源，进行一次次的姿态调整，一步步地回到既定轨道。卫星自带的能源是相当宝贵的。严重影响卫星的使用寿命。"

"原来是这样。"方原点头回应。

"有的卫星虽然被发射上去了，但是入轨精度太低，就会消耗大量的能源，这样一来，使用寿命就可能是设计寿命的一半，甚至更短。精度一高，使用寿命就有可能超过设计寿命。"梁天接着解释。

"你这么一说的话，休斯公司还愿意继续合作亚太二号就可以理解了。"方原了然，精度的本质是经济效益而不是创造纪录。

"可惜啊。1995年1月26日，亚太二号刚一升空，就发生了爆炸，星箭俱毁。"梁天叹了一口气。

"梁老头儿，这就是你说的至暗时刻吗？"方原问。

"还不是……亚太二号虽然星箭俱毁，但没有造成人员伤亡。这在当时的国际商业卫星发射环境里面，并不算特别不能接受的结果。甚至可以说是经常发生的。"梁天解释。

"所以，休斯公司也还是愿意继续合作的，对吧？"方原问。

"没错。反正有国际商业保险嘛。次次都买也没怎么用过，这次就进入到了正常的赔付程序。"梁天说。

"商业发射，一切都按商业规则来。"方原还是搞不明白这里面的逻辑,"这就是至暗时刻了?"

"不。我说的至暗时刻,是那之后的 1996 年 2 月 15 日——国际通信卫星 708 星的发射,也叫'2·15'事故。"梁天沧桑的脸上挂满了哀伤。

"也是一个直接用日期来命名的事故啊?"方原一听就能明白这个事故的严重性,和他爸爸妈妈出事的"2·22"事故相比,只少了一个纪念日。人类太空灾难纪念日的诞生,也有当时出事的人,都是人类顶级科学家这方面的原因。

"'2·15'事故虽然不是人类太空史上最大的灾难,也是能够排得上号的。国内报的死亡数据是 6 死 57 伤,国外报的有几百,后续的各种传闻里面,甚至有上千的……"梁天有点说不下去。

"传得这么夸张?"方原意外。

"对啊,可见当时的影响有多么恶劣。"梁天开始讲真正的至暗时刻。

1996 年 2 月 15 日,农历十二月二十七,还有四天就要过年。这是我国全新研制的长征三号乙火箭的首秀。搭载的是国际通信卫星组织委托发射的国际通信 708 卫星。

长三乙是我们国家的功勋火箭,能够将 5 吨左右的有效载荷送入地球同步转移轨道。相比于后来被亲切地称为"胖五"的长征五号火箭的运载能力——近地轨道 25 吨、地球同步轨道 14 吨、地月轨道 8 吨,长三乙的运载能力是有些不够看的。

但长三乙和"胖五"不是一个时代的。从长三乙 1996 年首秀到"胖五"在沿海发射场开始服役的 2016 年,有长达二十年的时间,长三乙都是我们国家服役火箭里面运载能力最大的。

时间回溯二十年,不难想象,当时的航天人对长征三号乙的首发有多大的期待,直接启动全世界公开转播。一款新型火箭的首飞就这么大张旗鼓的,虽然后有来者,但绝对史无前例。可见当时的航天人除了期待,还有满满的自信。

发射基地也是一派喜乐祥和，因为临近过年，大家见面打招呼都是一句："打完这颗，就可以回家过年了。"

"梁老头儿，刚刚经历过亚太二号的空中爆炸，航天人难道就没有想过长三乙的首飞会失败吗？"奇迹宝宝又开始化身为好奇宝宝了。

"当然是想过的。"梁天说，"但既然是首飞，升空之后爆炸，也不在不能接受的范围之内。"

"也对，毕竟都有看过直播失败的经验了，心理承受能力都已经给练出来了。"

方原说得没有错。观看卫星发射直播的观众，内心也早就变得比澳星 B1 和 B2 的那个时候，更加坚强一些。1996 年 2 月 15 日，凌晨 3 点 1 分。戚志东在西昌卫星发射中心指挥部，下达指令："10，9，8，7，6，5，4，3，2，1，0，点火！"

长三乙在二号发射塔架顺利点火，正常升空。航天人不约而同地松了一口气。这个时候，已经不太可能再发生比亚太二号星箭俱毁更大的灾难，只要火箭发射上去了，剩下的就不是发射场而是卫星制造机构的事情了。

但西昌人的这口气，只松了短暂的两秒。长三乙在首发的第三秒，轨迹就直接来了一个乾坤大挪移，从竖着往上飞，变成了斜着飞。这个时候，火箭才刚刚起步，飞行的高度还很低。倾斜角度越来越大，导致火箭开始横飞。

此时的火箭，燃料箱几乎都还是满的。首秀的长三乙，化身一颗巨大的导弹，从基地飞了出去。短短的 22 秒，火箭坠毁在了离基地 1.8 公里以外的山头，一朵巨大的蘑菇云腾空而起。整个发射场随即断电。

在寂静而又黑暗的指挥室里，每个人的脑海里，都只剩下断电前的那个爆炸的画面。守在电视机前的梁天，也是目瞪口呆，良久才说出了两个字，然后就是不自觉地一直重复："完了，完了完了，完了完了完了……"

长三乙失控爆炸的地点，是基地航天工程技术人员临时住宿的协作楼和宾馆附近。蘑菇云带起的滔天气浪，瞬间就冲垮了钢筋水泥的建筑。这次发射带走了 6 位没有在发射前进入地下掩体的科研人员，并造成 57 人受伤。如果不是刚好有一个山头挡住了火箭的去路，这颗"导弹"将径直飞向这次发射任务的指挥部……

全国人民第一次在直播中看到卫星发射失败，是澳星 B1 发射中止的那一次。虽然，也有不解和愤怒，但因为最后的结果是好的，航天人收到更多的，还是来自全国各地的安慰电报和信件。

这一次的情况，则是完全不同。这是直接把山给炸了，把人给炸死了。哪怕伤亡人数没有后来外面传的那么夸张，但这个情况，直接把当地的民众给吓了个够呛。

那究竟是什么样的一个场景？如果卫星发射都是这么个轨迹，他们安居乐业的地方，岂不是随时都有可能被夷为平地？

一本记录当时情况的报告文学，曾经有过几个细节的描写。

一位从北京过来参加发射的专家要回去，工作人员去火车站给专家买软卧的票。在身份证和介绍信一应俱全的情况下，被售票员直接从窗口给扔了出来："你们这些人，把中国人的脸都丢尽了，还想坐软卧……"

事发一周之后，一个卫星发射基地的高工去镇上买鸡。卖鸡的人看清是基地来的，直接不让过秤。前面谁买都可以，到了高工这儿就不行："你们在这里几十年，拿着高薪高奖金，连西瓜大的外国卫星都打不上去，还有脸吃鸡……"

这些描写，都只是当时的小小缩影。全国人民以前的支持是实打实的，现在的愤怒也是实打实的。航天人需要为这次失败付出的代价，可不仅仅是全国人民的愤怒。

这个时候，中国航天人还是憋着一股劲的。1996 年 8 月 18 日，中星七号在同一个发射基地点火升空。这是一颗静止轨道通信卫星，制造商还是休斯公司，最终用户是中国通信广播卫星公司。这次升空是顺利的。但三级发动机的二次点火发生故障，没能把卫星送入预定轨道。

半年之内的两次失败，让长征系列运载火箭，几乎成了国际商业发射市场的失败代名词。休斯公司停止了与中国长达六年的国际合作。多家已经和长征系列火箭签订合同的公司，也纷纷取消订单。

这是一个恶性循环，也是一次毁灭性的打击。国际商业保险公司在出现人员伤亡的事故之后，开始拒绝给中国的国际商业发射提供保险。刚刚起步的中国国际商业航天发射，面临直接被踢出局的至暗时刻。

"你知道吗，小娃娃，'2·15'事故之后，东哥一夜白头。"浓得化不开的哀伤，笼罩着梁天。

这种事情，方原肯定是不可能知道的。他甚至不是特别能感受梁天说的至暗时刻。因为离得实在太远了。但一位百岁老人发自肺腑的极致哀伤，还是很容易感染到人。

"2·15"事故发生在凌晨三点，梁天连夜借了一辆车，连年都不过了，直接奔赴卫星发射中心。这里是他曾经开特装车的地方，承载着他人生最初的骄傲。说一日为航天人，终生为航天人这样的话，可能有点夸张。但毫不夸张地说，国际通信708卫星的惨痛失败，让像梁天爸爸妈妈这样的航天人家属，都免不了要受人冷眼。

从某种程度上说，这也算得上一个时代的印记。就算左邻右舍表现得并不明显，也没有人会愿意再去梁天家的天台一起观看发射直播。

90年代末的工人家庭，也已经不再有什么铁饭碗。原来住在同一个工人新村的人，也开始走向了不同的道路。有的经了商，有的摆了摊，还有的……

不管怎么说，生活总归还是要继续。这时候的梁天，已经是上海航天八院的研究生。也算是给齐齐下岗的父母，吃了一颗定心丸。

梁天的父母，是最感谢戚志东的。如果没有戚志东，就算梁天那会儿没有叛逆，按部就班地进了厂，这会儿也免不了要下岗。大半夜的,梁天说要找人借车去发射场找东哥,他的爸爸妈妈连拦都没有拦一下。也没有劝一句,马上过年了,有什么事过了年再说。做人要懂得感恩,这是梁天的爸爸妈妈从小就教育他的。

梁天在"2·15"事故的当天,就驱车赶到了卫星发射中心,亲眼看着戚志东一夜白头。

到西昌的第一天,梁天并没有进入发射场的里面。他是在被爆炸冲击波摧毁的协作楼前面看到的东哥。那个时候的戚志东,嘴里念叨来去的,就只有一句更像是自言自语的话:"怎么会有人没有撤走,怎么会有人没有撤走,怎么会有人没有撤走……"

卫星发射中心,都是有发射前两小时撤离的明文规定的。长三乙的首飞也不例外。离发射基地最近的麻叶村,几百村民,早早就按照规定完成了撤离。在这种情况下,死亡人数肯定没有传闻里面的那么多,也不太可能像很多传闻里面说的那样会有很多的村民。

村民都提前转移走了,偏偏是一小部分基地科研人员,没有执行发射前要进入地下掩体的规定。或许,是从来没有遇到过这么毁灭性的事故,让一部分航天人,觉得待在协作楼和宾馆附近也很安全。

戚志东为此感到自责,他作为发射任务的地面总指挥,理应更好地关注里里外外的每一个小细节。可他却把所有的重心,都放到了发射基地里面。他太希望长三乙的首飞能够像长三甲那么成功了。

在当时的历史条件下,首飞如果成功了,就是一件"了不得"的事情,如果失败了,那就是一件"不得了"的事情。戚志东再怎么想,也没有想过会"不得了"到直接载入世界航天灾难史册的程度。

戚志东接受不了这个失败,更接受不了,昨天还在一起说"打完这颗星,就可以回家过年了"的同事,就这么离开人世。这里面还有为长三乙设计飞行弹道的高级工程师……

梁天陪着戚志东在已经被炸成废墟的协作楼前面站了很久。梁天没有开口说话。他之所以会第一时间过去,并不是想要说什么、做什么。更多的是因为戚志东一直都说他是福星。他就想这么无声地陪着。

他怕这个带自己走上航天之路的人，就这么倒下。

梁天还是小看了自己的领路人，更小看了航天人的韧性。一夜白头过后，戚志东直接就回到了工作岗位寻找"2·15"事故的原因。多方专家和独立调查团队在深入调查之后得出了结论——"2·15"事故，是一个非常非常小的金铝焊接点失效造成的。

因为这个点没有焊接好，阻碍了随动框架伺服回路电流的输出，导致控制整个火箭的惯性平台失效。电压输出模块的问题，引发火箭按错误的信号进行姿态矫正。一个焊点，一次大坠毁，给整个中国航天造成了毁灭性的打击。

在"2·15"事故之后，因为极度的自责，加上原本的一身旧伤，戚志东的身体，每况愈下，没有再担任发射任务的地面总指挥。在调查"2·15"事故的半年时间里，戚志东提出整整44项共256条严厉乃至苛刻的整改措施。

航天是庞大而又精细的工业，需要确保的是每一个人力范围之内的细节，都万无一失。这256条整改措施，涵盖了从火箭设计的总工程师到仓库保管员。大到整个火箭，小到一根电线、一颗螺丝钉，全都明确责任到人。

科学试验是允许失败的。太空探索更是如此。允许失败，不等于允许重复犯错。为失败付出了代价，就得从这个代价里面学会怎么避免再一次失败。戚志东对待错误的态度，也深深地影响了梁天。

时隔452天，1997年5月12日0时17分，已经成为失败代名词的长征系列火箭，又一次矗立在了西昌卫星发射基地。

这个时候肯定是没有国外的公司，愿意给中国航天人机会，打的也就是一颗国产的卫星。这次出征的火箭是在首秀就取得了成功的长征三号甲，携带的是中国新一代通信卫星——东方红三号。

这是长三甲和东方红三号的第二次搭档。第一次搭档发生在两年半之前，1994年11月30日，火箭的发射是顺利的，没有任何问题。升空之后的第一颗东方红三号出现了燃料泄漏故障，实施三次变轨，在成功到达了地球同步轨道的同时，也耗尽了燃料，没能定点成功。

1997年5月12日0时41分，经过短暂而又漫长的24分钟等待，长三甲将第二颗东方红三号顺利送入预定轨道。当卫星成功进入预定轨道的消息传来，航天人自发起立，一边默默流泪，一边使劲鼓掌。这一年多的时间，有太多太多的不容易。基地科研和工作人员，齐刷刷地松了一口气。

戚志东在这个时候，通知所有人到二楼的会议厅开会。就在大家相互庆贺准备接受表彰的时候，戚志东却把表彰大会开成了批评大会："首先要处理的不是因为技术上的问题，而是没有工作责任心的人。"

连铺垫都没有，戚志东就直接开始一一点名批评：

"你觉得你自己配叫航天人吗？"

"你是怎么做到给漏气送去检修的伺服器，盖了个戳子，又原封不动地送了回来的？"

"你难道真的以为喊喊口号，就能齐心协力？"

"你知不知道需要把每一个细节，都精确到一丝一毫？"

"我告诉你，你绝不是技术上的失误，而是态度上的马虎！"

……

很多被点名的人都被骂蒙了。东方红三号的成功来得有多不容易！航天人从失败中走来，负重前行。为什么胜利带来的不是表扬而是批评？戚志东要让所有人都记得一件事情——成功是正常的，中国航天再也经不起"2·15"这样的惨痛。

长三甲和东方红三号的二搭成功，并不能打消国际市场对首秀成了灾难的长三乙的疑虑。很多关注中国国际商业航天的人，回忆起1996年，都只会记得"2·15"国际通信708卫星事故和紧随其后的"8·18"中星七号发射失败。

实际上，从2月15日到8月18日这两次失败的中间，西昌卫星发射中心，还是成功地把老早就签订了合约的亚太一号A给送上了太空的。

这颗卫星本来选定的发射时间，是1996年3月，因为"2·15"事故，推迟到了7月3日。这个时候，肯定是还有一大堆问题没有解决的，但合约签订的最后在轨交付时间眼看着就要临头。不发就要面临巨额的赔偿。

国际商业保险公司被"2·15"事故给吓破了胆。火箭都已经矗立在发射塔架上，眼看着就要点火了，国际上还是没有一家保险公司答应承保。几经波折，亚太一号A悄无声息地成功了，航天人还没来得及高兴，仅仅一个半月之后，中星七号就发射失败了。

没有国际商业保险公司愿意为中国的国际商业发射提供保险的情况，在中星七号发射失败之后，又雪上加霜。长三乙第二次登上历史舞台，已经是1997年8月20日。

发射的是劳拉公司制造的通信卫星马步海1号。这是一个新的合约。为了这一次发射，戚志东离开了发射一线，展开了艰难的国际游说，希望国际公司，再次相信中国航天技术。这里面最为困难的，仍然是说服魂都被吓没了的国际商业保险公司。

那个时候，也只有狠狠心，再怎么苛刻的条款也都一应接受。几经游说，终于有保险公司愿意承保——开出了一个他们值得冒险一试的价格。这种合约，和我们一开始发射亚洲一号只有义务没有权利的合约差不了太多。好不容易发展起来的中国国际商业航天，一夜回到解放前。

这份保险合约是苛刻的，却又是合情合理。试想一下，汽车司机连着出几个理赔记录，车险的费率也会跟着飙升。国际保险公司要提高屡屡失败的中国航天商业发射费率，也并没有哪里是说不过去的。

只有重新接到订单，重新进入发射，才能在国际商业航天市场里面再占有一席之地。多成功几次，这个费率肯定也就降下来了。这又和事故司机连着几年没有新的理赔是一个道理。

搞定了国际商业保险公司，1997年8月20日，长三乙第二次矗立在西昌卫星发射中心的发射塔架上。5，4，3，2，1，点火顺利。火箭升空正常。马步海 1 号入轨正常。

两个月后，1997 年 10 月 17 日，长三乙第三次矗立在西昌卫星发射中心的发射塔架上。这一次，长三乙托载的卫星亚太 2R，还是由劳拉公司制造。点火顺利。火箭升空正常。亚太 2R 以极高的精度完成入轨。

在戚志东痛定思痛的 256 条整改措施之下，首秀就折戟沉沙的长三乙，在此后 20 年无一败绩。保险费率降下来了。中国航天人丢掉的国际商业发射份额也成倍成倍地回来了。属于长三乙的运载时代就此到来。

2017 年 6 月 19 日，由于火箭三级工作异常，长三乙没能将中星 9A 送入预定轨道。这一次发射也有直播。新时代的网友纷纷留言："呀！竟然能看到一次直播发射失败！……这也太真实透明了吧！好评！……没关系哒！总结教训，再接再厉。……难得失败一次，未来加油！"

戚志东看着这些留言，想起当年的不给卖鸡和休想坐软卧，内心久久不能平静，时代不同，同一件事情的意义也不同。

第四章　备份星球

米多多给梁星火发了一个实时投射:"火阿,考神那边已经一切准备就绪了,总设计师那边准备好了吗?"

2070年代的实时投射和2020年代的视频通话不同。是真正做到了身临其境的。简单来说,就是梁星火这边接通之后,米多多那边,除了本体不在星舰里面,没有真实的触感之外,听觉、视觉、嗅觉都是无损还原的。

虚拟投射的角度也不是固定死的。米多多只要稍微转个头,就能看到梁天和方原,并且和他们打招呼。但她没有这么做。她是探险家没有错。多的是对大自然永无止境的探索欲。但她同时也有点社恐,除非迫不得已,一般不太会和陌生人说话。

这也是为什么,她的前男友们都来自同一个团队。这真的不能怪她,要怪只能怪社交圈子实在是太小啦……米多多到了火星之后,改变了很多。有个小她五岁的帅哥一门心思追着她跑,她都没有搭理。也不是说年纪小太多接受不了,就是整个一个提不起兴趣。

她以前一场恋爱接着一场恋爱,无缝衔接地都没有时间用来伤感,也没有时间去思考自己想要的究竟是什么。人都移民到火星了,整个一个理智到不行。这个不知道跟着哪个主申请人过来的小帅哥,除了好看,连到没人去过的地方探险都不敢,要怎么跟上姐的步伐?

米多多已经过了找对象只要养眼就行的年纪。再说了,她还有两年就要回地球了,这会儿找个小男朋友,标准的恋爱脑一上头,肯定就不管不顾地留下来了。异地恋超过两个星期她都有可能换个男朋友,何况是异星恋。好吧,米多多在地球上把自己活成板蓝根,也不是没有劣根性的。

但这一切,在来到火星之后,发生了改变。米多多对自己的定位变得比以往任何时候都更加清晰。她不再热衷于两性关系,而是把所有的热情,都投入到了火星养成系。养成什么样的小男友,能比养成火星洞幺来得更有成就感?

米多多把绝大部分心思都放在了梁星火身上,又当闺蜜又当妈。还有一小部分心思,用在了安安静静地回忆自己的过往。板蓝根是不是真的那么失败?是不是真的没有病的人根本不会找上门?有没有可能,也有曾经错过的人,不仅没有病,还想着要更好地预防,以求长长久久地在一起。

米多多回忆了半天,也没有想起来,自己的生活里面,曾经出现过这样的一个人。直到梁星火分享了一份被拒掉的火星移民主申请人的表格。这份表格的提交者,是米多多原来所在的那个地月探险团队的副队长。这个人,和她一样,想要通过探险家的身份移民火星,前前后后被拒绝了 7 次。

根据火星移民的规则,被拒绝了 7 次之后,就不可以再成为主申请人。这样的人,其实还挺多的。一直重复申请下去,既浪费时间,也浪费资源。火星洞幺负责对已经申请了 7 次的主申请人表达感谢,并下达申请通道关闭的通知。

火星洞幺的通道关闭的通知,从来都不是冰冰冷冷的。她会认真地看每一份申请表,标记里面的每一个亮点,然后会通过虚拟投射的方式,尽可能委婉地说明申请为什么没能通过。

梁星火并不是很喜欢这项工作,却也知道,没有人比火星洞幺更适合这份慰问工作。梁星火就是在这种情况下,发现有一个主申请人的情况，和米多多很像。如果不是已经有了米多多，这份申请，很有可能第一次就会过。

看到梁星火分享的主申请人表格，米多多自然也就想起了这个一直对自己很好的副队长。说起来，副队长的探险能力，其实比米多多还要更强一些。但架不住米多多有一个特点，她在现实生活里面社恐，不愿意和陌生人说话，对着镜头，又可以滔滔不绝。

副队长虽然专业技术过硬，在节目里却和个木头似的，八棍子打不出一个闷屁。再加上米多多是团队里面唯一的女生，在副队长敛去光芒的情况下，自然而然地就成了最耀眼的地月探险之星。

米多多并没有把副队长的申请当一回事。她早就已经切断了和自己以前团队的所有联系，干干净净。她现在和火星洞幺一起火遍了太阳系，有个曾经认识的人想要和她一样，也没有什么不能理解的。

主申请人和必要团队最大的区别，是主申请人有机会申请到实验室版的脑组，但必要团队成员没有。主申请人在地球上，通常都不缺钱和地位，以必要团队成员的身份来火星，能够享受到的那些福利，基本都看不上眼。

那些孜孜以求的主申请人在被火星洞幺婉拒之后，都会偃旗息鼓，没承想副队长的反应和所有人都不一样。他直接问梁星火，要怎么才能加入别的主申请人的必要团队，说他在乎的，压根就不是什么主申请人，而是要来火星找米多多。这一下，就由不得梁星火不八卦一下了。

副队长整天在身边的时候，米多多感觉不到，分开久了，忽然来这么一下，就颇为让人受不了。米多多没有明说，但梁星火肯定是知道她内心的变化的。

以前的米多多，酷爱各种各样的冒险，完全没有办法过一日三餐，一年四季，最普通的那种小日子。现在的话，嘴里还是说着自己了无牵挂，在哪里过一辈子都可以，行动上却是一直在为回归小日子而努力。

米多多和副队长重新取得了联系,告诉他,自己很快就会以合理合法的方式回去。米多多没有再多说什么,她虽然没办法改变自己的恋爱脑,却也过了为爱疯狂的年纪,学会控制自己的感情,想趁着这两年的时间,认真看看明白,副队长这么歇斯底里地要来火星,到底是为了探险,还是为了她。

梁星火会提出让米多多和她一起开着银河之舰回地球,也是知道米多多在地球上有了半新不旧的牵挂。米多多的拒绝,在意料之外,又在情理之中。米多多要是就这么回去了,不是被人类太空移民局给抓起来,就得和副队长一起亡命天涯。一个移民过火星的人,才最是知道地球上的平平淡淡才是真。

既然把米多多的投射接到了银河之舰里面,梁星火也就不介意承认自己是装睡:"总设计师在和奇迹宝宝讲故事呢,没个三天三夜,应该讲不完。没看到有开始准备的迹象。"

"那总设计师还有要出舱吗?"米多多调整了一下自己的方位,好让梁星火能看到考神准备好的现场。

梁星火没有睁开眼睛,因此也看不到,实事求是地回了一句:"不知道。"

米多多察觉到梁星火的异样:"火阿,你看起来怎么好像刚刚哭过?"

"你看错了。"梁星火拒不承认。

"那你有问到你自己最关心的问题吗?"米多多又问。

"我没有什么关心的。米姐,我这会儿开着全域通话,银河之舰里面的人都能听到你的话。"梁星火别别扭扭地提醒着。

考神的每一个行为指令,都是梁星火编的程。考神能把喵星人和汪星人模特队安排到什么程度,梁星火自己的内心也是有期待的。

梁星火早就想出去看看了。可她现在没有监护梁天的脑组,银河之舰的气密舱也不是她想打开就能打开。通过全域投射通话的方式,让梁天和方原知道她需要出舱,怎么都比张嘴去问,或者上赶着再邀请总设计师一起出舱，要来得轻松和自然。

当然了，梁星火在这个时候出声提醒，也是希望米多多不要口无遮拦什么话都说。也不知道米多多是不是故意的，跟着就是一句："火阿，你没问为什么被遗弃在火星的是梁星火而不是梁星蓝吗？"

梁星火直接结束投射。她知道米多多是为了她好，也知道有些问题现在不问，就不会再有机会问。可她就是问不出口。银河之舰很大，她却在里面压抑到无法呼吸。她又不是真的在睡觉。她能听到梁天和方原说的每一句话。

方原听得津津有味的那些商业航天史她也是感兴趣的。一边听，还一边在基组百科里面找更详细的资料。但这个过程，并不那么愉快。曾祖父和奇迹宝宝相处了一路，都来到火星了还有这么多的话要聊，她坐在银河之舰里面，根本就是多余的存在。

有些事情多问一次，也不过是多一次伤害。梁星火从椅子上站起来，准备离开。尽管她和米多多的通话，前后加起来也没有几句话，还是不可避免地引起了梁天的注意。

"梁星火，你稍等我一下，仿生宇航服穿起来很快的，我马上就好。"梁天开始做出舱的准备。

叫奇迹宝宝都是"小娃娃""小方原"这么亲昵的称呼，叫自己的曾孙女，就从来都是全名全姓。都说亲疏有别，从梁天的称呼里面，就很容易分辨出来，谁亲谁疏。

梁星火装作没听到，快步走向气密舱。她也不说话，也不提出请求。就那么倔强地站着。真要不行，她就直接找火星官方，说银河之舰的人不让她出舱。

火星洞幺在火星上能想到的办法，总比困难要多。反正她原本的计划都已经被打乱了。现在不过是看热闹不嫌事大，又有什么好怕？

梁星火还没来得及干点什么事情发泄拥堵在心里的情绪，脑组里面，忽然就多出来一个绝密文件。文件的标题写着——《梁星火和梁星蓝的先天基因全序列档案》。

先天基因全序列档案并不稀奇，也完全称不上绝密。每一个 2050 年 1 月 1 日之后出生，拥有普惠版脑组的人，都拥有自己的先天基因全序列档案。这个档案，在 2070 年代，除了是先天植入脑组的必备条件，还是很常见的靶向治疗基础。

基因全序列档案是不分年龄，任何时候都可以做的。早在 21 世纪初期，有条件的人，就已经在做。但先天基因全序列档案和以治疗为目的的基因全序列检查不一样。

既然带了先天这两个字，肯定是出生之前留的。其中，还有很大一部分，是在卵子和精子结合成受精卵的时候，就直接留档和修正的。毕竟，在 2070 年代，父母用心挑选的，已经不再是生男生女这样的大问题，而是要不要双眼皮这样的小细节。

梁星火的实验室版脑组，是先天植入的，自然也拥有先天基因全序列档案。但梁星蓝是后天植入的，原本不应该有这样的档案。

梁星火转头诧异地看了一眼自己的曾祖父。她很清楚，这个档案是人类移民火星的总设计师通过实验室版脑组的最高权限推给她的。可她之前就监护过梁天的脑组，并没有在里面发现有绝密档案。

所以，曾祖父也是刚刚拿到这个档案的？还是说，这份绝密文件，先前是藏在了一个她即便监护也找不到的地方？

梁星火没有打开标注了绝密的全序列档案。收到这个档案，她只有第一秒有类似于惊喜的复杂情绪。一秒过后，整个世界都变得更加灰暗了。

那一秒的惊喜在于，事情并不是像她一开始想的那样。家里人不是想也没有想，就决定让她成为火星洞幺。但这样的惊喜，经不起推敲。稍微仔细一点往下想，尽管经过思考，以及可能有过的挣扎，最终还是选择把她遗弃在火星——这有什么好高兴的？

凌驾于到底是留下她还是留下梁星蓝这件事情之上的，是火星洞幺这个计划本身的反人类。当留下的人是梁星蓝的时候，她当然可以享受家人的保护和陪伴，那她所遭遇的一切，就会转嫁到梁星蓝身上。

梁星火从来都没有想过，要让梁星蓝替代自己，遭受这一切，她做不出这样的事情。她无法接受独自被遗弃在火星的事实，也痛恨她家人做出的决定。可这一切，并不是梁星蓝的错。

梁天赶在梁星火离开之前和她说："你的爸爸希望可以当面和你解释当年的事情。但如果你看完这个文件立刻就想知道，我可以站在我的角度，和你说一说。"

梁星火有些难以置信："当面？"

梁天点头："对。"

"我都22岁了，也没有等到一个当面，这是需要等到生命的尽头吗？"梁星火尽量让自己变成一台没有感情的机器。再怎么决绝的话，也说得云淡风轻。她绝对不会承认自己赶着离开，是怂到连一份文件都不敢打开。

……

梁星火没有因为收到的文件，停下脚步，径直来到了气密舱的门口，这一次，舱门自动开启。米多多抱着考神悬停到了舱门口等待。考神跳了过来，直接"安睡"在了梁星火的臂弯。

这是梁星火给考神编辑好的情绪逻辑触发的。考神通过自己的逻辑判断，认为梁星火需要好好睡一觉。哄睡和陪睡是考神最初被创造出来的时候，就自带的功能，也算得上是考神的天性了。

"现在还不到睡觉的时候呢，我要先看看你的排练成果。"梁星火拍了拍考神，亲昵地和考神碰了一下额头，温温柔柔地说话。

从小到大，梁星火从来都没有觉得考神是机器人。只要和考神在一起，她就会特别有安全感。作为机器考拉，考神已经很老了。地球上的考神系列，已经更新了7代。

来自地球的任何高精尖的科技产品，梁星火都是第一个更新的。唯有考神，始终如一。有人嫌考神旧了，跟不上时代了，梁星火就自己动手，给考神升级。

考神在硬件方面确实已经很老旧了，在软实力方面，却一直遥遥领先，不仅可以和梁星火无障碍地沟通，还能和火星上训练有素的喵星人、汪星人进行有效的沟通。

喵星人把火星中继站中央显示屏底下的透明廊桥变成了自己的T台。考神给喵星人在T台的两侧，设置了虚拟指示墙，在每一道指示墙投射虚拟铲屎官，通过模仿铲屎官发布指令的原音。这样一来，喵星模特队就可以顺着既定的方向，走出事先设定好的方阵图。

说起来，其实并没有很复杂，最终也只是排列成了"生日快乐"这四个字。但这可是让喵星人在没有铲屎官陪伴的情况下，自己走猫步走出来的。

指示墙是不可捕捉的虚拟墙体，仅肉眼可见，并不存在于火星洞幺专属频道里面，守在专属频道看火星时装周的地球人，很快就被震撼到了。从全息投射里面看，行进中的"生日快乐"喵星模特队，给人一种喵星人到了火星，就能变成更高阶的生物的感觉。

地球上的铲屎官那么多，有很多都是把喵星人当成自己的孩子在养的，也有很多，是为了自己萌宠的福利，选择移民火星的。

喵星模特队，从一开始，就是梁星火策划火星时装周的亮点。火星官方也是因为这个队列，给了第一届火星时装周最大的支持。没有什么，比增加火星人口更加重要。

这个队列先前是设计在万户广场搭建好的T台之上的。临时换了个地方，火星官方都以为不会有这个场景了。倒是没有想过，梁星火从一开始，就只想着让考神来负责具体操作。

机器人的更新迭代，是不可避免的。在火星上，已经"老去"的机器人，是需要强行报废的。梁星火要是愿意换上最新一代的仿生机器宠物，以火星洞幺的影响力，怎么都会是爆品。历来很配合星际营销，给什么就用什么的梁星火，唯独在仿生宠物这件事情上，从来没有妥协过。

这是梁星火的执念。再怎么一代一代的新产品往她这边送，都会被拒之门外。她倔强地通过考神的一次又一次的惊艳亮相，让人知道，她的仿生宠物是无可替代的。

喵星人的队列走完，就到了汪星人的表演时间。说是表演，其实是轻松愉快的散步时间。方原很快就注意到了，一个他之前没有注意过的细节。汪星人和牵着他们的铲屎官，身上的装备，都是一对一对的。

铲屎官的宇航服是什么造型，汪星人也会打扮成同款，悟空、娜娜、蓝精灵、汪汪队、海绵宝宝、小猪佩奇、铁臂阿童木、消防员山姆……都是成双成对的。那么，问题来了，穿了一身哪吒宇航服的他，是不是也有同款汪星人在等着呢？

方原整个一个期待住了。他四下看了看，也没有看到有落单的汪星人。正失望呢，就发现耳旁传来了呼呼风声。一只机器狗，身上没有穿任何和哪吒有关的元素，光溜溜的，脚下踩着四个风火轮，就那么凌空而至，绕着方原，飞了一圈又一圈。

比起和铲屎官一起走在中央屏幕下方的那些听话懂事乖巧时尚的汪星人，方原对绕着自己划势力范围的非仿生机器狗百般嫌弃。这不摆明了要拿四个光溜溜的轮子蹭他身上这套哪吒宇航服吗？凭什么别的铲屎官牵着的汪星人能生产屎，他的风火轮机器狗就不生产屎，最多只能成为屎的搬运工……

凭什么呀，为什么到了火星，还要让奇迹宝宝这么特立独行？不过就是想和大家一样，真有这么难吗？方原整个人都不好了。

机器狗不断地把一根虚拟狗绳往方原的手上递，方原只要伸一伸手，就能完成和风火轮机器狗的对接。可他偏不。什么荧荧火光离离乱惑，火星之所以叫火星，肯定是因为来了就没有不上火的。

梁天被火星官方的人给接到了一个临时搭建的观礼台观礼。在火星移民计划开启之后，科学家们已经完成了火星磁场的部分再造。有了磁场才能抵御太阳高能带电粒子，俗称"太阳风"。

太阳风最可怕的地方在于剥离大气，火星就是因为没有足够的大气层保护，才失去了海洋，是只剩下两极的冰盖。假如没有了太阳风的干扰，就能通过融化两极冰盖的方式，让火星重新拥有自己的稳定液态水资源。

2020年代的航天巨人马斯克曾经提出过这样的一个想法——用核弹轰炸火星两极，通过核弹爆炸的能量来融化火星两极的冰盖。

那时候的NASA也提出了一个方案，在火星轨道部署反射透镜，通过反射太阳光的方式，来融化火星两极的冰盖。就和小时候用凸透镜点燃火柴的道理差不多，只不过这一次要点燃的是火星，而不是一根小小的火柴。

不管用哪一种方式，只要能把火星两极的冰盖全部融化，火星就会再一次被液态水资源覆盖。在拥有液态水资源的基础上，从简单的微生物族群开始培养，经过两三千年的漫长改造，火星就会成为一个全新的宜居星球。

到了那个时候，人类在太阳系就有了一个备份星球。再移民来火星的人，就不需要穿着任何防护服和呼吸面罩。绿树成荫，喝着饮料穿着比基尼……

这样一来，人类也就真正意义上地成了一个多行星物种。但这一切的前提，都是让火星拥有和地球类似的南北两极磁场，以抵御太阳风的侵蚀。

从理论上来说，这件事情并没有多难。人类之所以那么积极地探索火星，是因为火星和地球一样，是岩石金属星球，不像木星那样，是一个气态的星球。星球的磁场来源于内核的液态铁镍流动切割磁感线。

在星球内核体积足够大、温度足够高、压力也足够高的情况下，岩石金属组成的地层就会拥有极高的导电率，达到超导的水平。在超导状态下，电流就可以永不消失地在没有电阻的线圈中稳定流动。

地球就拥有稳定两极磁场，只不过，地球拥有稳定两极磁场的必要条件是——地核体积大、温度高、压力高。火星的体积不到地球的1/6，内核的温度和压力又和地球千差万别。

经过一代又一代的航天人的探索，好消息是，火星内核的磁场并没有彻底消失，在最中心的地方，还是有液态铁镍在流动，这也是通过合声波共振来实现星际传导的必要条件。

然而，这个磁场太小了。没有完全消失，和拥有一个磁场强度较稳定的南北磁极，并以此来抵御太阳风，就是完全不同的两个概念。用核弹炸出来一个两三千年以后的宜居星球，在此后的几十年里，都还属于天马行空。

梁天在这个时候，提出了一个人造磁场替代方案。这个方案，并不从一开始就想着改造整颗火星，而是比较循序渐进。首先，制造一个大型的高能带电粒子屏蔽器。梁天把屏风两个字反过来，给这个屏蔽器取名为"太阳风屏"。

这个高能粒子屏蔽器并不装备在火星上，而是部署在太阳和火星之间，偏转从太阳到火星的高能带电粒子。有了这样的一个装置的加持，太阳风就会直接绕开火星的本体。

这样一来，就可以慢慢地再造火星的大气。等到时机成熟，再进行内核的磁场改造。等于把原本特别天马行空的暴力改造设想，分成了更为温和的两步走。没有了太阳风的侵蚀，人类就可以更早地到火星上去，不用隔着那么大老远的距离进行暴力改造。最后改造出来的备份星球，也会更接近人们想要的理想家园。

事后往前看，可能不会觉得太阳风屏蔽装置有多么不可思议。但是，能够提出这个设想，做出这个装置，并且完成部署，绝对是人类有了太空移民想法之后，踏出去的最坚实有力的一步。梁天也因此成了人类移民火星计划的总设计师。

通过同样的方式，人类可以到太阳系之外，寻找更多的可能，改造更多的星球，拥有更多的备份。这样一来，人类的生存史，就很容易延续到，以亿来计算的年代。天马行空的提法那么多，唯有梁天偏转了太阳风，真正地把移民方案，推行到了可实施的进度。

宇宙那么大，彼岸那么远。渺小的人类，坚定地走着一步又一步。梁天从来就没有后悔过，自己提出的火星移民计划。这个计划在执行过程里面出现的瑕疵，又成了他终生的遗憾。

第五章 揭开真相

梁天并没有在银河之舰的外面待很长的时间，就和方原一起回到了银河之舰。毕竟是一位刚经历了从地球到火星旅途劳顿的百岁老人。梁星火没有跟着一起回去，她这会儿缩成一只鸵鸟，被米多多给带回了住处。

身为火星一号公民，梁星火肯定是见惯了大世面的，却还是没办法在今天这样的日子，保持心态的平和。火星洞幺也有胆小怯懦的时候。站在真相的边缘，不敢靠近，更不敢一探究竟。

米多多没有再劝，她知道梁星火心里别扭，更知道这样的状况不会持续太久。从本质上来说，梁星火能身心健康地成长到现在这个模样，内心肯定是足够强大的。就算这一次心理建设的时间要比平时久一点，也不会久到哪里去。

方原这边，倒是一如既往地执着于自己的脑组，看到梁天回来，开口就是一句："梁老头儿，你刚见到火星官方，有问问我的脑组要怎么办吗？"

"这个事儿啊……"梁天顿了顿，反过来问方原，"你自己是怎么想的？"

"我当然是要尽快植入啊！"方原很是有些焦躁，梁天的反应，给了他不祥的预感。

梁天回应："我知道……"

"知道你还问！"方原已经被梦断垂成给弄出了后遗症。

"小娃娃，你人都已经来到火星中继站了，还这么着急做什么？"梁天问。

"那当然是来了才更加着急啊。有谁愿意一次次和唾手可得的梦想擦肩？"方原反问。

"小方原，这个性子不太好，你以后要是和科学打交道，就会发现，和梦想擦肩而过，最是正常不过。很多科学家，终其一生，可能都只是在梦想的边缘徘徊。"梁天有心相劝。

方原根本听不进去："行啦，梁老头儿，我打小就知道您老是实力和运气兼备的人类移民火星计划总设计师，都这个时候了，就不用再炫耀了，请直接回答我的问题！"

梁天摇了摇头，也不知道方原这么急的性子是随了谁，方心阳和戴冰艳那两个人，可都不是这样的性子。

"也罢，就按照小娃娃的性子来。"梁天正面回应，"你想尽快植入脑组没有问题，问题在于，你接下来想要怎么办？"

"植入就完事儿了啊，什么接下来怎么办？"方原说着说着，忽然就有那么一点心虚。

"所以你的意思是，你要去火星脑组实验室植入，然后留在火星至少十年的时间，对吧？"梁天找方原确认。

"不然呢？我难道还有别的选择吗？"方原反问。

"我原本是想着，给你申请一个特别通道的。"梁天说起先前的计划。

"特别通道？"方原疑惑。

"我因为特殊情况，只能通过对极冻舱的二次发射的备份方案来继续银河比邻计划，这就肯定需要有人把滞留火星的银河之舰给开回地球，对吧？"梁天开始解答。

"然后呢？"方原问。

"然后，我认为你在没有脑组的情况下，不可能独自把银河之舰给开回去。"梁天一脸慈祥地笑着。

"所以……"方原有点不太确定地问，"梁老头儿这是要给我开后门？"

"你不是说我从来没有给你站过台吗？不趁现在，也就没有机会了。"梁天没有否认，他很快就要进入极冻舱，从社会学意义来说，是已经到了生命的终点。

方原不太理解："梁老头儿，你人生的最后一次站台，要给我？"

"对，以人类移民火星总设计师的身份给奇迹宝宝站好最后一班岗，可还满意？"梁天没什么需要掩饰的。

满意当然是满意的，但是早干什么去了呢？方原的心里有点别扭。他一点都高兴不起来。这种别扭，主要用来隐藏他的负罪感。梁天想要的备份方案，需要由银河之舰来执行极冻舱二次发射程序。现在的银河之舰，被他破坏得根本没有办法轻轻松松地离开火星中继站。

银河之舰在出发之前，是有考虑过各种可能的状况，也有准备一个备用的极冻舱。但不管是主极冻舱还是备用的那一个，都没有办法在银河之舰不切断和中继站对接的情况下，自行完成二次发射。

这样一来，银河之舰就没办法给出最强的动力支持。这就好比是东方红三号的第一次发射，因为一开始的火箭没能把卫星直接送入既定的轨道，需要卫星用自己的燃料不断地变轨。要这么着的话，还不如直接在地球上发射极冻舱。说不定还能到更远的彼岸。

方原很清楚自己做了什么。也正是因为这样，才会越来越没有底气。他的那些自以为隐蔽的行为一旦被发现，别说是有脑组了，脑袋还能不能有，都不一定。

从地球过来的这一路，方原都认为梁天是个十恶不赦的沽名钓誉之辈。不仅在他获得脑组的道路上设置人为障碍，还为了自己的孙子，关停了他爸爸的材料实验室。到中继站之后的这么一会儿工夫，几次开诚布公的谈话，让方原意识到自己可能犯了一个很大的错误。他现在需要查很多的资料，看看有没有办法逆转自己搞过的破坏。

方原急着想要脑组是真的。但更深层次的原因，已经从让自己和别人一样，变成了让银河比邻计划安然无恙。这时候再听到梁天说要在自己的生命终结之前给他站最后一班岗，惊涛骇浪拍打着方原的胸腔，感动有之，内疚亦有之。不管怎么说，此时此刻，并不是适合解构自己内心的好时候。

"梁老头儿，能不能直接坐极冻舱离开，又不是你自己说了算。且不说我能不能把银河之舰给开回去，地球控制中心那帮人，压根也不会答应你一个人坐极冻舱去执行任务啊。"方原想要把自己的内疚和感动都择干净。地球控制中心不同意改计划，梁天就没有走后门的借口，他也没有让银河之舰正常离开的理由。

"他们会答应的。"梁天看着方原。

"你凭什么这么确定？"方原问。

"拜小方原所赐。"梁天继续打哑谜。

原大头才不要相信这种奇怪的溢美之词："我要是能左右得了地球控制中心，刚刚还需要你帮我解释先前的失联吗？"

"银河之舰在那个时间段的失联，本来就是我的计划之内。"梁天本来也没想让方原承这份情。

"喊，您老那时候看起来可没有那么自在。"方原老神在在的，摆出一副看破也说破的架势。

"小方原，你的感觉是对的，确实也有不在我计划之内的部分，但那个部分和你没有关系，是因为梁星火让我和我自己的脑组失了联。"梁天回答。

"脑组植入完了之后为什么还能失联？"方原惊讶。

"脑组也是有很多意外情况的。小方原要是怕了的话，现在就放弃植入的想法也是可以的。"梁天观察方原脸上的表情。

方原避开梁天的视线："我怕什么？我就算怕蚂蚁，都不可能会怕自己的脑组！"

"按照常识来说，确实是有很多人怕蚂蚁的。"梁天慢悠悠地来了一句。

"就算这是常识，也得等我有了脑组之后！"方原心里着急，没有再继续说些有的没的，直接回到之前的话题，"梁老头儿，你凭什么确定，地球控制中心会同意极冻舱单独执行银河比邻计划的备份方案。"

"因为他们正在给数字模拟太阳系超算系统做版本恢复。"梁天说。

"恢复什么？"方原不解。

"回归到更早之前的版本。"梁天解释。

"好好的，他们为什么要搞版本倒退？"方原问。

"因为上一个版本有预测到我们即将到达火星的时候，会遇到太阳磁暴，最新的这一版却没有。"梁天进一步解释，"我说拜你所赐，就是指你误打误撞也切断了和地球控制中心的联系。"

"也？"方原很快就抓住了梁天话里面的重点，疑惑出声，"什么意思？"

"意思就是，即便你不这么做，银河之舰都一样会和地球控制中心失联一段时间。抵达火星中继站之前，我是不是就和你说过？"梁天看着方原，用眼神提醒他回忆。

"呃……"方原想了想，确实是有这么回事，只不过他之前压根就没当回事。

"反正，不管是在最新版本添加我们到达火星之前的数据进去，还是直接倒回到更早之前的版本，数字模拟太阳系超算系统，都一定会得出极冻舱方案才是最优解的结果。"

方原终于相信梁天说要给他站台了。这位总设计师，在离开地球之前，就已经帮他设计好了一整套获得脑组的方案，而且还是通过官方渠道对接。

在梁天的这套计划里面，极冻舱方案通过后，紧接着就是方原的脑组植入。方原不仅不需要承担责任，还能成为一个临危不惧的小英雄什么的。光明正大地来，风风光光地回。

现在好了，自以为聪明的一通操作下来，很有可能就什么都没有了……怎么办呢？

"梁老头儿，你把我当什么人了？我可是肩负着陪你到太阳系尽头的任务，就算没有你，也还有22222个科学实验在路上等着我。"方原尽可能想办法找补。

"数字模拟太阳系调整完银河比邻计划的最优方案之后，自然也会调整实验方案，你既然想留在火星，那你就安安心心地在这边，把能做的实验做完，剩下不能在火星完成的，就让送下一批火星移民来的星舰带回去。"梁天说明了计划调整的方向。

"谁说我想留在火星了？"方原越是心虚，越是大声。

"我刚刚都找你确认两次了。为了确保是你的真实意愿，这一次，我是亲口问你，也没找保育员或者别的什么人打听。"梁天是真心想要在自己走之前，为自己的徒孙做点什么。

"那是因为我从来都没有想过，我可以既有脑组，又回地球啊，您老这么粗壮的大腿，我以前哪敢想啊。"方原从内疚上升到挣扎。

梁天倒是还会开玩笑："我大腿肌肉都萎缩了，还粗壮呢？"

"您老都活了一百岁了，为什么还这么喜欢抬杠。怪不得连自己的曾孙女都搞不定！"方原表达内疚的方式，是不断拿话刺人。

"小方原，咱们可是事先说好了的。脑组的事情我帮你，等你接收了我脑组的记忆模块，你得帮我取得火星洞幺的谅解。"梁天嘱咐。

"不是啊，梁老头儿，你怎么还想着这事儿呢？"方原纳闷。

"老小孩儿说话算话，你个小孩儿自然也是要一样啊。做男人，最重要的，就是要信守承诺。"梁天回应。

"这和做男人有什么关系？您老刚刚面对面自己不说，现在把这个锅抛给我。我头再怎么大，也没有理成一个锅盖啊。您老就不能自己努努力？"方原反应有点大。

"就怕我越努力小星火就越抗拒。"梁天回应。

"欸，梁老头儿，我采访一下你啊。你这会儿叫小星火叫这么顺，你刚刚为什么一直当面称呼全名那么生硬呢？"方原都替梁星火好奇。

"我当面表现出亲昵，就会把她推得更远了。"这是梁天的判断。

方原并不认同："这样的结论，至少要努力过后再下吧？"

"我努力过了。"梁天看了一眼银河之舰毫无动静的气密舱，叹气道，"确实产生了反效果。"

梁天既然把全序列档案都发给梁星火了，就也没有打算什么都不自己说。他之前还期望梁星火在看了《梁星火和梁星蓝的先天基因全序列档案》之后，能主动来找他问一问。现在想来，梁鑫渠说要他自己当面过来解释，可能才是正确的方式。

"你努力过了？你努力了什么？你都没和人家说过几句话。您老连进极冻舱都不怕，为什么要怕和自己的曾孙女说话？"方原完全没办法理解。

"假如你的家人，把你一个人孤苦伶仃地留在火星，你长大之后还会想要见到你的家人吗？"梁天抬头问方原。

"这不废话呢吗？我一个孤儿，只要这个宇宙还有我的家人，我肯定是拼尽了全力，也要和他们见上一面。"方原笃定回应。

"对不起啊小方原，我又举了一个不恰当的例子。"梁天摇了摇头道，"情况不一样。"

"哪儿不一样？"方原问。

"假如你还有一个双胞胎弟弟，你的爸爸妈妈把你丢下，却一直把弟弟带在身边，你还会拼尽全力想要见他们一面吗？"梁天问得更具体了一些。

"火星洞幺有个双胞胎弟弟？"方原很快抓住了重点。

"我们藏得很好吧？这是就算你有脑组，也不可能知道的消息。"梁天说。

"梁星火知道自己有个弟弟吗？"方原问。

"一开始不知道，是成年后才知道的。"梁天回答

"那这要是我的话，直接就老死不相往来了。"方原想了想自己的

成长经历，解释道，"这叫没有对比就没有伤害。"

"是啊，梁星火的弟弟也怨我们，小时候一天到晚地问，为什么他不能是火星洞幺。"梁天说。

"这很正常啊。太阳系里面，不羡慕火星洞幺的人，本来就凤毛麟角。我前头那么讨厌你，不都一样不讨厌梁星火？"方原拿自己举例子。

"不一样，蓝仔想要的是先天植入的脑组。"梁天回应。

听到脑组这两个字，方原笑出了声："这还不一样啊？那不就是世界上的另外一个我吗？"

梁天摇头叹息，然后就没有下文了。

"梁老头儿，你知道你这个人，最不值得原谅的地方，是什么吗？"方原一边心虚，一边转得不行。

"人类移民火星计划的最后验收条件。"梁天一直都认为自己的设定有问题，但这件事情到了最后，并不在他的掌控范围之内，也没有给他机会后悔。

方原举着个食指，在自己的眼前晃："不不不，梁老头儿，我说的不是这么具体的。"

"那还有什么啊，小娃娃？"梁天问。

"是你这个人，说话做事总弄一半。"方原回答。

"怎么会呢？我们做科学的，最是知道要怎么坚持到底了。"梁天不认。

"我这么和你说吧，梁老头儿，就比如我，你就只和我说，只要有你在一天，谁也别想给我去月球植入实验室版脑组开后门，你就不能再多说一句，把话给说透吗？"方原带点咬牙切齿地问，"你知道我因此怨恨了你多少年吗？"

"小娃娃，这你可就冤枉人了，这话是你偷听了去的，又不是我和你说的。"梁天也是第一天知道，方原的记忆是从那么小就开始有的，还刚刚好听到了他和底下人的对话。

"那后来呢？你既然能去孤儿院找江妈妈问我想要什么？你为什么不能直接问一问我呢？"

一句话就能解释清楚的误会，来来回回折腾了他这么多年。如果不是他本性纯良，天生优秀，仪表堂堂，外加那么一点点的妈生好记性……方原都不敢想象，自己会不会变成一个恐怖分子。好像……已经有那么一点迹象了，他现在可是一个连银河之舰都敢暗中破坏的少年。

"你那时候每天挂在嘴边的，不都是你最讨厌人类移民火星计划的总设计师吗？"梁天解释道。

"小孩子说讨厌谁，又不会是真的讨厌，而且，就算今天讨厌，明天也可以不讨厌。早上讨厌，下午也可以不讨厌。"在这个问题上，方原是理直气壮的，"你既然觉得自己做错了，就算当面被讨厌一下，又能怎么样呢？"

"我当时，多多少少也有点想要逃避的意思。小星火一个人在火星，你要是也一个人在月球待着，成为实验的对象，我肯定是没有办法原谅我自己的。"梁天剖开自己的心路历程。

"那就算是这样，你也应该和火星洞幺好好沟通一下啊。"方原说。

"小方原，你没有经历过真正的近乡情怯。"梁天对着方原叹气。

"不就是懦弱吗？改用四个字的成语又不能改变懦弱的本质。"方原一针见血。

梁天被噎了一下，随即道："你们小娃娃不懂。"

"那你就说到我懂为止啊！"方原都开始有点"怒其不争"了。

"说到懂为止？"梁天开始琢磨方原的话。

"梁老头儿，要不然这样，看在你一早就处心积虑帮我弄脑组的分上，也别等什么记忆模块共享了，你就直接和我说，你都做了什么天怒人怨的事情，我帮你分析分析。"

方原有心想要弥补。尽管他很清楚，自己不管做什么，只要没办法把暗中破坏的痕迹彻底抹去，都逃避不了破坏银河比邻计划的责任。

到时候等待着他的，也不知道会是什么。方原现在的脑子也是乱的，但做点什么，总比什么都不做要好。

梁天看着方原。方原又道："你都要进极冻舱了，你不好好说道说道，回头你想解释，都没有可能。就比如我，你应该能感觉到，我听完解释之后对你的态度，和之前也不一样，是不是？"

良久，梁天终于下定了决心："也行吧。与其让这件事情，一直作为家人的禁忌，不如找个有旁观者视角的人，来评一评理。"

……

火星洞幺的由来，要从梁鑫渠跑去还是人类试验基地的火星找异星恋的女朋友武姿姿开始说起。这趟行程，并不是得了梁天总设计的安排或者别的什么暗箱操作。

2040年代末，月球氦三在地球，已经得到了非常广泛的应用。地球的发展，需要月球的氦三能源，处于初级开发阶段的火星，自然也需要。如果火星能够拥有足够的能源，人类改造火星的速度，也将大大提高。

那个时候的梁天，还只是提出人类移民火星计划的科学家之一。有好几个方案，从理论上看起来都差不多切实可行。但也仅仅是理论上，并没有哪个是付诸实践的。

那个时候的梁鑫渠还是很年轻。因为受到爷爷和爸爸都是航天人的影响，自然而然地就开始从事和太空有关的事业。说起来，梁鑫渠的研究方向，和方原的爸爸方心阳院士的地月能源运输课题还有那么一点相像。

梁星火的妈妈武姿姿和爸爸梁鑫渠是本科的同学。两人从硕士开始，选择了不同的研究方向。梁鑫渠的研究方向，是把月球能源运到火星，以供火星的大气再造和开发。武姿姿的研究方向，是火星能源的就地开发和利用。

梁鑫渠需要到月球试验基地，才能进一步完善自己的研究。武姿姿的就更夸张了，她要不去火星，很多研究都进行不下去。除去在路上的时间，武姿姿得在火星人类试验基地待上整整三年。梁鑫渠和武姿姿就这么开启了惨无人道的异星恋。

梁鑫渠除了在月球人类试验基地完成硕士课题，还加入了月球氦三能源集团。随着火星试验基地的发展，月球的几大能源集团就想着，是不是能把生意做到火星上去。

很长一段时间，火星都被认为是人类在太阳系最好的备份星球，梁鑫渠就是基于这个原因，想着用月球的能源，来加速备份星球大气再造的进度。可是，火星的条件虽然恶劣，但就地开发自身能源的成本，还是远远地低于从地球或者月球运过去。

火星和月球的距离摆在那里，梁鑫渠研究来研究去，从月球运能源到火星的方案，还是太过劳民伤财。他选硕士课题的时候有多么自信，做完被一堆能源专家质疑的博士开题就有多么萎靡。在这一批专家里面，质疑得最多的，是当时刚刚因为地月投掷实验成为院士的方心阳。

如果梁鑫渠没办法在一堆质疑声中寻找到小概率的可能，那他就得换一个博士课题。再这么下去，也不知道要多少年才能毕业，更别说和异星恋的女朋友双宿双飞。

刚好在那个时候，月球人类试验基地和火星人类试验基地，有一个能源合作的试验，需要的是专家的现场支持和勘探。

原本呢，这种级别的事情，肯定是轮不到还是学生的梁鑫渠。但他在月球的博导在临出发时突发疾病，需要回地球医治。最后就委派了自己的学生过去。

这是一个突发事件。那时候的火星，还是非常初级的人类试验基地，统共也没有几个人，更没人会把那样的地方，当成是说走就走的旅行目的地。别人可能不太愿意，梁鑫渠因为女朋友在火星试验基地，就这么正经八百地通过一个合作项目去了火星。

梁鑫渠是去做研究的，和身在火星试验基地的女朋友小聚，只是这个试验项目的赠品。他压根就没有想到，赠品还附带了赠品，并且一下就是两个。

一开始，武姿姿自己都不知道怀孕的事情。一来呢，梁鑫渠是做了保护措施的。二来呢，女生到了火星之后，例假都是好几个月才会来一次。武姿姿一直到身材开始出现明显的变化，才发现自己怀孕了。这个时候，梁鑫渠已经确定放弃原本的研究方向，在回月球的路上，准备重新开题。

武姿姿联系了梁鑫渠，她有点不知道要怎么办。她到火星人类试验基地，是研究能源就地开发的。这个机会来之不易，研究才做到一半，她也不可能因为怀孕就即刻离开。梁鑫渠认为应该把孩子生下来，并且给出了一个非常无厘头的理由："你男朋友明摆着要延迟毕业了，你刚好生个小孩等一等。"

一开始，武姿姿其实是有些不愿意的。她一直都打算等人造子宫技术成熟之后，再轻轻松松不经历十月怀胎直接拥有自己的小孩。听梁鑫渠这么说，她也就开始犹豫。这一犹豫呢，就犹豫到梁星火和梁星蓝在肚子里面轮番"拳打脚踢"。

不管科技怎么发展，这种血浓于水的感觉，还是会让母亲着迷。这个时候，火星人类试验基地人再怎么少，再怎么穿宽松的衣服，再怎么想藏，都已经没办法藏得住。梁鑫渠也终于把女朋友怀孕的事情，告诉了自己的爷爷。那个时候，人类移民火星计划的辩论，已经进入了白热化的阶段。

梁天知道这件事情的第一反应，并不是孙媳妇怀孕，能够推进由他提出来的那个版本的火星移民计划。连他自己都不认为那个方案能通过。梁天问的就是很正常的祖父会问的问题：什么时候出生？什么时候能带回地球让我见见？取名字了没？

如果就这么正正常常地发展下去，这个世界上，就不会有火星洞幺，就算有，也不可能会这么快。但意外总是在人们毫无准备的时候到来。

那个时候，地球、月球和火星，都在研究脑组。地球是在为普惠版做最后的努力，更为激进的火星，主推的就是实验室版本的。不管是普惠还是实验室版，都还没有开启人体试验。

武姿姿一心想着，要在生产之前，做完自己的课题。确定怀孕了之后，就只做了一次不太详细的检查，确定怀的是双胞胎。也不能说是她对肚子里面的小孩不上心，实在是火星试验基地原本没有预设自然怀孕的实验条件。现有的机器，全都是适配人造子宫的，遇到自然怀孕，就算想仔细检查，基本孕检也仔细不到哪里去，倒是因为火星脑组实验室的存在，把肚子里面两个小孩的基因全序列都给测了。

这不测不要紧，一测就测出了问题。这两个小孩，有严重的先天缺陷，而且都是心脏方面的。武姿姿不愿意相信这个结果，亲自改造了一台检测人造子宫的机器，给自己肚子里面的孩子做了一次全面的影像检查。

影像得出了一个更为悲观的结论。这对双胞胎的先天性心脏问题相当严重，即便平安降生，大概率也救不活。这么严重的先天心脏问题影像，如果是 2020 年代的医生看到，会直接建议终止妊娠。

假如是在 2040 年代末的地球上查出来，又假如刚刚好遇到最顶级的医院、最顶级的医生、拥有最高级的设备，或许，还有时间可以想想办法。但这些假设一个都不成立。

火星试验基地是不具备新生儿最佳医疗条件的。梁星火和梁星蓝在武姿姿的肚子里面，靠的是脐带。要是就这么在火星人类试验基地出生，就基本等于判了死刑。

武姿姿在这个时候是崩溃的。梁鑫渠在武姿姿崩溃之后，把主意打到了火星的实验室版脑组身上。先天植入脑组，不管是普惠版还是实验室版，都是拥有纠正遗传疾病功能的。只要能够完成先天植入，他的小孩，就还有健康成长的可能。

这个时候的火星人类试验基地，有且仅有一个已经通过检测的实验室版脑组。还没有输入基因全序列。准备在合适的时候，开启人体试验，这个试验，至少还需要三年，火星人类试验基地完成扩建，人造子宫技术趋于成熟，各方面条件都会比较完备。

梁鑫渠给武姿姿肚子里的孩子申请参与这个原本应该在三年之后才会正式启动人体试验的脑组项目。

在这个特定的时间点，因为忽然出现了在火星上自然怀孕的人类幼崽，梁天自己都认为还是个不成熟草案的人类移民火星计划验收标准，获得了通过。整个人类移民火星计划，忽然就提速了。很多人都认为梁天是处心积虑的，但梁天知道武姿姿怀孕的消息，也没有比别人早几天。

事情发展到这个阶段，梁天再想回过头仔细论证，已经没有可能。真要在这个时候叫停，不说外界会有什么样的质疑，梁鑫渠都能和他拼命。

脑组人体试验申请尘埃落定，梁鑫渠很快又面临了一个更艰难的决定——达到人体试验标准的脑组只有一个，要给双胞胎中的哪一个？没有犹豫太久，梁鑫渠拍板，选择了影像资料显示，存活概率更高的女孩。

脑组植入的那一刻，本来就会刺激到人类胚胎最早成型的心脏。存活概率更高的，才更有可能经受住先天植入纠正遗传疾病的全套流程。作为父亲，一个生的可能，总比两个必死的结果，要更容易接受一些。

梁天把梁星火和梁星蓝为什么会在火星出生，最后为什么又必须留下一个，告诉了方原。还告诉方原，梁星蓝和梁星火之间的选择是怎么做出来的。

……

搞明白梁星火是怎么成为火星一号公民，又是在什么情况下拥有人类第一个实验室版脑组，先前拍着胸脯说自己可以帮忙分析分析的方原，一时间找不到合适的语言。

"你先前说弟弟想要先天植入的脑组，那就是先天心脏问题更严重的弟弟后来也活下来了，对吧？"这是方原想了很久才给出的合理的推测。

"是，弟弟也活下来了。"

"那为什么我从来都没有听说火星洞幺有兄弟姐妹呢？"方原清楚，就算是他的那些有脑组的同学，也没有人知道火星洞幺还有个弟弟。方原的同龄人里面，喜欢火星洞幺的简直不要太多，有这样的资讯，肯定会拿出来说。一点风声都没有，显然不合常理。

梁天回应："这个事情怪我。"

"梁老头儿，我发现你很喜欢什么事情都往自己身上揽欤。"方原无语。

"这个还真没有。我当时就是有意要瞒下这件事情的。"梁天说。

"这没有道理啊，梁老头儿，你的火星移民计划，最后一项检验标准就是和脑组有关的，有了这么个有和没有脑组的先天疾病纠正对比，脑组推广起来，不是更有意义了吗？"方原不解。

"不会的。"梁天看着方原，出声引导，"这个问题你得再往前推导。"

"往前？"方原仍旧不解。

梁天没再打哑谜："第一次有人在火星上自然怀孕，一次怀了两个，每个都有严重的心脏病，有这么个前提条件放在那里，谁还会想来火星移民？"

方原想了想，也就明白了梁天话里面的底层逻辑："你是因为这个原因，隐瞒下来的？"

"不。"梁天否认道，"这个决定，一开始不是我下的。"

"一开始不是你做的决定，但你后来也没有反对，是这个意思吧？"方原文。

"我当时并没有心思管这些，梁星火生下来确实是健健康康的，但弟弟很快就浑身发紫了。"

那个时候，武姿姿刚刚生产完。原来一直在鼓励武姿姿的梁鑫渠，看到儿子浑身发紫的画面，也崩溃了。选择是他做的，自责肯定也是他最深。他感觉自己和杀人凶手差不多，杀的还是自己的儿子。

火星和地球，隔着那么大老远的距离，根据火星和地球的相对位置，飞个一年半载的都算是快的。梁鑫渠再怎么着急，也只能鞭长莫及。

梁天在这个时候，想到了一个可能："去接火星试验基地的研究人员回地球的星舰上有没有生命维持仪？"

接研究人员的星舰上肯定是配备了必要的医疗设备和机器人的。问题在于，没有任何一台仪器，是为新生儿准备的。武姿姿没办法眼睁睁地看着梁星蓝的脸色越来越紫，哭声越来越微弱，还什么都不做。只要能找到对症的设备，适不适合新生儿的，也都得试一试。

武姿姿都顾不得自己刚生产完，配合着试验基地的医生和医疗机器人，给梁星蓝上ECMO（体外膜肺氧合）。才刚刚出生的小婴儿，身上插了各种管子，血液循环也全都在体外完成。武姿姿在ECMO正常工作之后，直接晕了过去。

从刚出生到一周岁，梁星蓝都是插着管子度过的。尽管瘦弱得像是刚出生没几个月，还是坚强地活着到了地球。在这之后，梁星蓝做了五六次手术，各种修补，始终没办法让梁星蓝的心脏变得和正常人一样。

好不容易熬到三岁情况稍微好一点，去月球植入了实验室版的脑组。原本就缝缝补补的心脏在这个时候不堪重负，直接报废了。

梁星蓝又用了一段时间的ECMO，但这种生命维持仪，也是没办法一直用下去的。且不说行动什么的都不方便，就算不考虑行动的问题，身体的机能也会慢慢地出现问题。

此后十年，梁星蓝又有很多次，和死神擦肩而过。终于，人造心脏在那个时候出来，即将开启人体试验。

梁星蓝就这么安了一个人造心脏。听起来还有点酷，就和钢铁侠似的。事实却和钢铁侠那种能量大到可以随时上天的设定，天差地别。

人体试验阶段的人造心不仅需要实时监测各种数据、不能从事任何意义上的剧烈运动，更可怕的是，每隔几年就要换一个，每次都是一台巨大的手术，再怎么样，都和自己的心脏天差地别。

梁星蓝从出生之前就被判了死刑，各种折腾地活了下来，完全没有正常的童年，也不知道算是幸运还是不幸。如果有的选，梁星蓝宁愿自己的生命是短暂而灿烂的。

当然了，比起宁愿，梁星蓝更希望自己可以晚出生一年，他可以不要什么劳什子的实验室版脑组，只要一个普惠版的先天植入。

普惠版脑组是在梁星蓝出生两年之后才开始推广的。梁星蓝之所以只想晚出生一年，是因为他在地球上的身份证明，从根源上就被改小了一岁。

梁星蓝和梁星火一样，都是在十八岁的时候才知道是双胞胎。但梁星蓝的十八岁，又整整比梁星火晚了一年多。

站在梁星火的视角，是家人把梁星蓝保护得特别好。事实上，梁星火在地球上的家人，更多的是不想让梁星蓝知道，他曾经也有过先天植入的机会。

第六章　关于星蓝

"呃……梁老头儿,这个……那什么,你的家庭关系,有点过于复杂了,我一个孤儿,对这种问题,还是比较陌生的……"方原听着听着,就打起了退堂鼓,"您老这都忙了一天了,说这么多话,也怪累的,要不然就先歇着。"

只要不把这个故事听完,就还没有到开始分析的时候。只要不需要分析,那就和没有听过差不多。

"我歇着了你好去看看银河之舰要怎么修?"梁天看似不经意地抛了一个新的问题。

"啊?什……什么?"方原不确定自己是听错了还是理解错了。

梁天指了指银河之舰的手动操作台,又转头看着方原,出声说道:"你知道我在说什么。"

方原也盯着梁天,确认再三。既没有听错,也没有理解错。他以为自己做得足够隐秘。现在看来,梁天也是早早就知道了。就和先前他自以为万无一失地切断银河之舰和地球指挥中心的联系,整个异曲同工。这样的事实,让方原很受伤。

从小到大,他虽然没有脑组,在学校里面,也一直都是最优秀的。只有他不努力不想要的,没有努力了还拿不到的——除了脑组。

方原开始陷入了深深的怀疑:"那……那你早就看出来了为什么不

说？！"方原问得很大声。仿佛只要声音够大，底气也就更足。

"当然是想看看小娃娃都有哪些本事了。"梁天说。

"敢情您老搁这儿耍猴呢？"方原气急败坏。

"那不能够。耍猴哪有耍小娃娃好玩？"梁天摸了摸自己的手背，笑意爬上布满皱纹的脸庞。

虽是慈祥，却看得方原满心的绝望。伤自尊！讨人厌！没意思！惹人烦！

"还……还不都是……你拦着我植入脑组……要不然，哪里可能会留下蛛丝马迹？"方原努力给自己找借口。

"这个还真不是，恰恰是因为你没有脑组，才能避开思维定式，找到超算系统都找不到的漏洞，进行定位和爆破。"梁天评价道。

这话一出，方原整个人都蔫了。他之前的操作，可都是奔着不可逆去的。半分钟之前，他还在担心东窗事发。一边听故事，一边在脑子里面疯狂地回溯。半分钟之后，就从疯狂地回溯变成了疯狂滴小丑。

"怎么了？小娃娃受打击了？"梁天笑着安慰："你现在会的，可是我二十岁的时候，想都不敢想的。"

"你二十岁的时候，会开特装车啊！"方原气到一定的程度，都不知道自己说出去的话，是赞美还是诋毁。只能说，他从一开始，就被梁天的故事给吸引了。

"这么类比没啥意义。"梁天说。

"怎么没意义了？"方原反问。

"现在都全域无人驾驶了，手动操作，再好再精准，也不可能精准到毫厘之间。"梁天摆手说道。

方原虽然很在乎自己的面子，却也不是什么拎不清的人，几句嘴硬过后，就开始问真正有意义的问题："梁老头儿，你是不是把我所有定位的点，都给修复了？"

"没有。你只是想要留下星舰，并没有动到极冻舱。"梁天事不关己道，"我的银河比邻计划，从来都只有极冻舱。我对你做的这些小动作，也是乐见其成的，我也刚好可以看一看，没有脑组的年轻人，可以做到什么程度。"梁天还在事不关己。

"乐见其成是吧？行，看在您老的面子上，我立刻马上，就把所有的破坏重心，都转移到极冻舱上！"方原破罐子破摔。

"那你可能还没这个本事。"梁天完全不受威胁。

"我当然……"方原提起一口气又直接泄掉，"确实没这个本事。"

……

梁星火换好衣服，出来看到米多多在厨房忙活："米姐，你这是在做什么？"

"我发现我们今天光顾着各种庆典了，都没有给总设计师准备一个生日蛋糕。"米多多回应。

梁星火嫌弃："火星上的蛋糕这么难吃！"

米多多并没有停下自己手上的动作："难不难吃是一回事，有没有是另外一回事。等下蛋糕做好了，你给梁老送过去。"

"我才不要。"梁星火想也不想就拒绝了，"你让我送过去，肯定半路就进了我的肚子。"

"你刚不是还嫌弃难吃吗？"米多多笑着反问。

"看在是米姐亲自做的份上，再难吃，我也会统统吃光！"梁星火和米多多在一起的时候，就全然一副小孩子的姿态。

"你都没有吃过地球上的蛋糕，凭什么就说我做的难吃？"米多多问。在米多多来火星之前，梁星火连生日蛋糕都不曾拥有过。

"我脑组里有那么多的美食杂志，每一个关于蛋糕的描写都记得清清楚楚。"梁星火小小地不服气了一下。

"火阿，有时候吧，咱也不能太相信地球人的文字描述。"米多多语重心长道。

"为什么啊？"梁星火问。

"因为会有很多文笔好的骗子。随便几句话，就看得你心潮澎湃。等真正体验过，也就那么回事。"米多多一副过来人的架势。

"比如呢？"梁星火问。

"比如……"米多多还在想要不要说得深入一点，就看到梁星火的表情有些奇怪，整个人也变得僵硬。米多多喊了好几遍，梁星火都和没听见似的。米多多放下正在搅拌的人造蛋，伸手摇了摇梁星火的肩膀："火啊，你怎么了，你别装机器人短路吓我啊。"

"米姐……"梁星火抬头看着米多多，连话都不知道怎么说。良久，梁星火公开了一个请求接入脑组的投射申请。

没在一起的时候，米多多也会通过这样的方式和梁星火联系。投射本身是很常见的，能让梁星火反应这么大的，不是投射本身，而是发来投射请求的人。米多多看到梁星火脑组空间跳动着的提示——"梁星蓝从地球发来全息投射请求"。

梁星蓝"成年"的时间比梁星火要晚一年。这么一来，他彻底掌控自己的脑组并且知道真相的时间也延后了一年。梁星火并不知道这个细节。她只知道，当她被"成人礼"给打击到世界观都崩塌的时候，梁星蓝还是一个被保护得密不透风的隐形人。

正常情况下，家人之间的脑组，哪怕身处不同的星球，也是很容易彼此联络的。

梁星火被迫接受成年礼之后，就想着要联系梁星蓝，她想知道，这个一出生就被妈妈给带回地球的双胞胎弟弟究竟是什么样的。她找爸爸妈妈、爷爷奶奶，还有太爷爷都问过梁星蓝的脑组投射通道，没有一个人愿意把专属通道告诉她。

梁星火一气之下，把自己的家庭成员联络模块，也设置成了拒绝添加新的成员。她知道这样没有用，也伤害不到任何人，甚至都不太可能会有人发现。但她就是这么做了。带点赌气地发泄着自己内心的不满。

那么，现在这是怎么回事？是因为她监护了一下曾祖父的脑组又还了回去，导致家人脑组权限，从根本上发生了变化？

这边，梁星火还没有想明白。那边，梁星蓝已经选择了挂断。

梁星火不是认怂的性格，她连火星探险都不怕，还会怕一个星际通话？她想也没想，就直接拨了回去。还没来得及跳出提示，梁星蓝就又从梁星火的家庭联络模块里面消失了。

就和从来都没有出现过一样。这就有点过分了。一个成年人，竟然左右不了自己的联络模块上都有什么人。这相当于 2020 年代的成年人，左右不了自己的手机里面有什么联系人。

梁星火正别扭呢，爷爷梁航宇和爸爸梁鑫渠同时给她发来了投射申请。看到不是梁星蓝，梁星火就有些失望，但还是选择了一起接通。梁鑫渠和梁航宇就这么一起出现在了火星洞幺的家里。

"爷爷早安，爸爸下午好。"考虑到了梁鑫渠和梁航宇此时所在的地方有时差，梁星火甜美而不失礼貌地打了两个招呼。

梁航宇："洞幺还好吧？"

梁鑫渠："洞幺没事吧？"

爸爸和爷爷几乎是同时回应了梁星火。

"能有什么呀？"梁星火的笑容更甜了，多多少少有点装傻的意思。

这可真是她 22 年来，过得最跌宕起伏的一个日子。梁天给她扔过来一个绝密档案，梁星蓝给她发来一个投射申请。扔之前没有预告。发之后没有解释。梁星火的心里，当然是很不舒服的。却也没有把这些写在脸上，她都专业演戏 22 年了，再多演一会儿也无所谓。

梁航宇："人类太空移民局和火星能源局，很快就会达成共识，在不久的将来，开展一系列的能源合作和置换。"

梁鑫渠："火星和地球之间，也将会有常态化航班。"

梁航宇："你爸爸的意思，是等有了常态化航班，就带着蓝仔去火星找你。"

梁鑫渠："蓝仔一直都很想体验一下火星洞幺的日常，但以前条件不成熟，有了能源合作，哪怕一时半会儿不会有常态化航班，往返起来也会方便很多。"

梁航宇和梁鑫渠父子俩一唱一和，与其说是解释，不如说是告知。

"爷爷爸爸，你们的意思是，火星和地球不存在常态化航班的时候，就得我一个人守在火星，等有了常态化航班，就要换梁星蓝来体验生活，是吗？"梁星火问得可甜可甜，就像吃西瓜只挖最中间的那一小块。

梁鑫渠："本来呢，爸爸是想，蓝仔要是有机会去火星，再当面和你商量看看。"

梁航宇："因为银河比邻计划的调整，你曾祖父有意把家庭协商的环节提前。"

梁航宇、梁鑫渠收到梁天的脑组消息，说已经把基因全序列档案给梁星火了，默认梁星火收到会第一时间打开看。

梁星火并没有这么做，所以还不知道当年是怎么回事。自然也不可能理解梁航宇和梁鑫渠如此想当然地在那里一唱一和。这个世界上的很多事情，放在悠悠历史长河里，根本就不算什么。可当具体到某一个人身上的时候，又是完全不同的两件事情。

别说没有打开绝密档案看过，就算真的看了，也需要时间消化。不管从什么角度来说，梁星火都还没有做好准备。现在的这一通家庭投射，无疑是雪上加霜。

梁星火正挂着一张甜美的脸生闷气呢，对面梁鑫渠倒是松了一口气："蓝仔都知道要联系姐姐了！这小子估计也是终于想通了，洞幺，你稍等一下，我们把蓝仔也赶紧一起投射过来。"

爸爸和爷爷叫她洞幺，叫弟弟蓝仔。太爷爷称呼她从来都只有全名。太爷爷还会说两句类似于悔不当初的话。哪怕并没有什么实质性作用，好歹也表明了一个态度。

这爸爸和爷爷倒是真真有意思。别的先不说，既然一接通就知道问"还好吧""没事吧"，肯定是从总设计师那里听说了她哭鼻子一类的反应。最后就这么轻描淡写，不给任何反应时间。

梁星火不免想到自己想联系梁星蓝的时候，全家人对她"查无此人",梁星蓝想要联系她,就必须要"赶紧一起投射"。

"哈喽哈喽呀,亲爱的爷爷还有爸爸,你们还在吗?我怎么看不见了你们了?是因为今天有磁暴吗?刚刚火星和地球的投射通道有些问题,曾祖父也和地球联系不上……"梁星火话说一半,就因为"信号不好"导致原本很"融洽"的家庭投射中断。

没过几秒,梁星火脑组空间又一次收到了梁星蓝的全息投射请求提示。梁星火想也没想,直接选择了拒接,顺便给顶着梁星蓝的名字,但并不在家庭联络模块里面的"陌生人"来了个拉黑加屏蔽的组合套餐。

米多多在梁星火的家庭投射接通之后,就回厨房继续打人造蛋。火星人类基地有很多的机器人,分门别类,各司其职,很是详细,唯独没有厨房机器人。

火星能量块是现成的,不需要任何操作,属于有嘴就行。在火星,如果一个人的家里配备有全套的厨房设备,并且还时不时地可以下厨,那绝对是一等一的富豪。

根本就没有饭可以做,才是火星人类的常态。唯独有一样东西,是从地球带来的黑科技——人造蛋。

2070年代的人造蛋,和真蛋有着几乎一样的口感、形状和营养,算是火星移民怀念地球美食的时候,唯一花火星币就能买到的奢侈品。在火星下厨煎鸡蛋,是比去地球最好的球场打一场高尔夫还要更高端的运动。没有人会把烹饪鸡蛋这么奢侈的事情交给机器。

根据火星官方先前发布的公告,由于人造蛋技术的进步,在不久的将来,人造蛋将会纳入火星福利,每个火星移民,每天都能领到一个免费的人造蛋。如果一直不领,六个月可以换一斤由地球土壤培养出来的温室大米。

公告发布之后,竟然有一半的人,选择要大米。把火星官方给弄了个始料不及。人造蛋是火星人买得起的奢侈品,大米就属于还买不起的。

"火阿,你不是去参加家庭投射聚会了吗?怎么这么快就回来了?"米多多一边让书法机器人往人造蛋做的生日蛋糕上面写生日快乐,一边抬头看梁星火。

"谁说我去参加家庭投射了?"梁星火再一次把自己脑组的虚拟投射空间共享给米多多。这下好了,一下跳动着四条提示:

"武姿姿从地球发来全息投射请求"。

"梁鑫渠从地球发来全息投射请求"。

"梁航宇从地球发来全息投射请求"。

"梁天发来全息投射请求"——特别提示,该请求发送者距离小于10KM,"是""否"选择实体弹射。

好,很好,非常好。她不过是给原本就不在家庭联络模块的人来了个拉黑加屏蔽的套餐。就惊动了梁星蓝在地球和火星的家人。火星洞幺也是有脾气的,她拿了米多多还没有完工的蛋糕,选择进入实体弹射。

这个选择做完之后,梁星火的家门口就出现一个透明的弹射胶囊。只要打开家门,进去胶囊,就会被精准地弹射到发来请求的位置。十公里的弹射,时间不会超过十秒。这样一来,所有跳动在她脑组家庭联络模块的全息投射请求,就一个都还来不及自动掉线。

地球上是没有弹射胶囊这种东西的。不是技术上达不到,而是地球没有火星这么空旷。以弹射胶囊的速度,遇到建筑物,就和发个导弹过去差不多。要么击穿,要么击塌。

梁星火又一次来到了银河之舰。为了避免出现有人挂断的情况,在申请进入银河之舰之前,梁星火直接把所有脑组投射申请都给接通,然后放到一起。

"太爷爷,我来给你送生日蛋糕了,快来给开一下门呀。"梁星火元气满满,和平日里在火星洞幺频道表现出来的差不多。

进到里面之后,梁星火首先看到的是方原。梁星火二话不说,直接把人拉到了自己的投射范围以内:"哈喽哈喽呀,向最最亲爱的地球家人隆重介绍一下，我身边这位帅气逼人的男生是银河之舰的副舰长方原，你们要是有关注第一届火星时装周直播的话，就肯定知道他也是奇迹宝宝。"

既然你们每个人都为梁星蓝这个陌生人发起脑组投射，那我就在投射里面，加上另外一个陌生人。独陌生不如众陌生。

梁星火还就不信，她在地球上的家人，会在这种情况下，把藏得那么深的梁星蓝给拉到投射里面来。至于以后……梁星火很鸵鸟地想——她脑组的家庭联络模块可以一直维修一直坏。

梁星火："亲爱的奇迹宝宝，让我来和你介绍一下，这一位，是我的父亲梁鑫渠，他有一半的时间，是在月球上生活的，负责的是月球和地球的能源渠道，你就算没有脑组，大概率也是听说过这么一号人物的，对吧？"

方原完全没搞明白梁星火为什么要搞这么一出。梁鑫渠当然是知道的，而且还查得透透的。他对爸爸的实验室被关停，一直都耿耿于怀。有能力关停方心阳院士材料实验室的人是梁天。而关停之后最大的既得利益者，便是现在掌握地月能源运输渠道的梁鑫渠。

梁鑫渠这个名字，又是金钱又是渠道的。方原一个人寻找真相的时候，觉得这个名字都是梁天布的局。梁天肯定是从一开始就想好了，要弄个渠道让自己的孙子掌管。通过这样的方式，把孙子名字里的三个金给坐实。

经过星河之舰和火星中继站对接前后的详谈，方原知道自己在脑组的事情上，错怪了梁天。或者，更确切地说，是知道梁天并不是无缘无故阻止他去月球植入脑组。但是，关于材料实验室的部分，始终都还没有摆到明面上来。

方原本就想要尽快搞清楚，还想着要和导师蓝荣宜分享一下自己掌握的最新信息。现在正主都送上门来了，就这么不闻不问，也不是原大头的性格。

"确实听说过。我还知道，地月能源渠道，一直采用传统的运输方式，导致我爸爸的材料实验室被关停。"方原直接开口。

梁星火没想过还有这么样的小恩怨在里面，立马来了个看热闹不嫌事大："我的爸爸影响到了你的爸爸，对吗？都没有人给过你解释吗？影响大吗？"

"我都成孤儿了，你说影响大不大？"方原反问。

梁星火很夸张地说了一句："啊！我的天哪！怎么会这样！怎么可以这么对待奇迹宝宝。"

"就是说啊。如果我爸爸的材料实验室没有被关停，我哪怕只是继承了一部分专利，大概率也是地球上最富有的年轻人之一。"方原补充道。

"真的假的呀！"梁星火继续夸夸张张。

"从小到大，我就在孤儿院待着，什么好东西也没有见过，更没有可能用过，哪像你，连身宇航服，都代表着地球最尖端的科技。"方原对第一次出舱被梁星火推下去给吓的那一大跳，还有点耿耿于怀。他没有要梁天的宇航服，不是不想要，不是不喜欢，是那个时候心里面硌硬。

"你的意思是，我的太爷爷，为了我的爸爸，关停了你爸爸的材料实验室，并因此赚得盆满钵满，从而支持了我在火星上的奢侈生活，是不是这么个意思？"梁星火"很好心"地帮忙捋了捋。

方原看了一眼已经投射到银河之舰里面的梁鑫渠，转回头给梁星火手动点赞："不愧是拥有人类第一个实验室版脑组的火星洞幺。"

"感谢夸奖。亲爱的奇迹宝宝，你有问过，为什么关停你爸爸的实验室吗？"梁星火捧哏似的问。

"问过，没结果。"方原看向银河之舰中央控制区，不知是睡着了还是在闭目养神的梁天。

梁星火抬眼，看了一下投射里的梁航宇和梁鑫渠。几分钟之前，是祖父和父亲在全息投射里面一唱一和。虽然是在和她联络，话里话外，全都是梁星蓝，什么"等有了常态化航班，就带着星蓝去火星找你"，又什么"蓝仔一直都很想体验一下火星洞幺的日常"。

梁星火那时候就很想表达一下自己的态度。可她只有一个人，又维持了那么多年的太阳系乖乖女人设。现在就不一样了。不就找个人当捧哏吗？搞得和谁不会似的！梁星火倒是没有想过，她和方原都没有排练过，就直接成了一出大戏。

许久没开口的祖父梁航宇在这个时候出声帮忙解释："关停方心阳院士材料实验室的，是'2·22'太空灾难事故调查组，这个调查组，和你曾祖父没有关系，和你爸爸就更没有关系了。"

"啊，原来是这样啊！"梁星火嘴上这么说，表情却一点都没有相信的意思。

梁航宇接着回应："洞幺，你想一想，你爸爸那时候一心扑在蓝仔的身上，连毕业都推迟了，哪里会知道自己以后从事什么工作？"。

方原是知道梁星蓝有什么样的故事的，但梁星火还不知道。"一心扑在蓝仔身上"这件事情，做了是一种伤害，说出来又是另外一种。

不知道是出于解围的目的，还是一心想要接近真相。在梁星火完全不知道要说什么的时候，方原把话给接上了："调查'2·22'太空灾难和关停实验室为什么会有关系？据我所知，我的爸爸妈妈，是在一种比较偶然的情况下，搭乘了那一趟地月常态化星舰航班。"

"不是搭乘航班本身的问题，是后来所有人都出了事情，而且是在高强度防护罩正常弹射的前提下。"梁航宇回答。

"正常弹射有什么问题吗？"方原问。

"没有问题，在这之前的上万次试验，也从来不曾有过问题。偏偏那一次，只有你活下来，成了奇迹宝宝。"梁航宇解释。

"合着您老觉得我活着也有错呗？"方原没好气地回应。

"当然不是。"梁航宇否认道，"我的意思是，你爸爸的材料，原本是万无一失的。在这种前提下，他的材料研究室出来的材料，才有可能通过月地投掷实验，慢慢替代传统的地月能源渠道。"

"您是火星洞幺的爷爷，对吧？"方原问。

"是的。"梁航宇点头。

"您也说是上万次都没有问题了,别说'2·22'灾难还有我幸存,就算没有,您的父亲有这样的一句名言。"方原指了指梁天,"'和科学打交道,就会发现,和梦想擦肩而过,最是正常不过。很多科学家,终其一生,可能都只是在梦想的边缘徘徊'。"

方原把梁天之前和他说过的话,原原本本地搬了出来,反问梁航宇:"才出了一次问题,就要关停实验室,销毁所有的材料?"

"确实是这样的。"梁航宇依旧正面回应,"'2·22'太空灾难的调查,洞幺的爸爸和曾祖父都没有参与,我是参与了的。"

……

梁星火是故意把话题扯开的。她不想面对梁星蓝。至少这会儿还不想。倒也没有想过,自己这一逃避,就逃避到"2·22"太空灾难的调查上去了。

20年过去了,这个调查一直都还没有出官方的结果。从一开始那么高的热度,遍布全地球的哀悼仪式,到后来,也一样是渐渐地被人遗忘。尽管没有被遗忘得像奇迹宝宝那么彻底。却还是湮灭到了不计其数的纪念日里面。被低调处理的,或许不仅仅有奇迹宝宝,还有"2·22"太空灾难的真相。

方原先前火急火燎地去问梁天,硬是没有一点收获。梁航宇主动提起来自己参与了"2·22"太空灾难的调查,方原自是不会放过这个接近真相的机会。

方原:"调查了多久?"

梁航宇:"一直在调查。"

方原:"二十年过去了,还没有结果吗?"

梁航宇:"这件事情有点复杂,但从根源上来说,还是因为常态化航班解体之后,没有任何一个科学家幸存。"

方原:"哪里复杂?"

梁航宇:"我们这边,只有方心阳和戴冰艳院士在那艘星舰航班上,那次的项目并不由我们主导。你的爸爸妈妈是很后面才加入到人家的项目里面的。"

方原:"所以呢？"

梁航宇:"所以，一开始，都没让我们派人参与调查。"

方原:"那后来为什么又可以了？"

梁航宇:"因为奇迹宝宝。"

方原被说得愣了好半天:"因为我？"他那时候就是个严重早产的，随时都有可能会挂掉的婴儿。这样的一个小婴儿，要怎么左右一场太空灾难的调查。

梁航宇:"如果没有任何一个人幸存，那高强度防护罩一定是有问题的。但你活了下来，所以我们就会推测，是不是还有别的什么原因。"

整个"2·22"太空灾难的调查方向，是科学家们乘坐的星舰为什么会解体。至于解体之后弹射出来的防护罩，有没有失能，并不是最主要的方向。

方原:"那你们有查出来吗？"

梁航宇:"我们拿回来一个防护罩，就是你和你妈妈一起的那一个。并没有查出有什么问题。"

方原:"既然没有问题，为什么要关停我爸爸的材料实验室？"

梁航宇:"没有问题才是最大的问题。如果材料出了瑕疵或者找到了问题，那就是改进瑕疵和解决问题的事情。什么都没有查出来，就变成了对防护材料安全性存疑。"

方原并不认同这个逻辑。他和梁航宇对"存疑"的解读很不一样。他自己人微言轻的，就把梁天之前说科学试验的话又给搬了出来:"您的父亲没有像教我一样教过您，科学试验失败才是常态？"

方原的想法很简单——我的道理你不在意，你爹说的，你还能置之不理吗？方原失算了。梁航宇告诉他:"科学试验也要分情况，有的试验，可以一直失败一直开展，因为失败的结果是可以承受的，有的就不行。"

"还有的……有的……说那么委婉干什么？你爸爸可以拿人类幼崽做试验，你儿子可以去火星验证课题可不可行。同样是科学研究，到了我爸爸这儿，上万次实验里面有一次失败，实验室就必须被关停？"方原不接受这个说法。

"调查组本身并没有这个意思，但确实，在'2·22'太空灾难之后，你爸爸研究的材料就无人问津了。"梁航宇说。

"因为材料没有人买，我爸爸的实验室才被关停了？"方原又问。

"我并不清楚实验室具体的情况。"梁航宇回答。

"实验室的具体情况您不清楚，为什么又说连一次失败都不可以，而且，既然至今都没有出调查结果，凭什么就认定了是失败？"方原不服气。

在方原看来，导致"2·22"太空灾难的，是常态化星舰航班在平流层解体。星舰上的人是不是能活下来，高强度防护材料所占的责任比重不应该太大，更不应该由方心阳院士的实验室，为"2·22"太空灾难埋单。

导致一个人死亡的原因有很多，保不齐星舰解体之前，就已经没有人有生命体征。不管当时的情况是怎么样的，有一点，至少是可以肯定的——没有方心阳院士的高强度防护材料，就不会有奇迹宝宝。

梁天在这个时候帮着自己的儿子发声："小娃娃，你的这个疑惑，我可以给你解释。"

梁天是方心阳和戴冰艳的导师，除了"2·22"太空灾难事故的调查没有参与，其他的情况，还是要比梁航宇了解的更多一些。

梁天主要的工作都是在上海航天八院，他带出来的大部分学生，也是上海航天八院的。他是在退休之后被返聘之前，去的上海交通大学，做了戴冰艳和方心阳的导师。

戴冰艳和方心阳的研究，都和地月能源相关。戴冰艳的主要成果是氦三能源的提炼和保存。方心阳主攻的，是怎么多快好省地把在月球提炼好的能源给运到地球。夫妻俩的研究成果，算是相辅相成的。出成果的时候也差不多。

方心阳是基于要实现月地能源投掷的目标去研究的材料。材料出来之后，又首先被运用到了航天器的自动逃逸领域。

二十年前，并不是只有方心阳一个人在研究高强度防护材料。每一架飞离地球的常态化星舰航班，都装备了自动逃逸设备。独立高强度弹射保护罩，只是逃逸的方式之一。因为方心阳的材料从被研究出来投放市场，就没有遇到过失败，所以普及速度也就是最快的。

只不过，让这种材料名声大振的，并不是在自动逃逸设备上的应用。而是方心阳进行了一次模拟月地投掷试验——把提炼好的氦三，装在高强度防护材料里面，利用月球引力只有地球 1/6 的事实，以星际投石机的方式，直接从月球向地球抛射。

这么大胆的假设，在 2050 年代也一样是超纲的。方心阳提出月地投掷假设的时候，还是被很多人当成了一个玩笑。但方心阳就是成功地完成了这个试验。按照方心阳的路径发展下去，月球和地球之间的能源运输，比二十年之后的真实效率都要高出很多倍。

"小方原，你爸爸的月地投掷试验，无疑是成功了。但这个试验，就和我先前和你说的，长二捆火箭做澳星发射试验带的铁疙瘩是一个概念。当时的防护罩里面，装的是同等质量的非易燃易爆钝性材料。"

"梁老头儿，你别扯那么远。"方原这会儿可没有心思听故事。

"我们把氦三叫作完美能源，是看重了氦三清洁核能的属性。'2·22'太空灾难，让人们对先前的月地投掷试验产生了疑惑。小娃娃，你自己想一想，如果这种防护方式，不是 100% 安全的，如果意外是随时都有可能发生的，等真的开启月地投掷试验，是不是就等于把一个巨大的导弹，从月球往地球弹？"梁天进一步和方原解释。

"这种试验，不都只投向无人区的吗？"方原问。

梁航宇在这个时候接话："首先，科技的发展，让沙漠和海洋的中央，都出现了一些人类聚集地，传统意义上的无人区，已经所剩不多。"

"那其次呢？"方原问。

梁航宇向方原解释："月地投掷试验的目的，是氦三能源的运输。假设试验成功，防护罩里面装的能源，肯定会越来越多。如果做不到万无一失，哪怕失败一次，毁掉的可能就是一整座城市，甚至可能还不止。这种防护材料再好，这种运输方式再便捷，地球也承受不了极小概率的失败结果。"

方原仍有不解："就算不能做月地投掷，也一样可以用来做常规星际航班的高强度弹射保护罩材料啊。"

"你爸爸实验室材料的不可替代性，就在于月地投掷。如果只是用作弹射保护罩材料，当时市面上已经有了更成熟且价格更低的材料。"梁航宇给出了分析。

方原想了一下，暂时接受了从经济角度出发的这个说法。方原刚想和梁航宇说，自己需要回去找找资料，就发现梁航宇凭空消失了。一起消失的，还有通过梁星火脑组投射到银河之舰的所有人。

方原转头看了一下，发现是梁星火已经准备离开银河之舰。借用别人的脑组投射，就像租了别人的房子。房东不想让你继续使用，有的是法子把你赶走。

梁星火需要时间消化自己这一天接收到的这么多信息。这个时间要多长，她自己也说不上。梁星火并不是一个喜欢自怨自艾的人，看到方原追过来，她跳过自己的情绪，直接说出了自己看到的问题："你们地球上没有关于火星弹射胶囊的报道和资料吗？为什么我听你们刚刚说的透明防护材料，和弹射胶囊用的表面材质特别像。"

梁星火是搭弹射胶囊来的，自然也要坐弹射胶囊回去。方原人就在火星，知道银河之舰门口就有一个弹射胶囊，他自然要出去看一看。

梁天也穿好宇航服跟着出来。银河之舰上的三个人，只有梁天是见过方心阳的高强度防护材料的。银河之舰的外边，只有刚刚把梁星火送过来的弹射胶囊。并没有弹射的装置。

方原绕着走了一圈之后问："这个弹射胶囊是怎么工作的？"

"你看到的只是胶囊，还有一个弹射装置。我们住的地方是都有弹射装置的。中继站这边也有，但不在我们所处的这一个高度，你们要是想看的话，就跟着我来。"

火星居民通过弹射胶囊来到火星中继站，基本都是先到顶上，再慢慢降下来。如果不把弹射的路线设高一点，搞不好就会直接撞上火星中继站。

更后面一点出来的梁天，很快就跟上了梁星火，反倒是方原被落下了。梁星火这才想起来，方原的宇航服，并不具备悬停飞行功能。如果方原有脑组的话，还可以和他说一下，让他等着，等会儿她可以把弹射装备卸一下，临时安放到中继站和银河之舰对接的高度。仿生悬停宇航服的本身，并没办法携带太多的能量。

眼看着没有脑组的方原准备搭乘火星天梯上去，梁星火还是下来和他说明："你坐天梯上去没有用。弹射装置在外面，你到了顶上也出不去。你等我给装置调整一个高度再出来看。"

"那火星居民平日里是怎么上去的呢？"方原问。

"火星中继站也不是天天开放的，平日里面会有一个时间段，在开放的时间，天梯的顶部是可以打开的。"梁星火说。

"那岂不是要很久？"方原指了指梁天身上的装备对梁星火说，"你和你的曾祖父一起，不是可以拉我上去？"

"现在没有磁合泡，我们拉你上去，你不小心掉下去，那就不是被吓一跳那么简单了。"听了这么多奇迹宝宝的遭遇，梁星火多多少少也有一些同理心，她善意提醒。

方原毫不领情地来了一句："我就是要和你们一样！就是要在第一时间上去看一看！就是摔死我也乐意！"

对于"和你们一样"的追求，早就已经刻在原大头骨子里面。当然了，这一次，除了这种印刻在骨子里面的东西，方原也担心梁天和梁星火会不会背着他说什么。被蒙在鼓里这么多年的人，是真的一秒都不想再等。有任何知道或者接近真相的机会，他都会毫不犹豫地要亲眼见证。

这个时候的方原，从表情到语言再到行为，都有些任性。梁星火却是并不介意，比以往任何时候都要更好说话。至于为什么会这样，梁星火自己都没有反应过来。梁星火通过脑组，把方原的意思转达给了自己的曾祖父。

梁天很快就回到了银河之舰的门口。就这样，梁星火和梁天，一人拉着方原的一只手，带着他来到了火星中继站弹射装置边上。

"需要给你们俩示范一下吗？"梁星火很快就召唤了一个弹射胶囊。也不管梁天和方原具体是什么意思，梁星火就把弹射目的地设成了自己的家。到家之后，又把自己给弹射了过来。前后没到地球时间的一分钟。

梁星火演示完了之后才问："火星上的弹射胶囊，和你们刚刚说的独立高强度保护罩是一样的材料吗？"

材料本身，光用肉眼看，肯定是看不出来具体构成的。但火星弹射胶囊和月地投掷的原理，确实是非常相似的。这一点，不管是内行还是外行，都能用肉眼看出来。再有，不管是弹射胶囊，还是高强度独立防护罩，都是完全透明的硬质材料。

方心阳的材料实验室，已经关停快 20 年了。在这样的前提下，方原就有了两个疑惑，他指着弹射胶囊，有问题直接就问在火星上住得最久的一号公民："火星上的弹射胶囊是什么时候有的？材料又是从什么地方来的？"

"一直都有。"梁星火回应，"定点弹射，是火星最常见的交通方式。"

这么一解释，方原的疑惑就更深了一层："那为什么我几乎没有看到过这方面的消息？"

"那我就不知道了。"梁星火想了想，"可能是因为太常见了，所以没有人会觉得有什么奇怪的。"

"基组百科里面有吗？"方原又问。

梁星火点头："有的。"

"所以，这又是一个只有我不知道的消息？"方原转头问梁天，"梁老头儿，你是不是也一直都知道？弹射胶囊的材料和我爸爸实验室的材料几乎一样。"

"没有。"梁天否认道，"火星上很多材料都是透明的，比如'火星探险'系列里面经常会用到的磁合泡。我先前以为，弹射胶囊和磁合泡是一个材料。"

"你现在还这么想吗？"方原追问。他想要确定梁天是不是故意在打太极。

"不，现在看起来，连硬度都是完全不一样的。"梁天也是亲身感受过磁合泡的。在方原质疑的基础上，梁天也升级了自己的疑惑："这件事情，怎么像是被弱化处理过了。"

梁天对这项操作还是比较熟悉的。他给梁星蓝的脑组植入降过热度，好让梁星蓝能够继续在地球上当一个隐形人。他也给奇迹宝宝降过热度，好让方原可以顺应他自己的心意，在不被打扰的情况下成长。尽管这可能并不是方原真正想要的，但弱化处理的效果，梁天和方原都是亲身体验过的。

火星上有弹射胶囊这件事情，肯定不是什么秘密，有脑组的人都知道。方原没有脑组，并不代表和这个世界就是隔绝的。当一件事情、一种材料、一项发明拥有足够的热度的时候，肯定是会火出脑组的。如果没有被弱化，方原应该很早就注意到弹射胶囊了。

弹射胶囊在火星上很常见，使用的频率却是不太高。究其根本，是相互认识的火星移民，基本都住在同一栋摩天大楼。想要串门，就是一个电梯的距离。真要出来遛弯的话，就是为了在户外走一走看一看，不太会使用定点弹射。

最常见的弹射胶囊使用场景，就是来中继站登高望远。中继站开放的时候，又总是会有磁合泡环绕。虽然没有明说，但总这么一起出现，很容易让人以为，磁合泡和弹射胶囊是一样的软性材料。不用手去摸的话，确实也感受不到这两种透明防护罩之间的软硬度区别。

方原看向梁星火，用眼神寻求一个答案。这个眼神里面，有疑惑，但更多的还是一种任性的少年气。这是从小被观摩着长大的火星洞幺从来都不曾拥有的。

梁星火理清自己的思绪，专门认真去想的话，确实也不一定没有被刻意弱化的嫌疑。弹射胶囊这样的设施，对于火星洞幺来说，是生活里面再常见不过的。但对于新来火星的移民，都是很新奇的。

为什么没有任何一个官方的火星移民福利介绍，有提到和弹射胶囊有关的内容以及详细的解释？再怎么说，这也是火星上一种非常尖端的科技。

梁星火想起来，米多多刚移民过来的时候，好像有想过要做弹射胶囊的专题。那时候米多多还没能和梁星火打成一片，提案也因此没有通过。火星官方给的理由是弹射胶囊的安全系数太高，和探险的主题不相符。梁星火对住在一起之前的事情了解不多，她得回去问一下米多多。

银河之舰就这么又只剩下梁天和方原这各怀心事的一老一小。方原尽管也好奇弹射胶囊用的材料，可他最最关注的始终还是脑组。那些因为他没有脑组才引发的事事种种，等到脑组植入完了，就都迎刃而解了。

"梁老头儿，你确定，数字模拟太阳系超算系统的版本恢复之后，就一定会得出你想要的结论？"

"我和这个系统打了几十年的交道了，自然是确定一定以及肯定的。"梁天的反应，也还算淡定。

"太阳系这么大，你总得允许超算系统出现一些偏差。"方原不放心。

"我都能算出来，银河之舰在即将到达火星的时候，会和地球失去联系，你还有什么不放心。倒是小娃娃，你是不是确定？"梁天倒是没有想到,方原会对他的专业有所怀疑,干脆给方原举了一个例子。

"我又没的选!有什么好确定还是不确定的?"方原没太明白梁天要说的是什么。

"你有的,你现在需要设置一下优先级。就比如我,我的优先级,是银河比邻计划。这个计划,凌驾于其他所有的一切之上。我可以为此,放弃很多。"梁天又举了一个例子,这回是拿他自己举例。

"梁老头儿,我想好了,我的优先级是脑组。"方原的回答,打断了梁天有些翩飞的思绪。

"小娃娃,你不想弄明白你爸爸实验室被关停的原因了?"梁天问。

"我可以先要脑组,再去查实验室被关停的原因。"决定一旦做了,方原就变得笃定。

梁天告诉方原:"我们俩之前沟通的时候,你是想要留在火星的,我先前和火星官方的人见面的时候,就也没有专门去提。"

"你没有提要尽快给我植入脑组?"方原整颗心都提了起来。

"提了。我是没提银河比邻计划启动极冻舱方案,须有人把银河之舰尽快开回地球。"梁天解释道。

"梁老头儿,你是提醒我,选择植入脑组,有可能导致我在火星滞留,对吧?"方原问。

"是的。"梁天点头,"我现在还没办法确定,等到版本恢复成功之后,能不能既让你在火星植入脑组,又不需要遵守火星居住年限的要求。"

"这没有什么好担心的。"方原刚刚提起来的心,又安安心心地放了下来。

方原清清楚楚地记得梁航宇和梁鑫渠在全息投射刚刚接通时和梁星火说的那些对话——地球和火星之间会有一系列的能源合作项目、火星的移民政策将会发生改变、火星和地球之间将会有常态化航班。

搞明白方原的想法,梁天出声提醒:"火星移民政策是不是会改变、会在什么时候改变、会变到什么程度，这一切都还是未知数。"

"没关系，您的曾孙女比我更想回去，我一个人想不到办法，加上火星洞幺一起，难道还想不到办法吗？"方原也是有自己的判断的。

"梁星火比你更想要回地球？你为什么会有这样的想法？"梁天有些意外，不论是在火星洞幺频道，还是在家庭投射，梁星火从来都没有表达过这样的意愿。

"她自己告诉我的啊。"方原抬了抬下巴，略带傲娇地问，"有问题吗？"

"你们年轻人有话说就好。等我走了，还得靠你多多美言。"梁天让自己的椅子机器人转了一个身，给方原留下一句，"我去和地球控制中心商量一下，能不能把银河之舰的全套操作手册，发给火星洞幺。"

方原瞬间傻眼。银河之舰的操作手册他都有背过。他就是因为一字不差地融会贯通了全套操作手册，才成了能够独立操作银河之舰的副舰长。把全套操作手册发给梁星火，摆明了要让他留下，换梁星火开银河之舰回去。

方原老早就质疑过梁天喜欢给自己的家人谋福利，却也没有想过会这么直接还当着他的面……

方原自然是不愿意眼睁睁地看着梁天和地球控制中心商讨把全套操作手册给梁星火，但他现在并没有筹码。

如果这时候，他已经有脑组了，多多少少也能有点底气。可他什么都还没有。就算再怎么生气，也都只会是无能的怒吼。

方原憋屈得都快泪崩了，只能安慰自己，只要人还在火星，那就还有梦想成真的机会。比起生气，他这会儿更多的是后悔。看梁天的反应，先前并不知道梁星火有想要回地球的想法。这么算起来，他可不就是搬起石头砸自己的脚。

方原挡在梁天去往银河之舰操控台的方向。不管梁天怎么调整机器椅子的行进路线，方原都气鼓鼓地拦着。

"小方原，你是不是又误会了什么？"梁天问。

"我哪有误会的权利？一个曾祖父想给自己的曾孙女谋福利，我还能说些什么？"方原就差把"我对你很失望"写在脑门上。

"谋福利？"梁天没有管方原说什么，直接分析了一下他的行为本身，"我懂了，你是觉得我希望梁星火能拥有整套操作手册，就不考虑你能不能开着银河之舰回去了，对吧？"

方原倔强地盯着梁天，也不开口说话。事实已经够伤人了，没必要拿语言再羞辱一遍。

"小方原，你是不是忘记了，银河比邻计划，要求每一个进入银河之舰的人，都熟练地掌握银河之舰的操作手册，即便是我这个老头子，也一样是需要懂得全套操作的。"

"这我能忘吗？结果还不都一样？"方原这会儿心里肯定是有气的。与其说是气梁天，不如说是，每一次，在他觉得自己要有好运气的时候，总会在临门的那一脚出问题。

"当然不一样啊。你一个人，或者梁星火一个人，我肯定都是不放心的，你们两个要是能做个伴，也不枉星火燎原这两个名字的渊源。"

方原消化了一下梁天的话，眼睛都不眨一下地盯着梁天，生怕错过什么微表情："梁老头儿，你真是这么想的？"

"当然。"梁天加重了语气。

"我……"方原提起一口气，嘴巴都张开了，又忽然不知道要说什么了。道歉的话，肯定是不太好说出口的，那就干脆换道歉为质疑："梁老头儿，你为什么总说一些让人误会的话，做一些让人误会的事情？"

"我猜啊，是因为小娃娃你打心眼里，还没有接受老头我这个人。"梁天笑着回应，"积重难返嘛，可以理解的。"

听到梁天反过来帮自己找原因，方原再怎么别扭，也别扭不下去了："对不起啊，梁老头儿。"

"能从小方原嘴里听到这三个字，还是颇为不易的。"梁天笑了笑，"没关系，谁让老头儿我还有求于你呢。"

如果不是中间发生了脑组被监护的意外，梁天现在应该已经开始做进入极冻舱的准备。匆匆忙忙见一面，和梁星火噼里啪啦说一堆，说完就说自己要进极冻舱了，希望得到火星洞幺的谅解。

对于他来说，这可能就是一个特殊情况特殊处理。对于梁星火来说，就是在全太阳系直播的情况下，被逼着接受，这无异于是在火星洞幺的伤口上撒盐。梁星火刚刚明里暗里的各种抗拒，也足够说明这一切。

如果可以，梁天肯定希望亲耳听到曾孙女的谅解的。正是因为没有预留时间，也就有很多话，没办法说出口。这也是为什么，他会拜托方原。

"我们都是为了你好"，是这个世界最苍白的语言。梁天在出征银河比邻计划之前，自己也听了太多类似的话——怎么能让总设计师亲自执行任务？地球又不是没有人了，为什么要让一个百岁老人，去寻彼岸？

世人眼里的好，和自己想要的，经常会存在不可调和的矛盾。身为总设计师，他可以舌战群儒为自己争取到想要的结果。

银河比邻计划，除了要给全人类寻找备份星球，又何尝不是梁天在给自己找彼岸。活了一百岁，他差不多已经可以预见自己最后的时刻——砸最好的资源，哪个器官衰竭就换掉哪个，哪怕他的身体已经破败不堪，哪怕他的生存越来越没有质量，还是要努力地活着。

……

"火阿，你怎么这么快就回来了？"米多多迎了上来。

"我再不回来，今天的探险系列也放完了。"梁星火笑着回应，却没有了往日里的活力。

火星洞幺频道是全天候直播的。因为有了隐私意识，梁星火也就有了好些可以躲懒的时间。但还是有一大部分时间，是需要和火星洞幺频道实时互动和投射的。毕竟，很多人都是提前好几年，就约定好了邀请梁星火去家里做客的时间。

这样的事情，对于梁星火来说是日常。对于那些邀请她到家里虚拟做客的人来说，便是有了完全不一样的意义。

"探险系列放完了也可以直接切换到银河之舰那边的嘛。"米多多回应。

梁星火摆了摆手："今天还是算了。"

米多多难免要关心一下："是发生了什么事儿吗？"

"没什么。"梁星火顿了一下，随即又道，"回头再和米姐说。"

梁星火不是不愿意和米多多说弹射胶囊材料的事情，而是这件事情不是一句两句就能说清楚的。"火星探险"系列能为她争取到的隐私时间，眼看就要结束了，梁星火这会儿，并没有和米多多聊天的闺蜜时间。

"火阿，火星洞幺专属频道今天的风向，和平时都不太一样。"米多多提醒梁星火。

"怎么不一样了？"梁星火问。

"今天是'火星探险'系列，有史以来关注度最低的一天。"米多多回答。

"不至于吧，火星洞幺频道是内嵌接收的，闭着眼睛都能满足官方给你设定的最低居留年限指标。"梁星火以为今天的数据，会影响米多多回地球的进程。

"不是这个意思，是大家都希望今天的探险系列赶紧结束，好看火星洞幺和奇迹宝宝的互动。"米多多揭开谜底。

"这都要到睡觉时间了，还有什么好互动的？关注专属频道的人，又不是不知道我的生活习惯。"既然没有影响到米姐，梁星火就没太当回事。

"火阿，今天和平时能一样吗？总设计师马上就要去执行银河比邻计划。你先前又放话要让总设计师在火星上身心健康地再活二十年。关注你的人，肯定会想知道这件事情的后续。"米多多回答。

"等总设计师继续执行银河比邻计划了，大家肯定就知道我没有成功了。"梁星火不觉得这有什么好说的,只问,"这和奇迹宝宝又有什么关系?"

"火阿,这可就是全太阳系都在关心的话题了。"米多多一边比心,一边对着梁星火眨眼睛,"涉及洞幺的感情归属……"

"米姐!你怎么也这么无聊!"梁星火第一次不想听米多多说话。

米多多见好就收,把现下的焦点问题细数了一遍,问梁星火接下来有没有什么特别的安排。

梁星火摇了摇头。按照她最初的计划,她现在都已经离开火星,在去往地球的路上了。后来发生的一切,全都不在她的掌控之内。这种失控的感觉,新鲜之中带着落寞。

这是梁星火在今天之前,不曾有过的感受。她很想说点什么,做点什么,或者找一个途径发泄。

猛然间,梁星火才想起来自己刚刚为什么要去银河之舰。她不是为了搞清楚梁星蓝的事情才去的吗?不是气不过梁星蓝想要联络她,就全家一起给她发投射吗?最后怎么就这么回来了?明明已经决定不做鸵鸟,为什么又没有勇气自己直接打开梁天给她的档案?

"米姐,我今天收到了一份绝密材料,等会儿我去专属频道和大家互动,你帮我看看材料里面都有什么呗。"梁鸵鸟求助自己最信任的人。

"绝密材料?"米多多疑惑。

"嗯,是我曾祖父给我的。"梁星火说。

"既然是绝密,你自己都还没有看,为什么要给我看呢?"虽然和梁星火生活在同一个屋檐下,但米多多的生活区域,是相对独立的。米多多并不怎么会出现在除了"火星探险"系列之外的专属频道里面。能把隐私的概念灌输给梁星火的人,自己肯定也非常注重隐私这件事情。

"我自己不敢看。"梁星火在米多多面前,历来都是最真实的自己。

米多多一脸诧异地看着梁星火:"你和我去探险都没怕过,还会怕一份档案？"

"我已经发你脑组了，米姐看完标题就知道了。"梁星火说完，就回到了自己的房间。

米多多打开了梁星火分享的文件。与其说是绝密档案，倒不如说是一份包含基因全序列档案医疗记录。基因全序列是2070年代的人去看病的时候，都会提供的信息。有了基因全序列，就可以更有针对性地给出靶向治疗的方案。

看完绝密档案，米多多才意识到自己接了一个烫手的山芋。这么些年，梁星火对梁星蓝的反感，对梁家人的戒备，其实有很大一部分，都算是她的手笔。

梁星火成年的那一天，知道地球上还有个梁星蓝的那一天，她是陪在梁星火身边。那时候，她就先入为主地给梁星火灌输了很多关于隐私的、关于被区别对待的。

这会儿看着这份档案，看着梁星蓝这些年的经历。米多多才明白，梁星蓝经历的一切也不是一般人能够承受的。

这么多年，一次又一次地在死亡的边缘徘徊。每一次，都要等到有全新的医疗方式出现，才会化险为夷。从自身器官的修补，到使用人造器官，再到更成熟的人造器官技术。

火星洞幺是由人类移民火星计划的一项验收标准造就的。梁星火需要独自在火星上成长到三岁，才能成为闪耀太阳系的火星洞幺。个中孤独，梁星火不曾有过选择。

梁星蓝是在一个又一个实验里面存活下来的。他需要闯过无数关卡，才能长大成年。个中痛苦，梁星蓝也一样不曾有过选择。

不管是常年的体外循环，还是修修补补之后的器官排异，都是相当痛苦的过程。梁星蓝的没有选择，并不是因为他没有先天植入的脑组，还因为他没有选择死亡的权利。

米多多扪心自问了一下，如果只有梁星火和梁星蓝的人生放在她的面前让她选择，她大概率会选择梁星火的。

第七章　中国北斗

数字模拟太阳系的版本恢复的进度条在这个时候拉满了。版本回溯之后，超算系统得出的结论，和梁天事先预计的一模一样。

地球指挥中心建议中止银河比邻计划，选择更合适的机会，重新启动。梁天不同意，他认为不会再有更合适的机会。就算有，他也不一定能等到那一天。

梁天给出了一早就准备好的替代方案，交由地球指挥中心和火星官方探讨。这个探讨肯定需要一些时间，却也不会拖得太久。银河比邻计划是有从火星发射极冻舱的窗口期的。数字模拟太阳系超算系统给出的窗口期是7个小时之后。

梁天并不催促地球控制中心和火星官方尽快给出结论，如果能在窗口期得到火星洞幺的谅解，他的人生，也就彻底没有遗憾了，哪怕只是再多见一面，也已经超出了梁天最好的预期。

听着梁天和火星官方商量，要怎么才能让银河之舰的副舰长尽快植入寄存在火星的脑组，方原放下了心中最后的芥蒂。

"梁老头儿，你还有没有没有写进自传里面的老一辈航天人的故事？"见梁天没有什么睡意，已经决定给梁天当说客的方原，又关心起了听到一半的故事，"你一股脑儿都和我讲完了，我才好帮你和火星洞幺解释。"

"不是说了，会把我脑组的记忆模块分享给你吗？"

"万一我的脑组最后还是植入不了呢？万一记忆模块分享没有成功呢？这种史无前例的事情，谁能说得准？"

"也罢。"梁天觉得方原的话也不无道理，"小方原，你知道我们国家的发射场，第一次执行国际商业航天任务，是什么时候吗？"

"1990年的亚洲一号啊。"方原有些心急，"梁老头儿，你一个有脑组的人，都什么记性啊？"

"亚洲一号的的确确是我国正式发射的第一颗国外卫星，但并不是第一次执行国际商业任务。再往前推的话，还有两次国际任务，用的都是长征二号丙。发射场也不是西昌，而是更早的酒泉。"梁天的回忆，就此展开。

酒泉卫星发射中心，分别于1987年8月5日和一年后的同一时间，发射了法国的马特拉微和德国的微重力试验装置。这两个都是试验装置，算不得正式的卫星发射。但这并不影响酒泉卫星发射中心的履历上，也印刻着第一次执行国际任务的标签。

有了酒泉的这两个微重力试验装置的成功，才有后来西昌的亚洲一号任务。所有的一切，都是相辅相成的。

1996年"2·15"事故之后，中国国际商业航天，迫切地需要用成功来走出眼前的双重困境——既没有国际商业保险公司愿意接受保单，又没有国外公司愿意委托发射。

1997年的两次至关重要的成功，在这个时候接踵而至。分别是8月20日的马步海1号和10月17日的亚太2R。

戤志东在国际上四处宣讲，帮马步海1号搞定了国际商业保险。而后，他的身体状况，不足以支撑他再回到原来的岗位上，继续发光发热。

戤志东并没有因此离开航天，而是去了航天研究院。世界航天技术日新月异，仅仅是把发射失败变成发射成功，并不足以让中国一直在国际商业航天里面，占有一席之地。

戚志东来到航天研究院的时候，梁天研究生差不多到了要写毕业论文的阶段。梁天的研究方向，是一箭多星，真正运用到了摩托罗拉公司和我们国家签订的第一份铱星合同里面。

1997年9月1日，改进后的长征二号丙将摩托罗拉公司的两颗铱星模拟星，成功地送入了预定轨道。这是梁天在离开特装车司机岗位，以科研人员的身份，亲身参与的第一次发射。98天之后，长二丙又顺利地将两颗真正的铱星送入预定轨道。

第一份铱星合同一共有6颗，分了三次发射，每一次都非常精准。一箭多星技术的成功商用，标志着中国国际商业航天，开始摆脱至暗时刻，进入良性发展的阶段。

有多良性呢？此后三年，我们国家的火箭，每一发都成功，每一枚都精准。一箭多星，是航天技术发展的大方向，却不是梁天自己真正属意的。他从二十岁开始，就已把要死在移民火星路上的梦想挂在嘴上。

能够承载这个梦想的，不是一枚火箭能托载多少颗卫星，而是能不能把人类平平安安地送上太空，再平平安安地带回到地球。梁天也因此想要参与到载人航天——921工程里面。

92是年份，1是月份，921是我们国家载人航天工程的代号。这项计划，在1991年6月获得了原则上的认可，于1992年1月的会议上正式通过。

因为与会人员是在92年1月的会议上，认真表了态，签了字，载人航天项目也就正式被命名为921工程。

快要毕业的梁天，把这个想法告诉了戚志东。戚志东笑着鼓励："不错啊，小梁同志，和我年轻的时候志向一样。"

"东哥，你年轻的时候，哪有载人航天？"不到三十岁的梁天，多少还带着一些叛逆。

戚志东又告诉小梁同志一个很少有人知道的规划："我们国家的载人航天计划，从你出生的那一年，其实就已经有了。"

"1970？"梁天不信,"我出生的那个时候,我们就敢想载人航天了?我们那时候,除了发射了一颗东方红一号,还有什么?"

"就是因为有了东方红一号的成功,我们才会有一个更加雄心勃勃的714工程。"戢志东说。

"714工程?1971年4月,我们国家就已经把载人航天提上了日程?"梁天还是觉得有些难以置信,他那个时候能够查到的资料里面,确实也没有这方面的。

戢志东让梁天没必要大惊小怪。那个年代,我们国家的经济还没有开始腾飞,全世界也只关注当时两个超级大国在载人航天方面的竞争。这两个国家,双双在1960年代,完成了不同形式的载人航天。

戢志东告诉梁天,我们国家后来真正执行载人航天任务的飞船代号是"神舟"。1970年代的那个没有最终执行的载人飞船计划,也有自己的飞船代号——"曙光"。

曙光载人计划真正往下推进的时候,又发现造载人飞船和造发射卫星的火箭,并不是一回事。

那个时候,我们国家还只有长征一号这颗运载火箭独苗,远远达不到载人飞船需要的推力,飞船的系统,更是复杂到超出了想象。这些问题,只要能有上不封顶的研发经费投入,并非完全没有办法克服。中国航天人在东方红一号大获成功之后,萌生出这样的想法,也不算是太过好高骛远。

以我们国家当时的经济发展水平,自是不可能满足上不封顶的研发投入。714工程的曙光号飞船计划,很快就被搁置在了文件柜里面。这一搁置,就搁置了二十年。

方原对过于久远的历史,不是那么感兴趣。或者说,他不认为自己应该对这些感兴趣。等到脑组到位,这些基组百科自带的内容,根本也就不在话下。相比之下,方原更喜欢听发生在梁天身上,又没有写到回忆录里面的那些事情。

"梁老头儿,你先前说,1997年的马步海1号之后,我们国家经历了三年箭无虚发的良性发展。那之后呢？你就和东哥一起，研究载人航天去了？"方原继续问自己感兴趣的。

"载人航天项目开始推进的时候，中国航天不正经历至暗时刻吗？东哥和921工程失之交臂了。"

就像很多人都会有的初恋情结。曙光号也是很多老一辈航天人心目中的白月光。这个项目被搁浅的每一天，老航天人都在期望看到重启。戚志东就是这些老航天人中的一员。

戚志东人生最大的梦想，就是可以做中国载人航天首发的地面总指挥。他在地面总指挥的岗位上，一直坚持到了1997，坚持到了中国航天走出至暗时刻，却没能坚持到1999年11月20日，神舟一号试验飞船发射升空。

如果没有"2.15"事故，如果没有一夜白头，戚志东应该会在神舟五号真正把我们国家的航天员送上太空后才离开一线。这样一来，戚志东的职业生涯也就不会有遗憾。

载人航天，是梁天出生的时候，就已经印刻在中国航天人骨子里的想法。认真算起来，这其实也是中国人自古就有的想法。盘古开天，嫦娥奔月。苏东坡的那句"明月几时有"，除了是绝美的诗词，真正探讨的，其实是一个天文学的问题——月球是什么时候诞生的。

在苏东坡之前，唐代还有一个著名的天文学家叫王希明。他致力于用通俗的歌谣，普及太空的知识。这首歌谣的名字叫《步天歌》，从诞生之后，经历了几十个版本的演变。继续往前推的话，就还有敦煌莫高窟的仕女飞天壁画。

现代的很多人都认为，天文学是一门"舶来学科"，是西方人开始研究的。事实上，对于星宿的研究，我们国家才是真正的历史悠久。还是在20世纪70年代。在一个叫濮阳的地方，出土了一座古墓。

这座古墓已经有七千多年的历史。古墓里面，有用蚌壳拼就的青龙和白虎图案。这座古墓，远远早于中华五千年的文化诞生之前。这座古墓出土的"左青龙右白虎"蚌壳陪葬，直接把四象表示星象的华夏文明传统起始年代，推到了史前两千年。

"那还挺遗憾的。"方原最听不得和梦想失之交臂一类的事情，因此也就很容易感同身受。

"我确实也替东哥感到过遗憾，不过，东哥看得很开，他总说自己赶上了好时代。"梁天回应。

"这还好时代啊？"方原不理解。

"嗯，连着三年的箭无虚发，让我们国家启动了航天领域继两弹一星之后的第二个国家战略。"

"这个我知道，北斗全球卫星导航系统，是吧？"方原抢答完了又疑惑："你说的三年箭无虚发之后，已经是2000年了吧？我怎么记得历史书上写北斗是1994年就立项的？"方原问。

"1994年立项的，是北斗一号，算是我们国家自己使用的导航系统，一开始并没有想着要做全球卫星导航系统。"梁天解释道，"北斗导航，历时26年，才完成全球组网。"

"这个也有在历史书里面看到过，我们国家的北斗是分了三步走的。"方原秀了一下自己的好记性，背诵了一下历史书里面的原话，"北斗导航是我国航天继两弹一星之后的第二个国家战略，衍生出了新时代的北斗精神，其影响渗透进了生活的方方面面。"

"小方原看过的历史书还不少嘛！"梁天启动夸夸模式。

"那这都是必考的内容，肯定得记啊。"方原小小地得意了一下。

"生活的方方面面，这句话总结得很好。"梁天评价道，"你们2050年生的人，对北斗导航给生活带来的改变，其实是不会有太明显的感知的。"

"何以见得？"方原不太喜欢以年龄来区分人的方式。

"你们从一出生，很多东西，都是直接萦绕在你们身边的，对于你们来说，可能就像空气一样正常存在，而我们是一步一步看着北斗，改变我们生活的方方面面。"梁天解释。

"比如呢？"方原喜欢听梁天举例子。

"这么说吧,我们小的时候,想要知道准确的时间,是很难的。我的父辈要经常找地方对自己手表里面的时间。还经常会因为手表或者家里的钟停了就不知道具体的时间。有了北斗导航,才有了全天候全天时高精度授时服务。"梁天真的给举了个例子。

"呃……"方原确实不太能想象,回答现在几点这种问题,还存在技术难度的年代,转而习惯性地抬杠,"梁老头儿,我就愿意不知道今夕何夕,就愿意蒙头睡得天昏地暗,这个时间不时间的,也没有什么重要吧?"

"小方原,校准时间,是我为了给你举例子,特地往小了说的。"梁天回应。

"那往大了说呢?"方原问。

"往大了说,股票交易的精准时间,高速动车的精准时间,珠穆朗玛峰的具体高度,天山一号冰川融化的速度……所有的这一切,都可以依靠北斗导航来测量。"梁天的例子,张口就有。

"哦。好吧。股票我没有本钱,珠穆朗玛和冰川我没有兴趣,至于高速动车,现在所有的车,早就无人驾驶了,早点到还是晚点到,差个一秒半秒的,也没有什么差别。"方原习惯性抬杠。

"无人驾驶本身也是通过北斗来实现的。"梁天顺着方原的话说。

"是这样吗?我就一单纯的人类大脑,知识掌握得不全面才算是正常的。"抬杠不管用,借口总还有。

"说到底,还是对于你们来说,太常见了。类似的情况,对于我们来说,就是亲历了好多历史性的时刻。在我开始网购的时候,北斗导航能告诉我快递到了哪里,在梁航宇给他的狗子打网约车往我家里送的时候,北斗导航能让我知道什么时候应该下去接。"梁天已经很习惯方原的说话方式。

"梁老头儿,你管你儿子给宠物打网约车叫历史性时刻?"方原诧异。

"从未来看再怎么稀松平常的事情,只要先前没有发生过,就可以被称为历史性时刻。"梁天解释。

"好吧。我尽量假装自己被你给说服了。"方原颇为语重心长地来了一句,"我希望你和你的家人,尽量都不要单独给宠物打车,它们孤零零地在车里面,很容易以为自己被抛弃了。"

"小娃娃,你的重点找得有点奇怪?"梁天看着方原。

"哪里奇怪了?法律都规定,主人应该对自己宠物的行为和安全负全责。不能让宠物伤害别人是责任,不能让宠物独立搭乘交通工具也是责任。"方原自有一番道理。

"梁航宇打网约车把他的狗子往我这儿送的时候,车子还是有司机开的,不算是独立搭乘。"梁天解释道。

"那也还是很容易出意外吧?"问完,方原自己都笑了,"我是不是扯得有点远?"

"还行。"梁天并不介意,自然地回到了之前的话题,"你知道吗,小方原,我们国家离没办法合法拥有自己的全球卫星导航系统,一度只剩下不到4个小时的时间。"

"4个小时?你刚不还说北斗是花了26年才建成的?"方原表示疑惑,"我记得没错的话,北斗组网用的是长三甲火箭,44次发射,惊人的百分之百箭无虚发。"

听到这么具体的数据,梁天很欣慰:"小方原对北斗导航还是有不少了解的嘛!"

"我只是没有脑组,又不是没有脑子。就你一开始开特装车的西昌卫星发射中心,还被称为北斗母港呢。"方原要是有尾巴,稍微一夸,就会翘到天上去。

"感谢小娃娃,这么关心我的成长经历。"梁天笑得一脸皱纹。

方原很想做个鬼脸。这符合他此时的心境,却不符合他想要营造的人设。他是成熟而又稳重的副舰长,说话只会挑重点:"北斗明明是用了二十多年才全球组网成功,怎么到了你这里,合法性就是用小时来算的?"

"我说的北斗 4 小时，不是你理解的意思。是在组建北斗全球定位导航系统之前，拿到建设许可的时间。"梁天出声解释。

"我们建自己的导航系统，还需要拿许可？"方原没有接触过这一段的历史，他看过的书里面也没有写。

"当然了，导航卫星的轨道资源是有限的，2000 年，我们国家就想要拥有自己的全球卫星导航系统，当时 80% 的好位置，已经被最早开始做太空竞赛的那两个国家给占用了。"梁天说。

"按照你的这个说法，既然人家早就已经有了全球定位导航系统，直接拿来用不就好了吗？为什么非要有自己的？"方原不解。

"在北斗导航系统建立起来之前，我们国家用的是 GPS。你想一想，假如需要导航的不是网约车，而是一枚导弹，用别人家的导航，是不是就相当于随时都有可能全盲？"梁天适时引导。

"梁老头的高度就是不一样！"方原嘴都不硬了。

"其实，民用也是一样的，不管从哪个角度来说，导航都必须是要自主拥有的系统。"梁天总结道。

"梁老头儿，那你说的北斗四小时，具体是怎么个意思？"奇迹宝宝第不知道多少次化身好奇宝宝。

"先前和你提到过，当我们国家着手组建全球卫星导航系统的时候，地球同步轨道的好位置，已经所剩无几。"梁天告诉方原，"国际电联对于导航卫星轨道资源申请的原则，是先用先得、逾期作废。"

"先用先得？不是按申请顺序来的，对吧？"方原加入了自己的理解。

"对。2000 年，国际电联找出了三个可供使用的位置。当时和我们一同提出申请的，还有欧盟。"梁天点头回应。

世界上有那么多的国家，想要有自己导航的可不是一个两个。前前后后有很多国家提出了申请。国际电联要求中国航天，在七年之内，往规定好的位置，精确发射导航卫星，并且回传信号。

这个过程，就和东方红一号发射之后，得回传电子信号才算成功，是一个道理。只不过，这次要的不是颤颤巍巍的电子音乐，而是清晰的导航信号。能做到，国际电联找出来的这三个好位置就是中国的。不能做到，就是别人家的。

大众眼里的北斗导航，和航天人眼里的北斗导航，从来也不是一回事。从 2000 年到 2007 年，七年的时间，听起来还颇有点漫长。2000 年还在念小学六年级的，2007 年已经完成了高考。但对于中国航天人来说，却是必须要争分夺秒的。

"这里面，不仅仅有我们自己需要攻克的技术难题，还需要面对随时都有可能的禁运和技术封锁。"梁天说。

"你们那一代人被各种卡脖子了，是吗？"方原问。

"对，首当其冲的就是铷原子钟。"梁天回答。

"铷原子钟是用来干什么的？"方原没有脑组可以随时调用。

"铷原子钟是以导航卫星为核心的星载配件。一台符合导航卫星要求的铷原子钟，必须要做到一百万年的误差在一秒以内。"梁天回答。

"呃……一百万年，彼岸都不知道找到多少个了，人类如果还存在，可能也早就不生活在地球上了，计较那一百万年分之一秒，有什么意义？"方原不以为然道，"梁老头儿，你不能把你的父辈对于精准授时的渴望，强加到卫星身上。"

"小娃娃，你 14 岁就能考上大学，该不会真的是走了什么后门吧？"梁天对方原的知识储备，提出了一些怀疑。

"我有没有后门可以走，您老难道不比我更清楚吗？"方原瞪着眼睛生气。

"哎呀，你看我这老眼昏花的，小方原是研究材料的，不是研究空间技术的，我差点给忘了。"梁天在地球上给年轻人讲课，从来都没有遇到过刚刚这样的问题。

有脑组的一代，常识是每个人都自动掌握的，但很难做到术业有专攻。方原恰恰相反，他能把自己的领域，研究到极致，对于很多同龄人自动触发的常识，又一无所知。方原斜着眼睛看梁天，一句话也不说，只用眼神表达自己的态度。

梁天很耐心地给方原做了一番科普。卫星能够实现定位的基本原理，是基于时间的计算。从卫星发出信号到用户端接收到信号这一过程所花费的时间，可以推算出卫星和用户端之间的距离。以这个距离为半径，可以形成一个虚拟的球体。

当用户端同时连接四个不同位置的卫星形成四个虚拟的球体就会有一个交汇点。这个交汇点便是精确的位置所在。位置是空间距离，但这个距离，又是通过时间来测算的。这样一来，铷原子钟的精准程度，就决定了导航的精准度。

说完这些，梁天看向方原："小方原，老头儿这么说，你可还明白？"

"不明白，历史书上明明说，北斗导航是双星定位，为什么到了你这儿，就需要四个？"不管了解还是不了解，总是能找到撑回去的点，是方原的本事。

"小方原，双星定位说的是北斗一号，当然，这是一个比较通俗的说法，学名叫北斗卫星导航试验系统。"

"梁老头儿，说来说去，还不是两颗就够了？"方原是个有原则的人，大方向没搞明白，就截取大方向里面对的部分。

"双星定位系统，其实有三颗星，两颗工作卫星和一颗备份卫星。"梁天继续深入。

方原终于是连借口都找不到了，开始乖乖听梁天把故事往下讲。

北斗分了三步走，北斗一号，北斗二号，北斗三号。

北斗一号是双星定位系统，精度在一百米以内。如果经过校准，精度能达到二十米。这样的精度，肯定不如后来的北斗二号和北斗三号。但那是在特定的历史条件下，双星定位是国家最快能拥有自主卫星导航系统的办法。

在航天人眼里，三步走的第一步，从无到有，才是最重要的。如果没有北斗一号，就不会有后来的北斗全球卫星导航系统。

北斗一号是试验性质的，三颗卫星分别发射于2000年10月31日、12月21日和2003年5月25日。使用的范围仅限于我国境内，卫星寿命到期之后，就停止了服务。

到了这一步还是不算合法地拥有全球卫星导航系统。根据国际电联的规定，想要合法使用一个频段，需要满足两个条件。

第一，向国际电联提出申请，国际电联会把接受申请的时间，告诉申请方。申请方需要以这个告知时间为基准，于七年内开始使用这个频段。如果未能成功使用，就视为申请失效。

第二，当出现多方申请同一频率的时候，可以相互协调，只要使用方觉得不存在干扰，就可共用。

中国北斗合法性的最大竞争对手，是欧洲的伽利略导航系统，中国北斗的频段申请时间是2000年4月18日。欧洲伽利略的频段申请时间是2000年6月5日，提出申请的时间相近。因为好的频段早在20世纪80年代就已经被占用了。北斗和伽利略申请的频段就出现了高度重合。

国际电联的第二个条件设在这个时候就显得尤为重要——简单来说，就是如果能协调好，各方就都可以合法使用。最开始，北斗人的想法是，你好我好大家好。频段就剩那么多了，努力合作，想办法互不干扰。

2003年，北斗一号的最后一颗试验卫星发射上去之后，中国出资2.3亿欧元，和欧盟签署了参与伽利略项目的协议。随后两年，北斗人付出了所有，收获嘛……几乎没有。

首先是核心配件铷原子钟。按照北斗人最初的想法，每一颗北斗卫星会搭载四台铷原子钟。一台国产，三台进口。那个时候，我们国家还没有能力制造精度能够达到导航卫星标准（一百万年误差在一秒以内）的铷原子钟。

有能力制造的国家，从一开始都说好了要卖给我们，到后来又全都反悔。好不容易经过多番谈判，有了一家愿意卖的，又在交付时间和精度上，大打折扣。都不知道真的是技术原因，还是故意不让我们合法拥有频段了。时间就这么来到了2005年，北斗人无奈地退出了伽利略。

和伽利略合作的过程，严重拖慢了我们国家合法获得国际电联频率资源和轨道位置。你好我好大家好这条路已然行不通。唯有创造中国人自己的铷原子钟，才能拥有中国人自己的导航。

伽利略在2005年12月28日发射了其第一颗试验卫星，半个月后的2006年1月12日，这颗试验卫星发回了导航信号。这个时候，北斗人还在为铷原子钟没日没夜地努力。

"梁老头儿，你这里说的，2006年1月12日发射了导航信号，是不是就是正式使用的意思？"方原插话。

梁天点头："没错。"

"啊？那伽利略不就合法拥有了使用频段的优先权吗？"方原意外。

"欧洲人也是这么认为的，按照这个进度，中国不可能在2007年频段使用时间截止之前，造出自己的铷原子钟。"梁天回应。

"梁老头儿，我指的是你之前说的先用先得。按照这个逻辑，北斗在2006年初，就没有机会了啊。"方原解释了一下自己惊讶的点。

"是的，事情发展到了这里，胜券在握的伽利略人多多少少有些懒得搭理的意思了，但是，你不要忘了，国际电联的第二条规定是怎么写的。"梁天提醒方原。

"当出现多方申请同一频率的时候，可以相互协调，只要使用方觉得不存在干扰，就可共用。"方原回忆了一下，仍然觉得有问题，"这有什么用啊？这种情况下，不管是不是真的存在干扰，人家肯定都会说存在干扰啊。"

"小娃娃，你说得对，这也是伽利略导航系统认为自己胜券在握的关键因素之一。我那时候已经是北斗人的一分子了，我也是愁得不行。"梁天陷入了回忆。

"那后来呢？"方原知道北斗肯定是挺过了这一关，但在当时的历史条件下，国际电联向着北斗的可能性，微乎其微。

梁天没有直接回答，而是带着点自豪地提醒："你再认真研读研读一下第二个条件。"

方原依言又回忆了两遍，再怎么念，还是一样的。

"小方原，你这个小天才，看来也不是很全才嘛！至少就不太适合学法律了。"梁天有心打趣。

"梁老头儿！"方原就差双手叉腰表达自己的愤怒，"我要是有脑组……"

梁天赶在方原夯毛之前，公布了正确的答案："第二个条件，先说的是申请同一频率的，各方需要相互协调。伽利略从始至终，都没有和我们协调过。你都没有和我协调过，我哪里会知道你觉得存不存在干扰？明明是我们先申请的，凭什么我们不能拥有优先权？"

"这样都行？这该不会是你想出来的吧？"方原问。

"你为什么会这么觉得？"梁天反问。

"这样的话术，也只有打小叛逆的赛车手梁天才能想得出来吧？"方原反过来打趣。

"那还真不是。"梁天被方原给逗笑了，"这就是个单纯的法律问题，白纸黑字写在国际电联章程里面的东西。总不能自己打自己的脸吧？谈判的最高境界，就是要用对方的逻辑去说服对方。"

"这倒也是。"方原深以为然，"不过说到底，对方应该还是认定了我们连铷原子钟都没办法在规定时间之内搞定。"

"小方原，你说得没有错，按照正常的情况，没个三五年，我们连能达到要求的铷原子钟的影子都造不出来。但我们国家的航天人从来也不是孤军奋战啊。"梁天话里话外，一股熟悉的感觉扑面而来。

方原对总设计师也已经有了基本的了解："又来了，全国总动员，是吧？"

"没有错！退出伽利略，北斗人在2005年5月的最后一天下定决心，把四台星载铷原子钟，全都换成国产的，一年半的时间，全国总动员了 400 个单位的 30 万人，直接把国产铷原子钟干到了三百万年误差不超过 1 秒。"

"一年半的话，就是 2007 年初就已经彻底搞定了。按照接受申请七年期限来算，离 2007 年 4 月 17 日的截止时间还有好几个月，你们干吗不保险一点直接发？非得等到期限最后一天的最后几个小时再发。你们这是故意的吧？"心底是敬意，嘴里是质疑，这便是原大头的大头逻辑。

"那倒不是。铷原子钟是重中之重，但也不是说，有了就能立刻发射。我们的北斗，当时需要解决的技术难题有 160 多项。最后是 2007 年 4 月 14 日，提前三天把北斗二号的第一颗卫星给打了上去。"

"提前三天时间不就还很宽裕吗？你怎么说只有四个小时？"

"小方原，你先前没认真听讲啊，我不是有告诉你，伽利略从发射到接收信号，中间经历了半个月。"

"啊，对！还得有半个月的在轨调试，是吧？"方原问。

"至少得要 7 天。"梁天回答。

"4 月 17 日截止往前推 7 天的话，就得是 4 月 10 日之前发射，拖到 4 月 14 日也太冒险了吧？"方原又问。

"这并非我们的本意，那时候全国总动员，肯定是按照提前半个月发射来倒计时的。北斗二号的第一颗卫星和托载卫星的火箭，也确实是提前半个月就运到发射场，在发射塔架上做发射前的最后准备，前前后后进行了三次总检查，前两次都没有问题，到了第三次应答机出现了信号不稳定的异常情况。"

"应答机是卫星和地面进行联系的工具，对吧？我们银河之舰上也有应答机。"这个方原熟悉。

"没有错。我们先前和地球控制中心失联，就是磁暴断开了应答机。"梁天赞同道。

"还真是什么都被梁老头儿给安排得明明白白的。"方原言归正传，

"这个应答机要是坏了,就算发射上去了,我们也收不到信号,相当于白搭是吧?"

"是的。"梁天点头。

"那你刚刚说了,是不稳定,不是坏了,还是可以冒个险的。"这是方原的看法。

"确实有想过,因为怎么算时间都来不及。如果我们想要把应答机的问题归零,首先得去六七十米高的发射塔架顶端,在零失误的前提下,拆除整流罩和卫星舱板,不能让火箭和卫星,受到任何细微的损失。"梁天说。

"那其次呢?"方原问。

"其次就是,应答机是我在上海研制的,卫星发射中心并不具备给应答机问题归零的实验条件。"梁天继续解释。

"呃……梁老头儿,怎么又和你有关啊……"方原看出了一些端倪。

"我也不知道,可能这就是命运吧。东哥他们后来一商量,给了三天的时间,让我解决应答机的问题。"

"然后你就带着应答机飞回上海?"方原问。

"小方原,这你就外行了,应答机怎么可能带上飞机呢?东哥他们在成都找到了一个有实验条件的地方,我抱着应答机,基地的特装车司机花了五个小时,把我送到了实验室。"

"从开特装车的司机,到坐特装车的领导,我们梁老头这也算是媳妇熬成婆了。"方原有意调侃。

"没大没小。"梁天没太搭理方原,只继续回忆,"到了实验室,我整整72个小时,都没有合过眼,我自己都不记得一共做了多少项试验。"

"算算时间,我们梁老头儿那时也才刚刚三十而立,熬夜三天有啥不行?"方原表达佩服的方式,和一般人不太一样。

"我去成都的时候,就已经是4月11日,且不说后面调试需要多少时间，在 4 月 17 日之前，只有 4 月 14 日，有最临近的发射窗口，错过了这个，之前所有的努力都会白费，连带着后面调试的机会都没有了。"梁天那时候是真的一秒都不敢睡。

北斗并不是故意踩着国际电联规定的最后时间期限的。因为发射上去晚了，后面的在轨调试，伽利略用了半个月，北斗只有三天。2007 年 4 月 17 日夜里，北斗二号的第一组导航信号，必须清晰地发回地球，并且被成功接收。

梁天和另外十几个接收机设计厂家一起，在一个巨大的操场上，把接收机排成了一排。只要有一个接收机能够收到卫星传回的信号，就能保住国际电联的频率资源和轨道位置，让北斗导航拥有合法的地位。

2007 年 4 月 17 日晚上八点，操场上的接收机，有一台算一台，全都准确地接收到了信号。北斗人成功了。中国北斗，从这一刻开始，拥有了合法的地位，以 100% 国产的核心部件，开始走向世界舞台。

一开始自信满满的伽利略在这个时候开始急了。伽利略多次向北斗提出交涉，说来说去，也还是国际电联第二个条件的后半部分，一再表示，和中国北斗同频，会干扰欧洲伽利略的运行。

这样的交涉，一开始还是比较严重的。毕竟，伽利略比北斗更早发射卫星，更早完成使用，最开始在天上的卫星也更多。随着时间的推移，随着中国北斗的飞速发展，慢慢就失去了意义。

截至 2012 年，伽利略导航系统一共发射了 6 颗卫星，此时的北斗二号，刚好在欧洲伽利略的卫星数量前面加了一个 1。中国北斗，以遥遥领先的 16 颗导航卫星，把导航定位服务的范围，直接扩大到了整个亚太区域。

伽利略锲而不舍地又交涉了好几年，直到 2015 年，才正式和中国北斗达成了国际电联规定的第二个条件——中国北斗和欧洲伽利略申请了同一频段，双方友好协商，认为在使用中，不存在相互干扰，可以共同使用同一频段。

从 2007 年到 2015 年，这一天，北斗人整整等了八年。这八年，伽利略的交涉理由，没有发生任何改变。唯一的变量，是中国人的北斗速度。

中国北斗走出了一条完全自主且与众不同的道路。

2000 年北斗一号，就拥有北斗人独创的短报文通信功能。北斗短报文可以发布 40 个字的信息，不仅可以定位，还可以显示发布者的位置，是一种双向通信功能。用户与用户、用户与中心控制系统之间，可以实现双向简短数字报文通信。相比之下，GPS 就只是单向的。

只能发 40 个字并不是北斗短报文的劣势，相反，通过这种极简的模式，北斗短报文占用的资源极少。出海作业的渔民，可以通过北斗短报文，用最低的成本给家人报平安。在海洋、沙漠和野外这些没有通信和网络的地方，安装了北斗系统终端的用户，可以给自己定位，向外界发布文字信息和求救信号。

尤其值得一提的是，2008 年的汶川地震，这个看似简洁的功能，为搜救争取了黄金时间。第一批出发的各路搜救人员，就是通过北斗短报文相互协作。

2020 年 6 月 23 日，第 55 颗北斗导航全球组网卫星，在西昌卫星发射中心升空，完成了中国北斗的全球组网。北斗三号通过囊括了地球静止轨道卫星、倾斜地球同步轨道卫星和中圆地球轨道卫星的中国特色，向全球提供服务。

完成组网，并不代表就不需要再发射卫星。卫星都是有使用寿命的。当最后一颗组网卫星发上去的时候，最前面的已经运行了很多年。为了确保北斗系统的稳定，除了备份卫星、不断检测，还要发射新的卫星上去，更新并升级服务。

全球组网成功的前两年，没有发射新的北斗。2023 年 5 月又开始陆陆续续发射北斗。北斗发展到 2023 年，单单高德地图一个 App，每天调用北斗导航定位的次数，就超过了 300,000,000,000 次。这还只是一个 App 的调用次数。

2020年代，北斗完成全球组网对全世界开放，第一年的市场规模就达到了4690亿，第三年直接突破了万亿大关。北斗除了在交通农业渔业林业电力等领域绽放光彩，还在国际搜救卫星组织里面发光发热。

2030年代，北斗可为人类智能化、无人化发展提供核心支撑，实现了全覆盖，把2020年代导航还不好使的地下室、深海、深空全部囊括在导航的范围之内，服务全地球，造福全人类。北斗服务的范围，也不再局限于地球。在后北斗时代，北斗人把目光投向了星辰大海。

第八章　姐姐弟弟

由于和梁星火同在一个屋檐下，米多多的脑组里面是有梁星火在地球上的大部分家人的。做朋友的最高境界——你的朋友，也是我的朋友；你的家人，也是我的家人。

这边，梁星火扔给米多多一个绝密档案。那边，梁星火的妈妈武姿姿也给米多多发来了脑组投射申请，说是梁星蓝想要投射过来，看看姐姐生活的地方。

米多多借口已经躺在床上准备睡觉，没有同意。这样的回答，当然是躲得过初一躲不过十五的。可米多多也没有更好的办法。

不管怎么说，她首先是梁星火的闺蜜。在征得梁星火的同意之前，米多多并不打算牵这一条线。做朋友的无上境界——既好得和一个人似的，又懂得尊重彼此的边界。

米多多的两性关系处理得一塌糊涂，对梁星火这个亲手"养大"的闺蜜，倒是各种关怀备至。拒绝完武姿姿，又去找梁星火："火阿，我觉得你可以自己看一下这份档案。"

"档案里面有写梁先生和武女士为什么把我一个人留在火星吗？"梁星火非常生疏地称呼自己的爸爸妈妈。

"这个倒是没有。"米多多否认道，"这份档案并不涉及你爸爸妈妈当时是怎么考量的。就只是你和你弟弟出生前后的一些检查报告。"

"米姐，你知道我最想搞清楚的是什么。"

"火阿，有一个观点，我一直都没有和你分享。"米多多坐到了梁星火的床边。

"米姐，你这么一铺垫，我忽然就有点不想听你接下来要说的事情了。"

"咱们抛开一切，不管理由也不管当时到底发生了什么，更不管你的家人的选择是对是错。但梁星蓝是无辜的。他和你一样，没有选择。"米多多一口气说完，一直以来，她都是和梁星火同仇敌忾的。如果不是看了那份档案，米多多也不会开口劝。

"就算他还是小婴儿的时候，和我一样没有选择，那么成年礼的时候呢？我知道这个世界还有一个他，再难过，再崩溃，也是拼了命地想要找到他。结果呢？直接对我查无此人。明明是他先屏蔽了我的脑组。"

梁星火是在十八岁生日当天，拿到自己脑组的全部权限的。也是在那一天，她的家庭模块多出了一个联系人。更是因为这个模块，她才知道自己还有一个弟弟的事。

梁星火恍惚了两个火星日，下定决心联络梁星蓝的脑组，却发现自己早就被拒之门外。

"火阿，这里面，应该会有些特殊情况，我光看绝密档案，也说不出一个所以然。你可以看完之后试着和你的曾祖父聊一聊，或者你可以接受你妈妈的投射申请，亲自问一问她。"

"我妈妈？"梁星火对米多多的提议感到疑惑。

"刚你妈妈找我，说你弟弟想要投射到我们住的地方看一看。"米多多没有瞒着梁星火。

"居然都跑去找你了。还真是有够区别对待的。"梁星火还是气不过。

成年礼过后，梁星火和武姿姿说，希望梁星蓝能通过脑组邀请她去做客，还说自己殷切期盼和弟弟见面。一连说了三个月，从来没有得到过正面的回应。同样的愿望，主角换成了梁星蓝，就全家上阵一起帮忙，还在她已经明确拒绝的情况下，拐弯抹角地从她身边的人下手。梁星火很难不多想。

"火阿，你听米姐一句劝，认真地把档案看一看。看完之后，要不要接受，不都还在你的一念之间。"

没等梁星火拒绝，米多多把绝密文档投射到了梁星火的面前。梁星火转身想走，被米多多一把拉住。米多多陪着梁星火，又看了一遍绝密档案。梁星火足足有二十分钟，都没说出来一个字。

良久，梁星火终于开口："米姐，你回复一下武女士，就说，我已经解除了对梁星蓝脑组的投射限制，他已经重新进入了我的家庭联络模块。我想看看梁星蓝，想看看他现在什么样。"

"火阿，如果只是想见弟弟的话，你解除完禁制直接找他不就好了吗？"

"我不要，我先前找了他那么久。这次得是他找我。"梁星火不自觉地红了眼眶，语气别扭而又坚持。

"我倒真没想过，你会在意这么小的一个点。"米多多帮梁星火整理了一下头发。

"米姐，这明明是你教我的！谁先认真谁就输了，谁先主动谁就输了。"梁星火心烦意乱，完全搞不明白自己到底是怎么想的。

"火宝，我那说的是爱情。"米多多笑着拍了拍梁星火的脑袋。

"哪有，你明明说的是，遇到弟弟的时候！"梁星火记得很清楚。

"我又没有亲弟弟，我说的弟弟，肯定不是亲弟弟。好了啦，不要一紧张，就各种扯开话题。"米多多转了个身，给了梁星火一个拥抱。

"我哪有紧张？"梁星火拒不承认。

"你有的，你只要遇到和家人有关的事情，都只能保持表面上的平静。"米多多松开了拥抱，对梁星火说，"你要实在是介意，那就我去加了梁星蓝，等他投射过来了，我再把你喊过来。"

"不用。"梁星火当着米多多的面，解除了对梁星蓝的限制。

梁星火刚想催米多多把这个消息告诉武姿姿,就看到自己的脑组空间又一次跳动着之前有过的提示——"梁星蓝从地球发来全息投射请求"。

梁星火想过梁星蓝会找她,却没有想过会这么快。除非是被拉黑之后一直不断在尝试,否则不可能会这么快就收到请求。

既然地球上的弟弟这么主动,她这个大了六分钟的火星上的姐姐,也不好再端着架子。梁星火从来也不是真正的鸵鸟,先前别扭来去的,无非是给自己找个台阶下。梁星火选择了秒接。梁星蓝的虚拟投射就这么出现在了梁星火在火星上的家。

"我,梁星蓝,我想和你交换一下人生。"

这是梁星火从梁星蓝嘴里听到的第一句话。声音有点深沉又有些许造作,表情也夸张得像是在演话剧。

"说说看,你想怎么交换。"梁星火不知道是该气,还是该笑。

梁星火没带什么情绪,她纯粹就是好奇。如果人生真的可以交换,她一定找一个一生都平平凡凡、平平安安,并且愿意和她交换的。如果,必须只能是和梁星蓝交换……

梁星火还没有来得及消化绝密档案里面的内容。假如能给足够的时间,梁星火多半还是愿意的。每个人的执念不一样。每个人的心里,也都有自己的天平。这个天平究竟应该向什么方向倾斜,答案只在每个人的心里。

"姐姐!姐姐姐姐!我终于能和我在火星上的姐姐通上话了!"梁星蓝激动得手舞足蹈,全然一副孩子的习性,和先前那个深沉的"话剧演员"判若两人。

激动完,梁星蓝又深深地出了好几口气,轻轻地拍着自己的胸口,喃喃自语道:"不能激动、不能激动,我不能一下太激动。"

梁星蓝一连说了两句话,从语气到内容,都连不到一起去。梁星火还没有说什么呢,旁边米多多就受不了了:"星蓝弟弟好可爱啊。"

"米姐,你该不会……"梁星火转头看米多多,脸上的表情丰富到不知道要怎么用语言来形容：

"去去去，你米姐我现在恨不得有两颗心，一颗根本就装不下我对闫哥哥的爱意。"米多多嘴里的闫哥哥是地月探险队的副队长闫博，也是探险队里唯一年纪比她大的。米队长和闫副队长这两个加起来八十岁，认识也超过二十年的老相好，自从相互认爱之后，每天都要关起门来至少搞三个小时的投射，也不知道哪来的那么多话好说。

"米姐姐，米姐姐，我是'火星探险'系列的忠实粉丝呀，从第一期开始的每一期，我都在追！"梁星蓝一边说自己不能激动，一边又开始疯狂追星。

"谢谢星蓝弟弟的喜欢。"米多多一脸的慈祥，就差直接上去给人当娘。米多多属于那种比较招小男生喜欢的长相。二十岁看起来会很成熟，到了快四十岁，又显得很年轻。从十八岁开始，米多多已经在星际探险界，活跃了二十年，一直以来都是一个模样，从性格到长相。

梁星火斜睨了米多多一眼。米多多很快捕捉到了这个小动作，二话不说，就把梁星火给抱了个满怀："火啊，你别吃醋了啦，米姐姐肯定还是和你最好的啦。"米多多对自己的称呼都变了，可见梁星蓝短短的几句话，有多让她心花怒放。

梁星火推开米多多："你爱和谁好和谁好。"

"怎么了嘛！你该不会有了弟弟，就不觉得米姐是天下第一了吧。"米多多一脸的不乐意，多少有点恶人先告状的意思。

"哇啊哦！"梁星蓝很快就震惊了，"原来火星探险队员，私底下是这样相处的呀。"

"长见识了吧，星蓝弟弟。你和你的星火姐姐慢慢聊，我去找我家亲爱的副队长。拜咯——"米多多踩着婀娜的步子离开，从言谈举止到行为模式，整个一大龄少女。

梁星火看得一愣一愣的。她和米多多相处了快十年，都很少见到这个样子的米多多。难不成，米姐一遇到男生，不管年纪大小，都会变成小迷妹？

"米姐姐再见。"梁星蓝在全息投射和米多多打了个招呼,然后,这位地球小伙就一点都不见外地开始和梁星火聊:"姐姐,姐姐姐姐,我是你最忠实的粉丝呀!"

梁星火面无表情地回了一句:"你的偶像可真多。"

"哪有呀,姐姐,我就你一个本名偶像。"梁星蓝热情不减。

"你刚刚似乎不是这么说的。"梁星火直接揭穿。

"不可能的姐姐,当着米姐姐的面,我肯定要说我是'火星探险'系列的粉丝,现在她不在,我肯定要说得更具体一点——我是'火星探险'系列里面的火星洞幺的粉丝!"梁星蓝两眼放光,一脸的人畜无害。

梁星蓝的眼神,如繁星璀璨,又清澈得像是初生的婴孩。梁星火不过是多看了一眼,就很难再保持戒备:"是吗?那你说说,你都是怎么粉我的。"

"哇啊哦!好开心!原来我的姐姐也对我的生活这么感兴趣呀!"梁星蓝不知道在兴奋什么。

梁星火努力压制差点被带飞的情绪,出声提醒:"我通常投射不会超过三分钟,我建议你不要总说些有的没的。"

"亲弟弟都不能例外吗?"梁星蓝委屈巴拉地看着梁星火。表情之真实,个性之鲜活,明明都22了,表情管理还和两岁差不多。

"姐姐,你知道吗,打从我有了脑组,我就住进了火星洞幺频道里。你睡觉我也睡觉,你起床……如果有条件的话,我也起床。"梁星蓝的眼神忽然就黯淡了。

"起床还需要条件?"梁星火语气柔柔的,声音传回耳朵,她才惊讶于自己的改变。

"是的呀。我有一多半的时间,是没办法自己起床的。要么是全身上下各种仪器,要么就是连起床的力气都没有。"

梁星火的心被狠狠地戳了一下:"你不要以为你这么说,我就会同情你。"

"本来就不需要呀！我一个男子汉大丈夫，为什么需要姐姐同情呢？"梁星蓝放低了音量，"姐姐，我偷偷告诉你哦，我小时候，最大的愿望，就是把身体养好，去火星上把孤零零的姐姐给换下来。"

一股异样的情愫，在梁星火的心底涌起。梁星蓝的身上，有一股说不清道不明的力量，仿若太阳，把周遭的一切都给照亮。

"你是小孩子吗？这样的话还需要偷偷地讲？"

"我错了，姐姐。我一直都是和仪器打交道的多，和人交流的机会不多。"

"你没事认什么错？"梁星火有点酸酸地问，"你又不是机器人养大的，你为什么会和人交流不多，你的爸爸妈妈爷爷奶奶还有太爷爷呢？"

"姐姐，咱们家什么情况你还不知道吗？你刚刚说的这些人，哪一个是闲的？"梁星蓝反问完了又说，"再有呢，我是被藏起来的，不能被发现的，爸爸妈妈想来看我，也不能那么光明正大。"

梁星火又问了个特别困扰她的问题："成年礼的时候，我联系你，你怎么一直对我隐身呢？"

"我被改小了一岁，姐姐成年的时候，我还没有成年，不能完全拥有自己的脑组权限，被设了限制，只能住在火星洞幺频道，除了能看着姐姐，就什么也做不了。"梁星蓝如是说。

"那就算是这样，你成年以后，为什么不找我呢？你成年之后，总有自己的脑组权限了吧？"梁星火还是有疑惑。

"嗯，有那么两三天。我找姐姐，但发现我在姐姐的黑名单里面。"梁星蓝又开始委屈。

梁星火对这个答案不算太满意："两三天，你坚持得可真够久的！"

"不是的，姐姐，那之后，我的心脏又报废了一次，连着三年，都在生死的边缘徘徊，爸爸妈妈不希望我联系你……"梁星蓝欲言又止。

"为什么？怕我伤心？"

"不是的，姐姐。爸爸妈妈是怕你给我的火星移民申请办亲属特批。"

"你想移民火星？"梁星火不太确定梁星蓝的真实意图。别的人想要移民火星她可以理解。有太多人，对实验室版脑组孜孜以求。但梁星蓝是有实验室版脑组的。

"是的呀，我想要移民火星，想要和姐姐在一起。哪怕是死在移民火星的路上，我也愿意。"

"这么奇怪的愿望，还能隔两代遗传？"梁星火无语。

梁星蓝摇了摇头："我和太爷爷不一样，医生说我的心脏支撑不了我跑这一趟，一定会死在半路上。"

"那所以呢，你忽然这么疯狂地联系我，是要干什么？"梁星火还不了解梁星蓝的动机。

"姐姐，我刚换了一个心脏，医生也只是说，可能会死，没有说一定了！我觉得时机已经成熟了，我可以去火星找姐姐了。"梁星蓝仿若达成了什么千年夙愿。

"找我？现在？"梁星火只期盼过梁鑫渠会通过能源渠道到火星上来看她。

"是的呀。姐姐，你帮我去申请亲属特批好不好？我签个生死状，死了也由我自己负责，行不行？"梁星蓝的眼睛，特别能打动人心，不管说什么，都仿佛是人间至理。

梁星火差点就被蛊惑了。梁星火撇头，避开梁星蓝灼灼的目光："要不然这样，我给你签个生死状，你把我弄到地球上去，行不行？"

"哇啊哦！姐姐也想来地球吗？姐姐也和我想见你一样地想见我，对不对？"梁星蓝激动到无以复加。看着梁星蓝的一脸兴奋，梁星火差点就又不由自主地点头了。这个弟弟是有毒吧？梁星火选择闭口不答。

"姐姐，都说双胞胎是有心灵感应的，看来古人诚不我欺。"

"成年之前都不知道彼此存在的我和你也能有心灵感应？"梁星火不希望看到梁星蓝太过激动。

"有的呀！我成年之前，总觉得自己缺了什么，我一直以为自己是缺心，等到我换了两颗人造心脏，才发现，我缺的不是胸腔里的一颗心，而是心里面住着的一个姐姐。我的心虽然是人造的，但我心里住着的姐姐，从来都是最天然的。"梁星蓝说得真诚，眼神更清澈得不像话。

梁星蓝的目光，如同清晨的第一缕阳光，穿透人心的迷雾涤荡心灵，带来一份信任与和谐。太阳系的烦恼和忧愁，统统被这样的眼神给洗掉。

梁星火直愣愣地看着全息投射里的梁星蓝，一时确定不了，这是不是地球男孩用来蛊惑女生的招数。不管怎么说，梁星蓝这种直接的情感和炙热的表达，还是让习惯了戴面具的梁星火感到不适。

梁星火从来没有想过，第一次和梁星蓝对话会是这样。一时间没搞明白，这种不适是正面的还是负面的。

"姐姐，要不然这样，我们都一起帮对方申请看看，看看是你先帮我申请到去火星的许可，还是我帮你申请到地球的身份。哪个结果先出来，我们就先执行哪一个。如果你先帮我申请到了，我就去火星，接上姐姐一起回地球。如果我帮姐姐先申请到了，姐姐回来之后，多给我传授点火星生存的经验就好，就别陪我去火星了。"梁星蓝用满是憧憬的语气开始安排。

"为什么？"梁星火问。

"因为不舍得让姐姐奔波啊。姐姐在火星那么多年，能去的地方肯定都去过了，火星有人类的区域更是只有那么一丢丢。我去帮姐姐守着火星，姐姐就能看遍地球的江河湖海平原山川，感受地球的一年四季一日三餐。"梁星蓝眼神里的纯净，和回答里的理所当然，让梁星火感觉自己像是童话故事里面的恶毒姐姐。

"我说弟弟……"梁星火才刚开了一个头，就被梁星蓝有点过于兴奋地把话给接了过去："在呢，在呢，弟弟在呢！"

被梁星蓝这么一打岔，梁星火才反应过来，自己竟然没有直接叫名字。这个弟弟，难道还会魔法不成？堂堂火星洞幺，现在是连说话的自由都没有了？梁星火都忘了自己先前准备说的是什么，只知道自己的心和面具都被一日三餐的表达给融化了。

"姐姐，你怎么不说话？如果可以的话，我希望是我先去火星。"梁星蓝继续输出。

"火星有什么那么吸引你？"梁星火问。

"接姐姐回家呀！"梁星蓝还是一开始的样子。璀璨的双眼，炙热的笑脸。

梁星火卡壳了半天，终于找出来一句能够用作回答的话："刚刚是谁说，自己不能激动的？"

梁星蓝整个表情都绽放了："哇啊哦！我的姐姐竟然这么关心我！你知道吗姐姐，我最近刚刚换的这个心脏，其实很稳定的，跑步爬山，坐宇宙飞船，都不会再有什么问题的。姐姐，你瞧一眼脑组的分享模块，我把医生的诊断报告发给你看，是真的、真的没有问题，经得起查的，这次绝对不是我自己伪造的报告！"

"你以前伪造过？"梁星火立刻听出了话外之音。

"嗯嗯嗯！我的亲姐在火星，我肯定是拼尽了全力，也想去探个亲。"梁星蓝顿了顿，一脸自豪地举着两个手指，"姐姐，我偷偷告诉你哦，我伪造过不止一次。"

"伪造文件这种事情，有必要这么自豪吗？"梁星火顺着梁星蓝的话说。

"有的！三年前那一次，就是知道你不只是我亲姐，还是双胞胎的那一次，我就差一点点就成功了！"梁星蓝掐着自己右手小拇指的指甲盖。

"那你怎么没再试一次呢？"

"我也想的呀！但是三年前的那一次，我没有遵照医嘱，让我本就支离破碎的心脏彻底报废，然后就是还有一些并发症什么的，只能等待最新一代的人造心脏。"梁星蓝和盘托出。

梁星火沉默了一会儿，开口道："弟弟，姐姐这边每次接受投射都不会超过三分钟的。"

"嗯嗯嗯，我懂的！每天要找火星洞幺的人那么多，我能接通一次，就觉得自己很幸运了。"梁星蓝的表情忽然就认真了起来，开口保证："我会尽量，尽量，尽量不打扰到姐姐的。"

眼看着梁星蓝要主动结束投射，梁星火忍不住解释了一句："我这边是有点事情要处理，我已经把你加到我的家庭联络模块里面了，你以后的投射申请，是有优先级的。"

没等梁星蓝回应，梁星火就把他的投射下线了。明明是她自己主动解释的，解释完了，又觉得别扭。梁星火说自己有事，其实并没有。她这会儿就是厌了，就是本能地想要抗拒。除了厌，还有另外一种情绪，在梁星火的心底蔓延。

那种感觉，揪着她的心，钝钝的，并不强烈。一种很陌生的心疼，击穿了她戴的所有面具。这真的是梁星蓝吗？梁星火又认真地看了一遍绝密档案里面的内容。

可能是因为她成了火星公民，那份绝密档案里面，除了有她的基因全序列，剩下的内容几乎都是梁星蓝的。一次次地面临死亡，又一次次地展现顽强的生命力创造生命的奇迹。

绝密档案的最后一页，也确确实实记录了梁星蓝的心脏，在三年前出了一次致命的问题。然后，就没有然后了。

如果梁星蓝真的比她晚一年才"成年"。如果他一成年就躺了三年。那她又怎么能在这样的情况下，刚成年的那一小段时间怎么找都找不到梁星蓝，就直接关闭了家庭联络模块增加新成员的功能。

……

"米姐，我心里有点乱。"梁星火结束了投射就去找米多多。

"怎么了？"米多多拉着梁星火的手，坐在她的身边。

梁星火斟酌了一下语言："太阳系哪有无缘无故的爱？"

"你说星蓝弟弟啊？你们两个是双胞胎啊，这怎么能叫无缘无故呢？"米多多问。

"但我们从没有见过面说过话,虚拟投射也没有过,明明就比陌生人还要更加陌生。"梁星火疑惑。

"火阿,我是这么想的。因为你是火星洞幺,什么事情都在太阳底下,所以你的家人,就算和你投射,也不能把什么事情都说明。梁星蓝就完全不一样了,他确实有可能一直把你当偶像,或者把自己带入到火星洞幺,靠着想象,去度过那些难熬的日日夜夜。感情自然也会比较强烈。"米多多帮着分析。

"米姐也是站在梁星蓝那一边,对吗?"梁星火抬眼看着米多多,下意识地把弟弟的称呼又换成了全名。

"那你可就冤枉我了。"米多多赶忙否认,"就算是闫副队现在站在我面前,我也会毫不犹豫地选择你,何况是一个比陌生还要更加陌生的弟弟。"

"米姐……如果梁星蓝说的都是真的,那我应该做些什么来弥补呢?"梁星火的心房,早就已经被梁星蓝给击穿。

"打住啊!你为什么需要弥补?你有什么错?"米多多纠正梁星火的情绪。

"我真的什么都不用做吗?地球人不是最讲求感情维系的吗?"梁星火有些无措。

"火阿,我说的是你没有错,没有说你什么都不用做。你真想做点什么的话,你可以把你自己最喜欢的机甲宠物送给你在地球上的弟弟。"米多多给梁星火支招。

"我怎么可能把考神送人?"梁星火反应有点大,明显是真的有想过。

"我肯定不可能说考神啊,我指的是你设计的那二十只机甲猫咪,你把你自己最喜欢的那一款挑出来给梁星蓝当专属机甲宠物,剩下的再根据原本的计划,在地球和火星同时量产。"米多多解释道。

"你说喵十三啊?"梁星火问米多多。

"对啊,你舍得吗?喵十三是你过去一年设计的机甲里面智能化程度最高的，一经推出，必是火遍太阳系的爆款。"

"这有什么不舍得的？"梁星火反问。

"所以，火阿，你自己看吧。"米多多一脸的姨母笑。

"我自己看什么？"梁星火不解。

"亲情有的时候，就是这么无缘无故。你比谁都清楚，你设计的任何一款机甲宠物的盈利情况。但你的天平，直接就偏向了你的弟弟。"

"有没有可能，是因为钱对于火星洞幺来说，根本就只是一个数字呢？"梁星火试着反驳。

"那你能从剩下的19个里面再挑一个，送给闫博当专属宠物吗？我家副队长希望有一个和我性格一样、声音一样、并且可以远程传递我实时心跳的机甲宠物。"米多多顺势提要求。

"米姐，你不觉得你男朋友提出来的条件，有点吓人吗？"梁星火一副受到惊吓的表情。

"哪儿吓人了？再说了，这明明是我提出来的！"米多多帮着解释。

"如果是米姐你想要的话，那我就让喵十六适配你的各项生物指标，给你做火星机械宠物。"梁星火爽快地答应了。

"那我宁愿要喵十五。憨憨的和老闫最像。"米多多一点都不和梁星火客气："麻烦帮我设置成老闫的性格、声音和实时心跳。"

"米姐，你干吗那么执着于心跳？"梁星火问。

"当然是因为抱着有老闫心跳的机甲喵咪能睡得更安稳啊。"米多多脸不红心不跳地回答。

"呵呵。我信了你才有鬼。"梁星火给了米多多一个颇具深意的眼神。

"火阿，米姐陪在你身边这么多年，连这么点信任都没有吗？"米多多解释完了就开始打击："你一个连心动时刻都不曾体会过的小菜鸟，是怎么好意思在久经沙场的姐姐面前纸上谈兵的？"

"米姐就知道欺负我！"梁星火说不过。

"天火良心,你可不能有了弟弟就这么冤枉姐姐。"米多多很夸张地回了一句。

梁星火没有再继续这个话题,没有经验就是没有经验,这种事情,也不是做个嘴强王者就有意义:"米姐,我问你啊,就算梁星蓝真的以为自己比我小一岁,他有可能到了现在还这么天真无邪吗?"

"你是怀疑,他在演戏骗你?"米多多接话,"你看看他那双诚恳的眼睛,怎么看也不像是在演戏啊。"

"我倒不是觉得是欺骗,有没有可能,他也和我一样,每一天都在表演,维持一个人设。"梁星火问。

"我倾向于觉得不会,他和你的成长环境不同,他从小就被藏了起来,除了不能公开,在私底下,应该是怎么任性都行,又没有什么人设需要他来维持,你说是不是?"米多多直接选择了站边。

"米姐的意思是,他从小到大,只需要做自己就行,不可能像我一样,浑身都是心眼,是不是?"梁星火问。

"什么话呀!我们火阿,浑身上下都是人类模板。"米多多架着梁星火的肩膀,给她转了两个圈,装模作样地上下打量:"除了绝美的面庞上,这一对摄人心魄的双眸,哪还有什么眼啊?"

"米姐,你能不能别这么夸张。"梁星火已经从怀疑梁星蓝,变成了对自己的不理解,"我明明对梁星蓝是充满敌意的,为什么他三言两语,直接就把我给攻陷了?"

"火阿,你之前对梁星蓝的那种情绪并不是敌意。"

"那是什么呢?"

"最多也就是好奇心得不到满足,心里面有点不舒服。其实,你比谁都希望,能得到一个你自己心里面能过得去的答案,谅解为什么是你被留在了火星。你现在难道没有一种浑身轻松的感觉吗?"米多多挑了一下眉。

"浑身轻松?"梁星火探究了一下自己的内心。

"对啊,你以前呢,每天都要演对家人的谅解,你现在不用了啊。

别说弟弟是这个性格,哪怕他是个闷葫芦,就只是让你知道了一下他的成长历程,你心里面的天平,也早就向谅解倾斜了。"

"米姐,我现在直接把喵十三的设计原型,发给梁星蓝合适吗?"梁星火的思绪还在跳跃。

"啊,火啊,你怎么可以这样呢?我辛辛苦苦地把你养大,你可不能学地球上那些始乱终弃的坏男人。抽空也给一把屎一把尿把你拉扯大的米姐,准备一下喵十五和喵十六。"

梁星火被调侃得头都大了:"米妈妈,您现在是连考神的功劳都要抢了是吗?"

"讨厌啦!你酱紫伤人家的心就没意思了,你家伤心欲绝的米姐,要去找她家忠贞不贰的闰哥哥求安慰去了。"知道梁星火这边没事了,米多多也就安心找异星恋的对象去了。

米多多还没回到自己的房间,梁星火就把喵十三的设计原型发给了梁星蓝。明明从头到尾都是她自己的意思,非要傲娇地附带一个文字说明:"米姐想要一只专属机甲猫咪,她让我顺便挑个没那么满意的发给你。她说你们地球讲究见面礼。你看看有没有什么功能上的想法和要求。虽然我大概率没有时间给你也弄一个专属机甲宠物。"

梁星蓝立刻又发过来一个投射申请,也带了一个文字说明:"姐姐要是在忙,直接拒接就好了!我今天刚加上姐姐太兴奋了,姐姐多拒绝我几次,我就习惯被拒绝了。"

梁星火盯着脑组里的这段文字说明,好半天忘记了反应。直到投射申请要下线的瞬间,才选择了接通。

"哇啊哦!今天可真是我的幸运日,我竟然可以投射到姐姐生活的地方,两次!"

"我以为你的申请已经下线了。"梁星火佯装淡定。

"啊!我懂了,姐姐本来是准备接受另外一个太阳系粉丝的投射的,对吧?姐姐完全没有想过,接进来的会是我,对吧?那这样一来,我就又有三分钟了,对吧?哇啊哦,有了姐姐就是不一样,连幸运都是双份的！"

梁星蓝的热情程度，完全超出了梁星火能够想象的极限。好不容易等到一个停顿，才开口问："你收到机甲猫咪的设计原型和说明了吗？"

迎接她的，又是梁星蓝一连串不带停顿的话："收到了！姐姐。我说姐姐，这猫咪也太可爱了吧！都这么可爱了，姐姐竟然还不满意吗？我都住在火星洞幺频道了，竟然不知道姐姐的机甲设计能力这么强！"

喵十三原本就是最适合量产的爆款机甲。梁星火专门把喵十三挑出来给梁星蓝做专属仿生机甲宠物，本来就是为了表明自己的心意。只不过，她既嘴硬又傲娇，没办法直接表达自己的情绪。

梁星蓝表情里面的赤诚，和语气里面的炙热，最是能够打动一直戴着面具生活的人。傲娇姐姐的嘴角，忍不住开始上扬。

"姐姐，姐姐姐姐，我是玩着机甲宠物长大的，你要相信我看机甲的眼光，你千万别不满意喵十三，也别做成我或者任何人的专属，你一定要把喵十三量产了。"

"你希望喵十三量产？"傲娇姐姐又开始有点郁闷了。她难道不知道喵十三量产会火吗？随随便便查一查，就能知道火星洞幺从出道以来，就没有设计过任何一款不会火的机甲宠物。

梁星火在情感处理方面，确实还是个大大的菜鸟。有话不好好说，有想法不好好表达。和地球上的女孩子第一次谈恋爱差不多的作。

"当然啦，喵十三肯定是量产，才能带来利益最大化，姐姐要是真的想要把喵十三送我，那就帮我在火星上量产。"

"利益最大化？"处于内心极度敏感状态的梁星火有点被这五个字给刺激到了。她把最满意的机甲喵咪送给梁星蓝当见面礼，梁星蓝就只想着利益最大化。

"对啊，我想一想啊，量产好了，只在火星卖，一只都不要送到地球，既然姐姐要送我的话，那就收益全部归我，给我在火星上打个底，等到我从火星回来,再好好开发地球市场。"梁星蓝很兴奋。

"给你打底?"梁星火怀疑自己是不是听错。这真的是上次投射,连眼神都透着极致清澈的少年能说得出来的话?

"嗯嗯!有一款机甲宠物的收益给我打底就好了。我很有商业头脑的,只是以前没有施展和实战的空间。"梁星蓝回应。

"所以,你最近这么火急火燎地找我,就是因为你的商业头脑?"梁星火有点接受不了。

"当然啦!"梁星蓝再一次理所当然地回应,"我姐姐在火星的生活,是享受全太阳系最尖端的科技的。说了要接姐姐回地球,总不能什么也不做,让我姐姐的生活质量严重降级吧?我呀,现在最大的愿望就是搞钱。把姐姐接回地球,也必须是什么都不缺!"

"你搞钱是为了给我花?"梁星火的心,又被狠狠地抓了一下。

"嗯呢!"梁星蓝认真点了点头。

"为什么呢?你不觉得你凭空冒出来这么个想法很奇怪吗?"梁星火问。

"因为你是我姐姐啊!"梁星蓝不带一丝犹豫地回应道。

梁星火避开了梁星蓝炙热的目光,理性而又克制地回应:"如果你是为了亲情,那你应该赚钱给你妈妈花。"

"妈妈想要花钱,可以让爸爸赚啊!"梁星蓝说。

"那这样的话,你也应该赚钱给你的女朋友花。"梁星火说。

"这个也有道理,但是女朋友……我还没有过呢……像我这种随时都有可能会挂的,以后也不应该交女朋友。"梁星蓝眼神黯淡,神采不再。

"你都能来火星了,还有什么不可以?"梁星火下意识地开始鼓励。

"不瞒姐姐说,我上一次刚换人造心脏的时候,也是自我感觉比较良好的,还准备找个漂亮的女同学表白来着。还没来得及开口,就又变成满身管子的仪器人了。这一次,我想趁着我感觉还不错的时候,赶紧把自己最想做的事情，都给做了。"梁星蓝说。

"最想做的，具体都有哪些呢？"梁星火问。

"姐姐，你该不会是想把我的愿望都套过去了，然后一一帮我实现吧。"梁星蓝眨着眼睛。

"我才不可能有这样的想法。"梁星火继续嘴硬，内心却真的起了一丝涟漪，她好像真的是这么想的。

"果然只有双胞胎姐姐才最宠着弟弟。谢谢姐姐！"梁星蓝兴奋到直接开始鞠躬。

"呃……你是不是听力也有什么问题？"

"才没有！"梁星蓝出声解释，"以前，总是我躺在病床上，爸爸妈妈还有爷爷奶奶，轮番来问我有什么愿望，你知道那种感觉吗，姐姐？"

"不知道。"梁星火实话实说。

"嗯，这种被临终关怀的感觉，希望姐姐永远都不会有。"

"梁星蓝……"

梁星火还没来得及把话说完，某个热情似火的地球人就把话给接了过去："在呢，在呢，弟弟在呢！姐姐，你叫梁星蓝一共有三个字，多麻烦啊，你直接叫弟弟就好了，两个叠字念起来更省力。"

"这区别应该不大吧……"梁星火还是有点叫不出口，她从来也不是什么太过热情的人。

"大的大的，我身上管子最多的时候，经常是一个音节都很难发出来的。"梁星蓝继续眨着眼睛。

"你确定，你不是卖惨博同情？"梁星火问。

"怎么会呢，姐姐！惨要是能拿来卖的话，我就不会有想要搞钱的心了。"

梁星火的心又钝钝地疼了一下："如果你赚钱是为了我的话，那你确实也不用有这样的心。"

"为什么？姐姐花弟弟的钱不是天经地义吗？"梁星蓝有那么点不

乐意，又带点理直气壮。

"有没有可能，火星洞幺自己就很有钱。"梁星火适时引导。

"我知道啊，但是姐姐再有钱，那也都是火星上的货币啊。虽然都是电子货币，但并不通用。"梁星蓝有自己的逻辑。

"有没有可能，火星洞幺自己就有兑换地球货币的渠道？"梁星火没有说得太直接。

"不可能的，我已经研究过了，地球和火星，还没有实现货币互通。"梁星蓝顿了顿，"不过呢，我可以悄悄告诉姐姐，你的预感是对的，地球和火星快要实现互通有无了。现在是最好的去火星搞钱的时机。"

"所以，这是一个秘密？"梁星火笑着问。

"算是吧，地球和火星也快有常态化航班了。等到那个时候，只有火星才有的东西，就不是硬通货了。"梁星蓝说。

"比如呢，有什么是火星有，地球没有的？"梁星火问。

梁星蓝给出了一个梁星火从来没有想过，或者说一直以来都接受无能的答案："当然是火星能量块啊！"

"完全没有味道的，除了能让人感觉不到饿，就再没有其他功能的东西，怎么可能会是硬通货？"梁星火不太能接受这个答案。

"姐姐，这你就不知道了吧！"梁星蓝一脸得意地解释，"无色无味的能量块，只要一小口，就能保持六个小时都不饿，还能补充人体需要的所有微量元素，不管是忙得没时间的，还是热衷健康减肥的，都离不开火星能量块啊。"

"地球上有那么多美味可口的代餐，谁还选择能量块啊？连米姐都嫌弃。"梁星火不赞同。

"姐姐，你一定要相信你弟弟的经济头脑。"

"听你一再强调经济头脑，是这会儿差不多已经富可敌国了？"梁星火带着点打趣地问。

梁星蓝却很认真地回答："我刚刚不是和姐姐说了嘛，我特别有商业头脑，只是以前没有施展和实战的空间。"

"所以，换句话来说，就是只有过纸上谈兵？"梁星火把米多多说她的话，给搬到了梁星蓝的身上。

"姐姐，该不会连你也觉得我应该乖乖待在家里养病吧？我现在真的感觉良好的，医生都说我身体没问题。我这次换心之后，体重都长了十公斤。已经到了及格线。"

梁星蓝举起右臂，想要秀自己的肌肉，可惜他身上并不存在这样的"配件"。哪怕他说自己已经长了十公斤的体重，还是异常消瘦。真要再往下减十公斤，绝对会非常病态。

光是想想，一次比一次更明显的心疼就在梁星火的心底蔓延。蔓延到最后，梁星火不由自主地问了一句："你需要多少钱打底？"

"至少也得……也得能买一百万火星能量块的。"梁星蓝是真的有算过。

"一百万啊……"梁星火在心里面计算了一下。

"我说的不是火星币，是能量块！"梁星蓝补充。

"我知道你说的是能量块，一百万有点……"梁星火有点不知道要怎么描述。

"姐姐，会不会觉得我太贪心了？"梁星蓝有些担心。

"没有。是你太小看火星洞幺出品的机甲猫咪了，以火星能量块来结算的话，别说是喵十三，就算是最普通的设计，你后面起码要再加一个零。"梁星火给出了自己的答案。

"真的假的，那就算一份代餐我只卖十块，到了地球，也就是一个亿了！"梁星蓝又开始兴奋。

"呃……也不能这么算。"梁星火说。

"为什么啊？姐姐是不愿意全部收益都拿来给我打底是吗？那减个零我也能接受。"梁星蓝很快就退而求其次了。

"不是这个意思，火星能量块在地球的定价关键，在于你要怎么运这么多回去。就算你不需要负担火星能量块本身的成本，运费也是一笔天文数字。"梁星火帮着"很有商业头脑"的弟弟分析。

"去火星，不都是免费的吗？"梁星蓝问。

"那是没有常态化航班的时候，火星派宇宙飞船去接自己的移民。"梁星火回答。

"啊……所以爸爸妈妈从小就说我有商业天赋，是骗我的，对吗？"梁星蓝的眼神又黯淡了好几分，一如夜空失去了星辰的光辉。

梁星火见不得这样的眼神，又一次下意识地开始鼓励："你不是没试过吗，是与不是，现在都还不好说！"

梁星蓝的眼睛又亮了："那姐姐支持我试吗？"

"我不支持你来火星采购能量块。"梁星火话锋一转，"但我可以包邮一百万个火星能量块给你。"

"所以，姐姐压根就不支持我去火星找你，是不是？"

"不影响的。你来或者不来，我回或者不回，只要火星和地球通航，我都尽可能快地把能量块送到地球给你。"

"姐姐刚刚不是还说，运费是一笔天文数字？"梁星蓝怪自己先前没有想到。

"就是因为这个，所以姐姐给你想办法蹭个包邮。"梁星火自称姐姐，已经越来越熟练。

"太好了！谁让我是你弟弟呢，是吗？"梁星蓝眼睛里面又有了能扫除世间一切阴霾的光。

梁星火被这道光给击穿了："嗯，谁让你是我弟弟呢！"

"哇啊哦！终于听到姐姐喊我弟弟了。姐姐，那我就先不和你说了，你现在肯定忙着陪太爷爷。"梁星蓝因为长时间的激动，心脏开始有些不适。他不想让梁星火看到自己难受的样子。

"我……"梁星火本来想说她一点都不想去陪梁天，反应了一下，她都已经彻底接受梁星蓝了，还有什么好和曾祖父闹别扭的。

梁星蓝看着梁星火欲言又止的表情，多少都有些误会："姐姐，我悄悄告诉你，其实爸爸妈妈和爷爷奶奶，都不支持太爷爷自己去执行银河比邻计划,他们也和你的想法一样,认为太爷爷应该继续活着,活着享福。只有我不这么觉得。"

"为什么?"梁星火问。

"一个脑子里面,藏着无数想法的人,如果连自己的身体都没有办法控制,活着真的不代表是享福。所以,我还有一件事情要拜托姐姐。"梁星蓝说。

"你要拜托我什么?"梁星火问。

"假如我到了火星,心脏又出现了严重的问题,那个时候,姐姐作为我的就近监护人,请遵照我的真实意愿,放弃插管和再次换心。"

梁星火不愿意去想那个画面:"所以,你叫我姐姐,就是让我帮忙结束你的生命,你为什么不让你的爸爸妈妈干这件事情。"

"他们不会同意的,不管是我还是太爷爷,他们都不会同意的。"梁星蓝说。

"那我又为什么要同意呢?是因为火星洞幺不配有亲情?"梁星火又恢复了之前的敏感。

"才不是!我是觉得,姐姐肯定会懂我。"梁星蓝说。

"我才认识你几分钟啊,我为什么会懂?"梁星火整颗心都在冒火。

梁星蓝却还在自顾自地高兴:"哇啊哦,我姐姐才认识我几分钟,就这么舍不得我了!"

梁星火看了梁星蓝一眼,没有接话。

"姐姐,姐姐姐姐,你不要不理我。肯定是我又说错话了。我不是不热爱生命。你要相信,我比谁都更热爱生命。我只是不愿意活得没有尊严。"梁星蓝双手合十,在自己的嘴巴前面左右摇晃,"对不起嘛。"

梁星火有点受不了一米八的男孩子对她撒娇:"你不说你自己是男子汉大丈夫吗?"

"当然!"梁星蓝又想秀自己并不存在的肌肉。

"那你现在这扭捏而又妖娆的状态是什么情况？"梁星火往后退了两步，和梁星蓝的全息投射，拉开了一些距离。

"哪有！"梁星蓝拒不承认。

"梁星蓝，你真的有认真看火星洞幺频道吗？"

"当然没有啊！"梁星蓝否认得很彻底。

"……"梁星火不知道怎么把话往下接。

"姐姐，我明明是住在火星洞幺频道里面，看这么表面的程度，不足以形容我对姐姐专属频道的感情。"梁星蓝解释。

"如果是这样的话，你应该知道，我最不擅长的就是道别。"梁星火把上一句就准备好的话给放了出来，"从我房间的每一个小物件，到陪伴我成长的考神。要么永不拥有，要么永不失去。"

梁星蓝沉默了下来，过了好一会儿才冒出来三个字："我懂了。"

"懂了就好，再见吧。"梁星火准备直接结束这个投射。

"姐姐怎么可以这样？我都说懂了，为什么还要再见！"梁星蓝这会儿心脏稍微好受了一点。

"那你懂了什么？"梁星火问。

梁星蓝长出一口气，下定决心道："姐姐只要认了我这个弟弟，就会像对待考神一样对待我。没问题的姐姐，你可以把全太阳系最新的科技都往我身上堆，把我身上所有的配件都换一遍也没有问题。"

"配件？"梁星火不喜欢这两个字。

"我除了心脏，其他都还是原装的器官。只要最后和考神一样，还能自由移动和思考，我就什么都可以。"梁星蓝再一次表态。

梁星火有点讶异，她刚刚，明明也没有说过几句话，怎么梁星蓝就解读到这么多的内容。

"好好的，换什么器官？"梁星火自己都没有发现，她生气的语气里，已经开始透着关心。

"对不起嘛，姐姐，我不应该第一天见到姐姐就说这些。"梁星蓝又补充说明了一个原因，"我主要是有点羡慕太爷爷。"

梁星蓝的眼神实在是太清澈了，清澈到梁星火完全没办法真的生他的气。打心眼里，已经认可了这个弟弟，速度之快，让梁星火自己都感到诧异。或许，正如米姐说的，这么多年，她比谁都更渴望得到一个可以说服得了自己的原因。

"羡慕什么？"问出这个问题的时候，调整好情绪的火星姐姐声音都比平时柔和了几分。

"活到一百岁，还能为理想义无反顾。"梁星蓝的眼睛里面，始终都有一种很特别的光芒，"我不求生命的长度，只希望我余下的每一天，都是有意义的。"

这一回，轮到梁星火沉默，过了差不多有半分钟，才回答了一个字："好。"

"姐姐说的好，是说会陪着我，让我往后余生的每一天，都很有意义，对吗？"梁星蓝自行理解了一下，"姐姐，你知道吗。你说话只说一个字的时候，就自带一种帅出太阳系的酷。"

梁星火当然是不知道的。最夸张的是，她不管说什么，梁星蓝都能各种过度解读。弄得梁星火都开始怀疑，自己的内心世界，是不是真的有这么丰富。

一直以来，梁星火其实都是一个比较淡漠，也不太愿意付出感情的人。她和米多多，差不多是花了一个火星年的时间才渐渐有了对彼此的信任。可她才第一天见到梁星蓝，前后两次投射加起来，也就六分钟的时间。

不得不说，这种自然亲近的感觉很是有些奇怪。梁星蓝的出现，像是一道光，照亮了梁星火内心原本阴暗的角落，那些曾经怎么想都想不通的事情，忽然就变得不再重要，那些从来都没机会问出口的原因，也已经不再有任何意义。

梁星火开始把关心具体化："火星并没有探亲签证的说法，你准备怎么来火星？"

"爷爷说，地球和火星，正在探讨常态化航班的可能性。爸爸说，月球和火星，正在探讨能源合作的可能性。不管是哪条线路通了，我都可以第一时间到火星。"梁星蓝回答。

"这种可能性，从米姐还没有来火星的时候，就已经有人在探讨了。"梁星火有些不忍心打击，但还是实话实说，"现在都已经过了八年多。"

"不可能吧……我这次换心之前，爷爷和爸爸都说，等我缓过来了，两条路线，至少有一条已经打通了。"梁星蓝分享自己得到的信息。

"真有这样的事情，怎么可能不通知火星洞幺？"梁星火反问。

"姐姐，我是不是又被长辈们给套路了？是不是就算我的心脏可以承受了，也永远都不可能去火星接姐姐回家？"梁星蓝整个人都蔫了。

梁星火立刻就不忍心了，连实话实说都做不到了，把明明只是可能的事情，说成了板上钉钉："姐姐这边收到的消息，是米姐回地球之后，就肯定会开启地球和火星之间的常态化航班。"

"那是多久？一年半？"梁星蓝问。

"你果然是住在火星洞幺频道的。"梁星火有心要鼓励一下，却是一点效果都没有。

"可是，我胸腔里的这颗试验心，不一定能安然无恙地工作这么久啊。"梁星蓝的眼神落寞。

梁星火见不得梁星蓝的这副表情，她想了想，改口道："没关系，真要有什么问题，弟弟不能接姐姐去地球，姐姐也可以接弟弟来火星啊。"

"真的？"梁星蓝的眼睛瞬间又亮了，像极了小孩子得到一块好吃的糖，紧接着，又开始患得患失，"姐姐，你该不会和爸爸妈妈爷爷奶奶他们一样，一天到晚都想着怎么骗我吧？"

"火星洞幺什么时候骗过人？"梁星火选择不正面回答梁星蓝的问题。

"有道理！"梁星蓝摩拳擦掌，"那我从现在开始，为了迎接姐姐，积极保养我的心脏。"

"好的,回头姐姐利用火星洞幺的职务之便,帮你找找,火星这边,有没有对你有帮助的黑科技。"梁星火继续加码。

"有姐姐真好。"梁星蓝很快就心满意足了,"姐姐,你去看太爷爷吧,你现在再不多看看他,以后就没有机会了,我也很想太爷爷,你帮我多看两眼。"

"好。"梁星火比以往任何时候,都更好说话。

"还有还有,麻烦姐姐帮我和副舰长说一下,我很羡慕他能担任银河之舰的副舰长。"

"他有什么好羡慕的?"梁星火对方原还不是特别感冒。

"我也申请过这趟有去无回的银河之旅,但是我的年龄超标了。"梁星蓝说。

"你也申请了?"梁星火意外。

"嗯呢,我申请了好久,我虽然是2050年1月1日之前出生的,但我是有脑组的。我还去找了太爷爷帮忙。"梁星蓝分享了更多细节。

"然后呢?"梁星火没有想过梁星蓝也想过在这件事情上开后门。

"太爷爷说,规则制定好了,就是用来遵守的,不应该为了一个家人的心愿就去改变。"梁星蓝回答。

"真这么说?"梁星火意外。

"嗯!没关系的姐姐,我羡慕的人多了,多这一个不多,少这一个不少。"梁星蓝反过来安慰梁星火。

梁星火本来可以说得更多一些。比如,你的太爷爷是骗你的;再比如,你难道不知道当选的副舰长连脑组都没有?但她最终并没有说出口。米姐才刚刚教过她,成年人首先要学会的,是看破不说破。

嘴上不说,心里面还是不免疑惑。前后两次投射,梁星蓝的表现,都有种说不出来的奇怪。梁星火想了好一会儿,也没想明白问题出在哪里:"那姐姐去看太爷爷了。"说完这句话,梁星火就结束了全息投射。这一次,她并不是在找借口,而是真的立马就去找了梁天。

第九章　银河比邻

梁星火到的时候，方原听梁天讲北斗导航的故事，听得正起劲。这一次，梁星火的心情变得比之前轻松了很多。没有想着偷偷开走银河之舰，也没有想着要一意孤行让曾祖父滞留火星。

"太爷爷。"梁星火来到梁天的身边，蹲在他的座椅旁边，亲昵地和梁天打招呼。

太爷爷这三个字，梁天并不陌生。梁星蓝从小就是这么称呼他的。却从来没有从梁星火这儿听说过。除了这次在火星见面的情况有点特殊，梁星火平日里和家里人说话，都是您好、能不能麻烦您……

很有礼貌，礼数也很周全，很好地保持了人和人之间的安全距离。正常小孩子和家里人说话，都不太可能是这个样子。

"和蓝仔聊过啦？"梁天一时间有点恍惚。梁星火问这个问题的样子，特别像是还在地球的梁星蓝。

"太爷爷，为什么梁星蓝是蓝仔，我就只是梁星火？"明面上不满，实际上是撒娇。

"太爷爷年纪大了，一时没反应过来。"梁星火这突如其来的改变，把见惯了大世面的梁天都给整不会了。

"那太爷爷你可得好好想一想。"梁星火顺势就开始提要求："火仔肯定是不行的，火妞和火妹我也不要！"

梁星火做不到像梁星蓝那么直白的热情，却也在打开心结之后，非常游刃有余地切换了和总设计师相处的模式。

"好！好！好！"梁天满口答应。

曾祖父要想称呼，梁星火转而问方原："你脑组的事情定下来了吗？"

"亲爱的火星洞幺，咱可以不提脑组吗？"方原笑着回应。一看就很假的那种笑，和梁星蓝笑起来的样子简直天差地别。都是地球生地球长的男同胞，怎么光看外表，就不像是同一个物种。

"你为什么要学银河比邻计划的高级指挥官说话？"梁星火对方原的这个称呼有那么点意外。

"我先前叫你洞幺姐姐，不是惹你不高兴了嘛。"方原回应。

"你还知道我不高兴啊？"梁星火更意外了。

"那我也有眼睛会看的嘛。"方原回答。

"我那会儿不是因为你叫我洞幺姐姐不高兴，我气的是自己根本就没有吃过麻辣兔头。"梁星火为自己的执念叹了一口气，转而又笑着说，"我弟弟竟然想着要拿火星能量块这种完全吃不出来味道的东西，去以美食著称的地球赚取第一桶金。"

"火星能量块在地球本来就是硬通货啊，银河之舰经停火星，也有火星能量块在地球太稀缺的原因。"方原给出了和梁星蓝差不多的说法。

梁星火趁势就问："说到这儿，不知道副舰长方不方便告诉我，银河之舰这次补能，补给了多少火星能量块？"

"九万。"方原回答。

"才九万？"梁星火想起自己刚刚答应过梁星蓝的一百万，心下遗憾。

"九万还不够多吗？这已经是比照我只靠能量块，在银河系流浪到一百岁来筹备的了。"

"所以，这个数字是根据你个人的营养需求算出来的，并不是银河之舰只有这个运输能力，是吧？"

"不是根据我个人的营养需求来的，是考虑到极端状况。"方原和梁星火解释，"银河比邻计划，有五六千个太空育种项目，这些项目要是都能成功的话，我在银河之舰里面的伙食，还是相当丰富的。"

"真的吗？"这一回轮到梁星火两眼放光，"你的意思是，你这次来有带很多好吃的？"

"何止，我是带了一个太空育种库。那个舱体，可比装火星能量块的地方大多了。"方原说。

"还是说的育种库啊。"梁星火心下失望，紧接着又把注意力放到了答应过弟弟的包邮上，出声问道，"有十倍那么大吗？"

"有的。"方原回答。

"那可真是太好了！"梁星火神采飞扬地拍了一下手掌，身为一个负责任的姐姐，说出口的话就要一一做到。

这不是方原第一次见到梁星火，却是第一次被肆意的神采给吸引走了全部的注意力。火星洞幺的灿烂的笑颜，有着穿透一切的力量。方原看得心跳都漏了一拍，浑身都有些不自在，不自觉地想要抓耳挠腮。原来，人世间有一种笑容，足以涤荡心灵的尘埃。

方原努力装着深沉："洞幺姐姐，你好像兴奋得有点早了，都还没有收到可以把这些育种项目放到火星上的通知。"

"啊？银河比邻计划是要在火星育种？基组百科也没有这方面的资料啊！"梁星火比刚才还要兴奋。

"银河比邻计划，是从火星离开之后，才开始太空育种的。"

"那你刚刚又说放火星？"

"我说的是还没有收到通知。"方原解释。

"还没有，那不就是即将的意思吗？"梁星火深度解读了一下，"至少是有这样的可能，对吧？"

"如果我这次有机会植入脑组，大概率就会在火星育种。"方原说。

梁星火带点探究地看向方原："所以，这是你和我提的交换条件？"

"不是，这是梁老头儿的意思。"方原指了指梁天，"舰长大人说，数字模拟太阳系版本恢复的结果之后，地球控制中心大概率会支持他的决定。"

"所以，版本恢复指的是火星育种？"

"不是，一句两句也说不清楚……"方原话还没有说完，地球控制中心就给银河之舰发来了投射申请。

梁天和地球控制中心的谈判，算不得有多么顺利。首当其冲的，是地球控制中心始终都不支持梁天自己去执行银河比邻计划。梁天问地球控制中心有没有更好的方案，地球控制中心又给不出来。

数字模拟太阳系超算系统，凝结了梁天半生的心血。梁天对这个超算系统的了解，肯定要比任何人都更深。所有的运算结果，都和梁天事先预计的一模一样。

地球控制中心再怎么不支持，也不会希望计划还没有执行就宣告失败。梁天本人在这件事情上，又有着非常强烈的个人意愿。谈判到后面，还是通过了梁天的替代方案。

让银河之舰变身二级发射平台，把极冻舱从火星发射到更遥远的外太空去，确实是能让银河比邻计划走得更远的替代方案。这个替代方案给出的，是人类在现有条件下，寻找彼岸的最优解。

认真算起来，这其实才是梁天最初的方案，只不过没有获得通过。当所有的一切，都照着梁天计划好的方向一步一步推进，方原也就离自己的脑组越来越近。真正被人罩着的感觉还是相当不错的。

整个谈判过程，除了确认替代方案，梁天都在帮方原争取尽快植入脑组。等到梁天和地球控制中心的辩论结束，方原植入脑组的时间，也就进入了倒计时。

地球控制中心会负责和火星官方联系，给方原一个合法植入脑组的机会。这里所说的合法，其实就是补一个火星移民主申请人的资格。这个资格的门槛很高，方原自己在地球上申请，基本没有通过的可能。有了总设计师和银河比邻计划的背书，就是另外一番光景。

米多多可以通过在月球探险的资历申请到移民火星的资格。已经到达火星中继站的方原，不仅执行过任务，还将在梁天进入极冻程序之后，成为银河之舰的代理舰长。这样一来，方原很容易就能满足主申请人的条件。

方原来火星的这个过程，都是合法的。如果又有了主申请人的资格，就可以毫无障碍地在火星完成实验室版脑组的植入。

方原和其他为了实验室版脑组移民火星的人不一样。他的脑组，是月球脑组实验室在关闭的时候寄存在火星脑组实验室的。只是阴错阳差没有办法完成先天植入。

按照梁天和地球控制中心商定好的方案，只要合法移民身份确定，方原就不需要和别的火星移民一样，经历一个长时间的等待和筛选的过程。

商定好脑组植入的各项事宜，梁天和地球控制中心谈判的焦点，就变成了脑组植入之后，方原是不是也需要至少在火星待上十年的时间。

按照常规的火星移民协议来处理，肯定是最容易的。梁天提出希望可以特事特办，由地球官方说服火星官方，准许方原在完成所有能在火星做的育种实验之后离开。

梁天给出的理由是，银河比邻计划既然用不上整艘银河之舰，就应该让银河之舰尽早回到地球，为人类探索彼岸的其他项目服务。

梁天强调，等自己去执行银河比邻计划的备份方案了，方原是对银河之舰最了解的人。哪怕是从地球训练一个新人过来中继站开，那也得有方原这样有过实际操作经验的副舰长以老带新。全息投射再怎么身临其境，也不是完全真实的。

地球控制中心搞明白了梁天的诉求，也清楚银河之舰如果一直滞留火星，出发时携带的22222个试验，就有一多半是没办法在原定时间进行的。地球控制中心希望梁天能代表银河比邻计划去和火星官方沟通。

梁天很想答应，却也心有余而力不足。火星的公转周期是687个地球日。银河之舰作为母舰发射极冻舱的窗口还剩不到7个小时，一旦错过，就要再等687个地球日。

梁天不认为自己还有那么长的人生。为了尽可能保障银河比邻计划的完成度，他必须在6个小时之内，完成极冻程序之前的全套检查。等这些检查都做完了，银河之舰就要暂时结束和火星中继站的对接，进入火星静止轨道，再以零窗口的方式把极冻舱像导弹一样发出去。

脑组的事情刚刚确认下来，方原就开始各种心有不舍："梁老头儿，你真要在这个时候，把自己就这么极冻了？我搞了那么多破坏，零窗口发射又只有一次机会，等下万一和中继站分离不成功……"

"小方原，你到现在还不相信，我为银河比邻计划做了万全的准备？"梁天不答反问。

"行啦，行啦，我已经知道姜还是老的辣了，您连我偷偷搞的那些小破坏，都给算计进去了，我还能说什么呢？"方原这会儿是真的连争一下的心都没有了，他选择切换话题，"梁老头儿，我刚想问的是，你怎么没有给火星洞幺也争取一下，你怎么从头到尾也没有提让洞幺姐姐跟着银河之舰一起回地球。"

梁天抬头看向梁星火，梁星火刚好也往梁天所在的方向看。四目相对，梁天招了招手，示意梁星火到他的身边来。

趁着梁星火走过来的这一小段间隙，梁天和方原解释："火苗和你不一样，她有的是办法给自己争取。只要你这边有了特例，火苗那边肯定就会跟上。"

这句话，虽然是说给方原听的，自然也传到了梁星火的耳朵里面。迎着梁星火目光里的诧异，梁天用商量的语气问她："不能叫火仔，也不能叫火妹，太爷爷叫你火苗可还行？"

"嗯嗯。"梁星火点头回应，"可以哒，太爷爷。"

梁星火说话，很少带着可爱的语气词。简单的一个哒，彰显着她此刻的好心情。她刚刚只是随口撒了一个不太明显的娇，抱怨家人对她和弟弟称呼的区别对待。她自己都没放心上,没想到曾祖父却一直记在心里。

不把梁天当成总设计师,只当成是曾祖父,她应该是接受不了,才刚见面就要永远分离的。这样的不舍,梁星火从方原的眼睛里面都能看到。但很奇怪的,她自己,真的没有太多这种感觉。

事情发展到现在,别说通过百岁监护劫持银河之舰回地球的计划已经落空,就算她真还有能力直接开走银河之舰,让人类移民火星的总设计师滞留火星,梁星火也不可能会选择这么做了。

或许,是因为有了梁星蓝那两通投射在前面打底。梁星蓝不是不爱惜自己的生命,如果可以,他比谁都更努力地活着。梁天也不是为了死在移民火星的路上才选择在这个时候进入极冻舱,他是为了给人类寻找彼岸。

"太爷爷,如果真的找到彼岸,您最想做什么?"

"没想过。"梁天所有的计划,都只写到了找到彼岸为止。

"那要是现在让你想呢?"梁星火问。

"真有找到的那一天,我希望能让你和蓝仔,知道我找到了。"

"那个时候,我和弟弟可能都已经一百岁了。"梁星火说。

梁天很喜欢这个答案,拍着梁星火的手背,说道:"那就说明,你们很好地遗传了太爷爷的长寿基因。"

"谁说不是呢?"梁星火尽可能挑好话来说。

梁天和地球控制中心的谈判,一直都强调,他进去极冻舱,只是人类社会学意义的死亡,并不是生命的终结。但谁都知道,这种所谓的可能,实在是太过渺小了。

人类总想着,宇宙那么大,星球那么多,总有一个,是和地球差不多的。但一个和地球差不多的星球,就一定会有和地球差不多的生命吗?这要有的话,人类的到来,算不算是外星人入侵?如果算的话,人类又有没有可能会赢?

2070年,在月球,在火星,在土卫二、木卫二试验基地,人类其实都还算游刃有余。也都是按照自己的意愿，在改造太阳系的行星和卫星。真要在银河系里面找到另外一个有外星生命的宜居星球，就不知道人类是去改造还是去被改造的。

"火苗，太爷爷能再拜托你一件事情吗？"梁天拉起了梁星火的手。

"什么事啊？大爷爷。"这个时候，不管梁天说什么，梁星火都一定会满口答应。

"等我去执行任务了，你帮忙看着点小方原，如果有什么事情的话，看在星火燎原的份上，你尽可能帮帮他。"梁天交代。

"太爷爷是担心脑组吗？您刚刚亲自和官方确定好的事情，又怎么可能还会有问题？"梁星火让梁天放宽心。

"小方原毕竟人生地不熟的，也不知道什么时候能回去。万一我离开之后，各项事情都推进不下去。"梁天是真的很为方原考虑。

"好。我会好好照顾好奇迹宝宝的，火星官方这边，我也会去催的。太爷爷放心就是了。"梁星火给出了自己的保证。

"梁老头儿，我这么个大男人有什么好拜托的？你就算是要拜托，也是把星火拜托给燎原。"方原受不了这种托孤式的拜托。就算他是孤儿，也早就已经长大成人。

"小方原，我确实是要拜托你的，假如星火去了地球，就得麻烦你多多关照了。星火燎原，星火打头，燎原压轴。"梁天两头说话。

"行啦，梁老头儿，你不是号称要把你脑组里面的记忆模块分享给我吗？"方原表达自己感动的方式，是嫌弃梁天啰唆。

"也是，等你继承了我的记忆模块，这些话，我就算不说，你也会明白。"梁天认为方原说得有道理。

方原立马就嘚瑟上了："对嘛，你安安心心地做极冻前的准备，火星洞幺就留给我调教好了。"

梁天知道方原是怎么想的："小方原，你就算继承了我的记忆模块，也没有可能辈分都跟着一起涨，你现在把话说这么满，最后也不知道是谁调教谁。"

　　这边正说着话呢，火星官方忽然就向银河之舰发来了投射申请——"火星官方从火星中继站发来全息投射请求"。

　　投射申请本身并不奇怪，奇怪的是投射申请发过来的位置。火星官方的人，是什么时候来的中继站？又为什么会在这个时候，出现在这里？

　　梁星火往舷窗外看了看，火星官方来的人的级别还挺高。站在主位的，是火星科技公署的署长理查德·戴姆勒。他的旁边，还站了能源公署和卫生公署的副署长。再有就是这三个公署的一些工作人员。

　　方原不知道来的人是谁，只知道人数有点多。他有点打不定主意，下意识地看向梁天。梁天的脑组是会自动提示来的都是什么人的。

　　"这是官方渠道发过来的投射申请，也是发给银河之舰的。"梁天让方原赶紧连线。

　　一番寒暄之后，火星官方带头的理查德·戴姆勒向梁天说明了来意："梁老，火星这边已经加急审核了方原代理舰长的主申请人资格，因为代理舰长没有脑组，我就想着，第一时间直接把实体资料袋给送过来。"

　　"非常感谢。"梁天试着站起来，和对方握手。

　　"梁老，您坐着就好。"理查德·戴姆勒赶紧出声阻止，而后用一口流利的中文说，"我来火星之前，虽然不是中国公民，但我年轻的时候，曾经在中国空间站工作过一段时间。"

　　"原来是这样。怪不得你都没有开启全语种自适应。"梁天手动给理查德·戴姆勒点了个赞。

　　"我在中国空间站的时候，总听同期执行任务的中国航天员提起您。"理查德·戴姆勒说。

　　"这样啊，是不是一个个地都抱怨我太严格？"梁天笑着回应。

　　"并没有这样的情况，他们基本都在说，梁老是怎么提升火箭性能，怎么加强返回舱乘坐的舒适性的。"理查德·戴姆勒回答。

"会这么说的，就还是火箭加返回舱模式的年代，航天飞机的时代之前，那你还挺早来我们中国空间站的。"梁天合理分析了一下。

"航天飞机的舒适性，也是在一次又一次的返回舱经验的基础上才有的。"理查德·戴姆勒又道。

"这话说得也有道理。"梁天问，"你那时候还很年轻吧？"

"对，我成为航天员的年龄是破纪录的，我刚成年就到空间站执行任务了。"理查德·戴姆勒自豪地回答。

"你在我们中国空间站，工作生活得可还愉快？"梁天问理查德·戴姆勒。

"那是相当愉快。"理查德·戴姆勒回答道，"中国的航天员同僚给我取了一个中国名字叫戴理。"

"这个名字取得好。兼具形和义。"梁天再次手动点赞。

"是吧？我也很满意我自己的中国名字。我那时候只要有空，就会拉着中国的航天员，听他们讲自己国家的航天史。"

听到这样的话，梁天自然是高兴的，笑着指了指方原："那你和代理舰长的兴趣爱好还挺相近的。"

梁天顺势把方原介绍给理查德·戴姆勒。因为理查德·戴姆勒拿来的是纸质的资料袋，没有办法通过虚拟投射交接。梁天就让方原把理查德·戴姆勒请到了星舰里面。

理查德·戴姆勒和方原握了个手，把资料袋亲手交到了方原的手上。资料袋并不重，里面装的是一张电子纸，一个微型身份识别装置，外加一张火星福利卡。

如果有脑组的话，这些信息，其实是可以直接和脑组绑定，并不需要实体的。火星是不存在纸张这种极大浪费土壤资源的办公用品的。

理查德·戴姆勒交给方原的实体资料袋，明明就连100克都不到，方原却觉得比他在地球上，抱着十几本书还要沉。方原拿着资料袋，上下掂量了几下，认真地感受了一下梦想的重量。

"真没想到会这么快。"方原认真致谢道，"谢谢戴理署长。"

理查德·戴姆勒往后退了一步，四下看了一眼，嘴里说道："你这个舰长是代理的，我这个署长可不是。"

这话一出，银河之舰里面笑声一片。理查德·戴姆勒收回四下打量的眼神，紧接着又说："银河比邻计划的地球总指挥专门和我们沟通，说这是梁老的意愿，希望能让代理舰长尽快植入寄存在火星的脑组。"

梁天坐在位置上，对火星官方来的这批人拱了拱手："感谢你们。"

"应该的。"理查德·戴姆勒专门解释道，"材料一出来，我就亲自给送过来了，想着梁老再三交代，是不是想在正式执行任务之前亲眼看到。"

这句话一出，梁天倒是意外了："我还有这个机会吗？脑组植入要准备很久的吧？"

"代理舰长的这个脑组情况特殊，原本就是按照先天适配设计的，也做完了所有的测试，是可以直接植入的，只要两个地球小时就够了。"

"这么快啊。"梁天感叹了一下。他当初植入脑组，前前后后加起来，得有小半个月。

"这不是特事特办嘛。"理查德·戴姆勒接话。

梁天接受了这个善意，说道："那我还真有可能能亲眼看到小方原拥有脑组的那一刻。"

"那肯定的。我现在就通知火星脑组实验室。"理查德·戴姆勒展现了超强的行动力。

方原都没有想过，自己的脑组植入，从确定下来之后，会进行得这么顺利。火星官方都把事情做到这个份上了，梁天自然也是想亲眼看一看。梁天不方便离开银河之舰亲临火星脑组实验室，却也可以投射过去。

全息投射到火星脑组实验室，并不影响梁天在银河之舰里面，继续极冻之前的操作。时间再怎么有限，梁天也不是两个小时的时间都等不起。

"火苗，你陪着小方原去吧？"梁天不放心方原一个人去火星脑组实验室。

"不行啊。"梁星火拒绝道："米姐那边已经坚持不下去了，我得自己上火星洞幺频道直播太爷爷极冻前的准备了。"

"你的专属频道，与其投射我做极冻前的准备，还不如投射你和小方原一起去植入脑组啊。"梁天出声相劝，"谁愿意看我一个老头子做准备啊，肯定都想看你和小方原啊。"

"谁说的，我就愿意陪着您。"梁星火想要珍惜和曾祖父相处的最后时光。

"不就两个小时嘛，小方原那边植入好了，你再回来陪我就行了。"梁天帮着做了安排。

"好，听太爷爷的。"梁星火被说服了，直接把火星洞幺频道的信号切了过来。

"这就对了嘛，你俩还没出生，我就给你们两个取了个星火燎原的组合，燎原植入脑组这么重要的时刻，星火肯定是要在场的。"梁天并不知道信号已经被切过来了，也不知道自己刚刚的这番话，经由火星洞幺频道，来了一个全太阳系直播。

火星洞幺频道直接爆了。比投射火星时装周的时候，还要"爆炸"。二十年过去了，奇迹宝宝在地球上都查无此人了。也鲜少再有人提及"2·22"人类太空灾难。倒不是说已经没人祭奠了，就是普通民众早就不关注这件事情了。

方原的申请材料，看过的人并不多，银河比邻计划，也是没有副舰长的身世。如果不是刘龙坤入侵中继站中央屏幕的那一番操作，基组百科一直到现在，都不可能把银河之舰的代理舰长和奇迹宝宝联系到一起。

联系到一起之后，方原就有了一些热度，但也没有特别高。拥有脑组的人，大部分都没有当年那场灾难的现场记忆。奇迹宝宝和火星洞幺忽然搞出来一个娃娃亲，就又完全是另外一回事了。自家闺女、自家姐姐、自家孙女、自家妹妹的结婚对象，很难不用心关注。

方原和梁星火都是母胎单身。截至目前，也都不觉得自己有过心动的时刻。方原是心里面积压了太多的事情。梁星火是整天生活在大众的视野里，除了米多多，很难有人真正走进她的生活。

情急之下，梁星火掐断现场投射，把米多多刚刚已经播过的火星时装周集锦又给放了一遍。这下好了，火星洞幺频道的亲妈亲爸们、亲姐亲哥们、亲爷爷亲奶奶们……有一个算一个，全都认定梁星火是害羞不敢见"家人们"了。

梁星火赶紧又把信号给切回去，为了堵住悠悠众口，启动了机甲猫咪的抽奖程序。这不是火星洞幺频道第一次发福利，梁星火设计的机器人，刚上市的时候，价格都是直冲云霄的。只有守在火星洞幺频道，才有机会获得这样的福利。

梁星火没有处理"桃色事件"的经验，因此也完全预见不到，她用来堵住悠悠众口的福利，在火星洞幺频道的拥趸嘴里直接变了味儿。

"啊哟，这怎么好意思呢？我们都还没有随份子，就请我们喝喜酒"

如此一来，火星洞幺频道的互动就更猛烈了。

"别慌，让我来看看我妹夫。"

"别慌，让我来看看我女婿。"

类似的评论数不胜数。梁星火遍布太阳系的广大亲人，开始列队八卦。

第十章　正式起航

理查德·戴姆勒用署长星碟，把梁星火和方原接到了火星脑组实验室外面，目送两人进入事先准备就绪的脑组植入手术室。和理查德·戴姆勒一起过去的工作人员，全都改搭火星中继站的弹射胶囊回去。一下把中继站能够召唤到的胶囊，全都带回了脑组实验室。

火星洞幺频道的八卦热度还在直线上升，眼见各种操作都没有用，梁星火屏蔽了专属频道的互动功能，直播方原脑组植入的现场。

梁星火想着，这么严肃的场合，自己总算能躲个清静了，半是自言自语地说："都什么年代了，哪里还有娃娃亲？"

帮方原植入的医生却在这个时候，看热闹不嫌事大："脑组植入者原本报备的信息是孤儿，总设计师又在做极冻前的最后准备，所以我们也没有提家属授权的事，既然植入者打小就有未婚妻，那植入前还得来个家属签字，手续才完整。"

这下好了，从娃娃亲，上升到了未婚夫妻。梁星火终于体验了一把，什么叫说什么都是错，她慌不择路地把刚刚掐断的集锦又放了出来，等这一波评论过去。

"都特事特办了，就没必要搞这么复杂了吧？"梁星火浑身上下，每一个细胞，都写满了拒绝。

方原还没有脑组，自然也不知道火星洞幺频道出了这么个突发情况，只以为梁星火不愿意在他的手术同意书上签字。

方原有些难过，更担心自己会因此再一次和脑组错过："你刚刚明明答应了梁老会好好照顾我的，你可是堂堂火星洞幺！怎么能出尔反尔呢？"

这下好了，就算火星有黄河，梁星火直接跳进去也洗不清了。梁星火深深吐出一口气，狠狠地下了一个决心，调用自己的脑组的基因签，给方原手术同意书的家属栏做了授权。

方原是个孤儿，从没想过，自己植入脑组的时候，也能有家属签名。他先前是没有反应过来，认为梁星火的反应是言而无信，这会儿才真正明白，这个签名的意义，并不仅仅针对脑组植入。

方原把梁星火刚刚纠结的过程整合到一起，瞬间在脑海里补全了一个完整的故事线。这位闪耀太阳系的姑娘，毫无征兆地提起娃娃亲，又那么郑重地在家属栏签名。

这哪里只是一个签名？这明明是一个关于家的承诺。身为孤儿，方原的整颗心都沉甸甸的。他当然是喜欢火星洞幺的。从很小很小的时候开始，来到火星之后，更是不止一次地被惊艳到心律失常。

方原一直都不愿意承认，是因为他心里有数。奇迹宝宝是什么背景，火星洞幺又是什么背景。一个受全太阳系追捧的星际巨星，又怎么可能会看上连脑组都没有的奇迹宝宝。

现在不一样了，如果爱情的距离是一百步，只要火星洞幺愿意向奇迹宝宝走一步，方原就会毫不犹豫地走完剩下的九十九步。

梁星火做完授权，发现方原在用非常异样的眼神看她，还没滑落的泪水在方原的眼眶里面打转。梁星火看着已经换了手术服的方原，想着他应该是害怕手术的过程。看在太爷爷的面子上，梁星火轻声安慰："脑组植入不是什么大手术，你不要太过担心。"

"有家属在，我担什么心啊？"方原的泪水随着话音的结束滑落，他顾不得去擦，只用极致真诚的眼神看着梁星火。这一刻，方原的眼神，竟比梁星蓝的更能打动人心。

梁星火不知道自己为什么会这么想，也不知道方原为什么会哭，就这么傻傻愣愣地站着，不知道要怎么接着安慰，情急之下，梁星火想到了一个之前的疑惑："奇迹宝宝，你刚进来的时候，有没有注意到门口那堆工作人员搭乘的交通工具？"

"拥有瞬移功能的火星弹射胶囊，我怎么可能没有注意到？就是一下星碟就进手术室了，还没有来得及伸手感受。等我有了脑组，可以自己召唤弹射胶囊了，我就好好查查材……"

梁星火把话抢了过去："代理舰长，太爷爷通过实验室版脑组的最高权限和我联络，说极冻程序出了一点问题。"当着火星官方的面，说要查弹射胶囊的材料，肯定不是什么明智之举。

"啊？怎么会这样，我就说破坏得那么隐……"方原话说到一半，忽然意识到了什么。他再三确认过，他那些自认为不可察觉的小破坏，早就被梁天悄无声息地给逆转了。

他已经是银河之舰的代理舰长了，离开的时候也带了北斗星际通信设备，他的设备没有收到来自地球控制中心的任何指令。梁星火在这个时候说梁天那边有情况，肯定是别有深意的。

这是梁星火第二次和他提到弹射胶囊的材料，第一次，方原就很好奇。那时候太突然，他觉得只要植入了脑组，一切就都迎刃而解了。

方原回顾了一下自己来火星脑组实验室的过程，一切似乎都太过顺利了，顺利得让他心底发慌。"那我们先回去看一看吧。"方原回应改口道。

"现在？你确定？你的脑组都还没有完成植入。你现在回去了，回头……"梁星火希望方原能考虑清楚。有没有梁天的推动，在流程上，肯定是不一样的。

这一回，轮到方原抢答："我都已经是合法的火星移民了，还差这区区几个小时吗？想必火星官方也能理解我想要陪伴总设计师顺利出征的心情。"

"那行，我这就带你回去。"梁星火不知道自己是不是做错了。

方原就这么暂停了脑组植入。这一次，他都已经顺利躺在手术台上了。

理查德·戴姆勒看到方原和梁星火这么快从手术室里面出来，上前询问了一下状况，立即提议用自己的署长星碟把梁星火和方原送回银河之舰。

梁星火说自己有脑组，可以搭乘弹射胶囊回去，被理查德·戴姆勒一口拒绝，说为了保证方原脑组植入之后能够更顺利也更舒服地回去，工作人员带回脑组实验室的所有弹射胶囊，都已经进入保养程序了，得方原按照原计划完成脑组植入，才能使用。

理查德·戴姆勒的意思再明显不过，要么搭乘他的署长星碟回去，要么就等植入脑组以后再说。这话一出，方原就更觉得有问题了。毫不犹豫地选择了先回银河之舰。

理查德·戴姆勒想要跟着进去再和梁天打个招呼，被梁天以银河比邻计划已经进入极冻舱发射倒计时为由给拒绝了。

方原和梁星火回到银河之舰，看到坐在机器人椅子上的梁天，并没有留在极冻舱的边上，而是停在了方原从地球带来的古董电脑边上。

方原走到了还在做极冻前准备的总设计师身边，出声问道："梁……老头儿，有没有什么需要帮忙的？"

"没什么，我这边一切都好，就等最后启动极冻程序，然后就可以去寻找彼岸了。代理舰长大可放心。"梁天拉过方原的手，顺势放在了他的古董电脑上，而后，非常慈祥地摸了摸方原的手背。

这一路从地球过来，方原并不觉得有什么。他那时候信心满满，觉得一切尽在掌握。搞清楚真相之后，方原才知道，这一路，从地球到火星，看起来几乎没有什么交流，事实却是梁天一直都在默默地引导他。

梁天没有再和方原说话，他看向梁星火，招了招手，出声感叹："火苗啊，来火星这一趟，太爷爷都没有想过，能得到你的原谅。一下就了了最大的心愿。"

梁星火走过来，坐到了梁天的身边，顺着梁天的话说："这怎么能怪太爷爷呢？明明是爸爸不让你说的。"

梁天把梁星火的手，也拉过来搭在方原的古董电脑上面。这样一来，星火燎原就成了手心贴手背的状态。梁天看向方原，想说什么，终是没有开口。方原很快就"读懂"了梁天的眼神——一种专属于长辈的、牵完红线之后的、循循善诱的眼神。

方原的脸唰的一下就红了，心跳也跟着加速。方原是个有原则的人，性格也有那么一点点轴。只要是认定了的事情，就一定会做到底。开口是对梁天的一通保证："请舰长放心，星火燎原虽然不是我的本意，既然我现在认下了，就一定不会再让这个组合有散伙的一天。"

梁星火扯了扯嘴角，想说点什么，又不好当着曾祖父的面和方原做毫无意义的掰扯。方原又把这个表情给读懂了，从向梁天保证，变成了向梁星火保证："请未婚妻放心，我不是因为总设计师在边上才这么说的。就算极冻舱都飞出太阳系了，我也一样会对你不离不弃。别人有的幸福，你会有，别人有的浪漫，你也会有。"

梁星火终是沉默不下去了："代理舰长，极冻舱是以银河之舰作为母舰发射的，舰长都检查了这么久极冻舱，代理舰长不需要检查一下母舰？"

方原以己度人，梁星火这突如其来的正式，和他刚才害羞之后的心虚反应，简直如出一辙。

"是是是是是，是要检查的。"方原赶紧接话，以化解梁星火的尴尬，"操作手册要求倒计时一个小时的时候，必须到岗。"代理舰长带着强烈的使命感走上了自己的岗位，雄赳赳气昂昂，为了刚刚走进他心里的姑娘。

来到操作台之后，方原也就从先前的情绪里面抽离了出来。他有很多的疑惑，梁天既然没有说，那他也就不问了。等到继承了梁天脑组的记忆模块，很多问题也就不言自明了。

此时此刻，再也没有什么，是比为人类寻找太阳系外彼岸的银河比邻计划保驾护航更重要的事情。方原上了银河之舰的操控中心，就开始专心致志。应对突如其来的爱情，代理舰长可能会手忙脚乱。应对突如其来的状况，倒是颇为得心应手。

……

银河之舰是一艘庞大的星舰。相比之下，即将和梁天一起出征的极冻舱就显得极为渺小。

梁天已经躺进了极冻舱的里面。银河比邻计划地球控制中心开始和方原核对备份计划的各项执行准备和数据。

梁星火绕着极冻舱转了好多个圈。她已经来银河之舰好几次了，还是第一次，近距离地认真研究极冻舱。这是一个通体黝黑的舱体。极冻舱的外立面用太阳能涂层代替了早期航天器的太阳能面板。这种涂层，涂上去的不是油漆，而是太阳能颗粒。这些颗粒，有着极高的光电转化效率。除此之外，这种特殊的涂层材料，还具备强大的耐热性和耐磨性，能够抵抗宇宙中的各种极端环境。

极冻舱在设计的时候，是挺过了火山爆发、导弹攻击、星舰爆炸等一系列极端测试的。除了太阳能，极冻舱也有氦三驱动装置，用来保障太阳能失效的情况下，极冻舱仍然能够按照既定的速度，对抗途经的非宜居星球的引力，完成一次又一次的太空变轨。

和巍峨壮观的银河之舰相比，极冻舱就像是一个不起眼的零件。就是这样一个不起眼的零件，即将破开星辰大海，探寻人类的未来。

"太爷爷，我都有点想要体验一下极冻舱了。"梁星火站在梁天的身边，她知道，能和曾祖父相处的时间已然不多。

"有机会的。活体极冻后的解冻技术已经渐渐趋于成熟，我相信，在不遥远的未来，极冻后的复苏问题，是能得到解决的。到了那个时候，人类或许可以选择自己要生活在未来的哪个时代。"梁天拍了拍梁星火搭在极冻舱边缘的手背。

"太爷爷，您是真的相信会有这样的一个彼岸，对吗？"梁星火问。

"当然。"百岁老人回答这个问题的时候，眼睛里面依然有光。

"听起来好浪漫。"梁星火有点被感染到了。

"是吧，航天人的征途是星辰大海。"梁天笑着回应。

"嗯，因为未知，所以浪漫。"梁星火依偎在梁天的身边，陪伴梁天走过极冻前的最后时光。

在倒计时一小时开始之前，梁天开启了家庭联络模块的全员投射。以前，是地球上的家人陪在梁天的身边，梁星火从火星全息投射过去，这一次，换了梁星火陪在身边。

地球和火星官方都希望这个投射是公开的。火星洞幺的家庭投射，有太多太多次，都是对全太阳系公开的。再多一次，也无所谓。

和以往的任何一次家庭投射相比，这一次，最特别的，反而是多了梁星蓝的加入。这次家庭投射的主角是梁天。梁天把是否公开的决定权交给了梁星火和梁星蓝。梁星火又把决定权交给了梁星蓝。自己的弟弟，肯定是要自己宠着。

"姐姐，我想公开的，但是我今天还没有准备好，明天可以吗？明天你在火星洞幺频道给我留一个全太阳系亮相的时间。"梁星蓝表态。

"太爷爷还有一个小时就要去执行银河比邻计划了，没办法等到明天。"梁星火说。

"这个我知道啊，所以今天就不要公开了，今天的主角是太爷爷，不要因为我的出现本末倒置了。"梁星蓝回答。

"原来弟弟这么贴心啊，我都没有想过这个。"梁星火第一次见梁星蓝就被收归了，相信火星洞幺频道里的人，也会和她一样。但这件事情，并不只是大家喜不喜欢梁星蓝这么简单，后面涉及的事情还有一箩筐。这么多年，梁星火在地球上的家人刻意隐藏梁星蓝的事情，如果曝光，肯定会引起不小的风波。

"不是贴心呢，是因为现在不是我颜值的巅峰。且容我好好打扮一番，明儿个替姐姐帅冠太阳系。"梁星蓝说话的时候，元气满满，整个人的精神状态从地球都满溢到了火星上。

"帅冠太阳系就帅冠太阳系，为什么是替我？"梁星火问。

"哪个姐姐不想要一个长得帅的弟弟呢？别的不说，带出来逛街都有面子，对吧，还可以让自己的闺蜜都羡慕到不行。"梁星蓝回答。

一家人就这么其乐融融地一直聊到了十分钟倒计时。银河之舰在这个时候从火星中继站推出，快速飞抵预定坐标。梁天在极冻舱里面躺好，梁星火帮着检查了一遍最后的防护措施。

极冻舱的舱门在倒计时进入三分钟的时候关闭。两秒钟之后，极冻舱显示程序执行完毕。

倒计时一百秒，极冻舱被推进到了银河之舰的发射区。

5，4，3，2，1……发射。

银河比邻计划正式启航，sol--sol-la-re----，do--do-la-re---极冻舱和银河之舰上，同时响起，一百年前，东方红一号发回来的那段颤颤巍巍的电子旋律。这是梁天想要的纪念音乐，伴随他出生，引领他追寻人类的彼岸。

第十一章　火星有你

　　梁星火看向舷窗之外。银河横贯夜空，繁星点点似梦。她早就习惯了火星的夜。苍凉、荒芜、冰冷，没有宇航服就没办法在户外生存。即便有也能感觉到这个星球是多么不适合人类生存。

　　和没有人类聚集区之前的火星相比，现在的火星大气环境，已经好了很多。但这样的变化，还远远达不到宜居的程度。

　　要说舒适，在火星人类聚集区，除开中继站这个露天的区域，剩下的地方，都已经是恒温恒湿，比最宜居的城市还要宜居。

　　这个宜居区域，随着火星人口的增长，也在慢慢往外扩张。但始终，也只是很小的一块区域。在火星上谈恋爱，绝对没有可能和地球的年轻人一样，四处旅游。情到浓时也没有可能随时随地就亲个小嘴，甚至没办法真正意义上在户外牵个小手。

　　梁天离开之后，银河之舰里面就只剩下了方原和梁星火。梁天一直在的时候，方原不觉得有什么。头顶都有一片天，不管是压在他头上，还是帮他顶着，总归都还有人撑着。真到整艘银河之舰都交给他这个代理舰长了，方原就觉得整个人哪儿哪儿都不对劲。

　　恒星点点，流星璀璨。银河永远都近在眼前，却始终那么遥远。方原小的时候，江妈妈和他说，人死了会变成天上的星星。而他的爸爸妈妈，就是这些星星里面，最亮的那两颗。

方原当然是不相信这样的说法的。他从很小开始，就知道，死了就是死了，什么星星不星星的，都是拿来骗他这种没有脑组的小孩子的。每到这样的时候，江妈妈就会和他说，浩瀚的宇宙，藏着很多问题的答案，等他长大了，就可以自己去寻找。

方原也是有心要找，除了拥有属于自己的脑组，他还想知道灵魂的重量、生命的起源。可他始终都不曾有过这样的机会。

方原不知道，梁天对于他来说，算什么样的一个长辈。从某种意义上来说，梁天今天的离开，并不是宇宙意义上的死亡。

方原还免不了会有些伤感。那种感觉不太好形容。孤单，但又不仅仅是孤单。宇宙那么大，为什么只有他总是一个人？方原不想一个人待在偌大的银河之舰里面。作为资深行动派，想到了自然也就直接付诸行动。

"你今天留下来陪我吧。"方原看着梁星火，如是说。在方原的心底，这句话更像是一种祈求。因为害怕被拒绝，在表达的时候，他没让自己流露出太多的情绪。这是方原在银河比邻计划二次发射之后，对梁星火说的第一句话。饶是梁星火听力和理解能力都没有问题，一下也没反应过来。

"留哪儿？"梁星火问。

"银河之舰。"方原笃定地回答。

梁星火不由失笑："任务都执行完了，你为什么要留在星舰里面？"

"那我不留在星舰难道还跟你回家吗？"方原不是没有想过，而是知道自己是一个后来者，全太阳系的人都知道，梁星火的家里已经住了米多多。

"你自己没有家吗？为什么要跟我回家？"梁星火瞪了方原一眼。方原刚刚的表达实在是太过了，这也使得梁星火的语气有些夹枪带棒。

方原被戳了一下心窝子。他不再隐藏自己心底的伤感，用一种很茫然的语气问梁星火："我在火星哪有家？我在地球都没有……"

看到方原的反应，梁星火对自己先前的语气感到抱歉。揭孤儿伤疤这样的事情，并不在火星洞幺广泛的兴趣爱好里面。

梁星火换了一种语气："当然有啦，你是以主申请人的身份拿的移民资格，你在火星的家应该还挺大的。"

方原本来想说，家和房子是不一样的概念。面对梁星火突如其来的温柔，他被喜欢着的整颗心都化了，适时示了个弱："我这初来乍到的，你能带我去看看吗？"

"好。"梁星火没有拒绝的理由，"你知道自己住所的编号和楼层吗？"

"我……不知道啊……"方原不知道自己要去哪里获得这样的信息。

"火星官方不是给了你一个文件袋吗？"梁星火好奇。

"离开脑组实验室的时候没让我带。"方原回答。

"那你试一下你的生物识别码能不能用。"梁星火从自己的脑组里面调了一个虚拟识别装置出来给方原。

火星身份生物识别码是多维合一的。可以通过视网膜、人脸、指纹等方式完成在火星上的身份识别。多维合一的好处是整个识别的过程都是无感的，并不需要专门刷个脸或者扫个指纹一类的。

符合条件的人，只要进入相关区域就会被系统自动捕捉。有脑组的，更是连相关区域都不用自己去。火星识别码唯一需要人工操作的，就是第一次采集信息的过程。既是身份证，也是通行证。

梁星火有实验室版脑组的最高权限，可以查到每一个靠近她的人的基本资料。这是一种对等查询，因为梁星火的信息都是公开的。

方原情况特殊，还没有来得及采集。在这种情况下，方原不管到什么地方，都会触发非法闯入警报。这么一来，在信息采集完成之前，方原不管做什么都会很不方便，就算去了自己的住处，也进不了门。

"我帮你问一问火星官方吧。"梁星火很快就有了决定。

"这么晚了……会有人回应吗？"方原这会儿的眼神有点复杂。看起来是介于担忧和期待之间，分不清楚究竟是哪一种情绪。

梁星火没有特别去深究方原的表情，实事求是地回答："火星官方确实没有加班的先例，但总归是要问一问的。"

"那如果问了，他们那边没有答复呢？"方原问。他的眼神逐渐趋于明朗，是期待而非担忧。

梁星火没搞明白这种事情有什么好期待的："没有答复，那咱就等工作时间再说咯。"

"那中间这个过程怎么处理？"方原眼睛里面的期待更加炙热了，再多一点，就有可能要烧起来。

"等呗，还能怎么处理？"梁星火反倒是越来越疑惑了。

"在哪儿等？在银河之舰吗？一起？"方原连着问了三个问题。问题问到最后，也越来越简洁。

梁星火终于反应过来，方原绕了这么大个圈子，关注的根本就不是他的移民情况，而是今天晚上有没有人陪。

"是银河之舰有什么不安全的地方吗？"梁星火问。

"没有啊。"方原回答。

"那为什么需要有人留下来陪你？"梁星火的疑惑更深了。成长的环境不同，对同一件事情的认知也不同。能自己一个人在一个地方，不被打扰地待着，是梁星火的梦寐以求。我之肉糜，彼之砒霜。人皆苦炎热，我爱夏日长。

这个问题一出，方原就没有再说话了。是啊，为什么呢？他都不是小孩子了，也已经不是未成年了。一个二十岁的大男生，难不成要和人说自己怕黑。

即便说了，银河之舰也有充足的能源。别说维持星舰里面的照明和功能了，直接供能整个火星中继站都不存在任何问题。

方原没有再盯着梁星火看，只闷闷地回了一句："嗯。确实不需要。"

方原扬起头，看向银河之舰顶部的舷窗。望穿星河思故乡，日暮火星无限凉。就这样吧，也不过是又一次的红眼待天明。

方原咋咋呼呼的时候，梁星火会觉得有点幼稚。时间长了，还会觉得有点烦。这突如其来的深沉，倒是让梁星火认真地打量起来。

眼前的少年，剑眉星目。他眼角噙泪，眼望星辰，倔强地看向星火阑珊处。他为什么会这样呢？

梁星火转了一个角度，正对着方原，和他一样，抬头望着火星的夜空。

梁星火的角度找得很好，她这么一转，就只能看到方原的下巴。方原眼角的余光，也只会看到梁星火的头顶。这样一来，方原哪怕是噙在眼角的泪水不小心滑落，也可以悄悄地抹掉。

方原一直都以为自己是一个根本就不会哭的人。三岁过后，经历过那么多的磨难，一次次的梦断垂成，他都没有哭过，今天也不知道是怎么了。

梁星火装作先前的对话都没有发生过："银河之舰有什么好玩的吗？待上一整个晚上，会很无聊吗？"

梁星火认识方原的时间不长，却可以很清楚地知道，现在这个时候，她要是再问方原是不是希望她留下来一类的问题，方原一定会否认得很彻底。

只要方原否认，她就可以回到自己的住处去了。这是再好不过的结果了。在此刻之前，梁星火一直都觉得方原有着不符合他年龄的幼稚。她明明很烦方原，却忽然就心软了。

方原是个内心敏感的人。远没有表现出来的那么大大咧咧。他调整好自己的状态，看向梁星火，想要确认梁星火刚刚说的话，究竟是什么意思。

"干吗一直盯着我看。火星的夜可比地球的要长。"梁星火催促道，"你还不快点想一想！"

梁星火这么说，方原哪还能不明白是要留下来陪他的意思。他明明都已经做好了心理建设。他明明已经想好在火星接下来的日子不管什么事情都要靠自己。

方原不知道是什么改变了梁星火，免不了担心自己是不是又会错了意。他想开口问，一种难以名状的情绪，从他的内心奔涌而出。填满了他的心，堵住了他说话的声线，直直地冲上了他原本就胀满了的泪腺。

方原知道自己又失态了。多大点事啊？多大个人了！这么没出息是怎么回事？方原尽了最大的努力，才没有在这样的时候直接落荒而逃。方原转过身，过了好一会儿，才压下了堵着自己声线的情绪，背对着梁星火，出声问道：“你要不要过来参观一下银河之舰的浴室？”

梁星火有点后悔没有直接回去。孤男寡女共处一艘星舰，半天不说话，一开口就是虎狼之词。这样的银河之舰，梁星火很难待得下去。几分钟都嫌多，更遑论一个晚上。

没等到梁星火的回答，方原伸手抹了一把脸，转过身。他这会儿正处于心理敏感期。再小的风吹草动，都能让他的内心泛起涟漪。看到梁星火的表情，方原立马就意识到了自己的话有那么点不对劲。和先前自说自话，完全不在一个频道的状况，形成了鲜明的对比。

自恋的人，多半也自卑。很多时候，只是通过自恋，来掩饰自己的自卑。这样的自恋，多半都是无根的浮萍，稍微遇到点事儿，就可能被彻底击溃，紧接着，就会陷入情绪的沼泽，再想自己爬出来，就没有那么容易。

"你别误会。"方原赶紧解释，"你刚不是问银河之舰好不好玩，待一个晚上会不会无聊，我是因为这样，才提议参观浴室的。"光这样，方原还嫌不够，临了又加了一句："参观了我的浴室，你就不会觉得长夜漫漫了。"

"你如果不会解释的话，也可以选择不要解释。"梁星火无语。要不是做了这么多年的火星洞幺，见惯了世面，有了足够的定力，莫名其妙听到这样的话，女孩子转身就走都是轻的。

"怎么还是误会了！"方原继续上赶着解释，"我是想告诉你，银河之舰的浴室里面有很多高科技，如果无聊的话，参观一遍，也挺有意思的。"

"好。"梁星火接受了这个解释。看在太爷爷的面子上,梁星火没有和方原计较这么多。

方原看出来梁星火的表情是敷衍和勉强,立马又解释:"我去浴室只是去洗个脸,没有要去洗澡的意思,我一个大男生,怎么会邀请一个女生,去浴室看我洗澡?"

"地球上有句话,叫此时无声胜有声。这句话,放到火星也没毛病。"梁星火不想再从方原那儿听到奇怪的建议。

梁星火想了想,略显兴奋地一边吹气一边搓着自己的手掌:"既然今晚要留下来,我等会儿就把火星洞幺频道的主题,改成《陪奇迹宝宝一起守夜》好了。"

方原是个孤儿,在他成长的过程里面,对"守夜"这两个字,始终还是比较陌生的。这两个字很简单,光看字面就能理解。这两个字又很复杂,复杂到让方原的内心,产生了一种很特别的情愫。

他在地球上,都不曾有过家的感觉,到了火星,明明连个住的地方都还没有,内心却泛起层层涟漪。这是他到火星的第一夜。那个火遍全太阳系的女孩,要和他一起守夜。

方原的时间,在这一刻静止了。他什么都看不见,只能看见梁星火脸上的笑颜。

这个笑颜,像绽放的春日那么明媚,仿若银河之中最闪亮的那一颗星星,直击方原的眼眸,落入他的心田。

此刻的火星洞幺像一束燃烧的火焰。她的眼睛,在期待中闪闪发光,仿若一个拨动心弦的旋律,在方原的心中回荡。

方原的心跳,在梁星火搓手的时候,直线飙升。说来也奇怪,不过是一个表达兴奋的搓手动作,既不甜美也不可爱,却牵引了方原所有的注意力,俘获了他的整颗心。

放眼太阳系,喜欢火星洞幺的人那么多,再多他一个,也不过是多一只飞蛾扑火。可是,茫茫宇宙,只有没有飞蛾的星球,没有不扑火的飞蛾。

梁星火些许真实情感的流露，开辟出了火星上的一片净土。方原狂跳的一颗心，仿佛随时都能冲出胸腔。他不知道自己应该说些什么或者做些什么。带着点本能地问："你还和别人一起守过夜吗？"

"没有啊，全太阳系都知道我的睡眠质量。"从来都没有熬过夜，是梁星火此刻兴奋的主要来源。

方原却觉得那是梁星火对他极大的肯定："那我还挺特别的。"

"当然啦。"梁星火没办法否认这一点，放眼太阳系，说个别名出来，大部分人都认识的，本来也没有几个人。火星洞幺、奇迹宝宝，拥有这样的外号，本身就是一种特别。

方原并不知道梁星火是怎么想的，满心满眼都是梁星火对他的肯定。火星洞幺都亲口说他很特别，还要陪他守夜，那他要是不主动一点，岂不是很让人女孩子没面儿？

方原忽然就有了一种强烈的使命感，他得为女孩做点什么："你平日里最喜欢什么？"

"全太阳系都知道我喜欢什么吧？"梁星火反问道。

"那是对外的，我问的是你有没有什么不能公开的爱好？"方原又问。

"你这话说的，火星洞幺能有什么不能公开的爱好？"哪怕火星的太阳是蓝色的，梁星火历来也是生活在阳光底下的。

"我的意思是，有没有什么，是来自地球的我，能帮你做的。"方原问得更具体了一点。

"有啊，我喜欢来自地球的美食，你能帮我做吗？"梁星火耸了耸肩，话虽然是她说的，却并不怎么在意。相比于和浴室相关的话题，美食怎么都能聊得比较自然。

"这又有何难？"方原疑惑。

梁星火被方原的轻描淡写给气到了："这可是在火星！"

"火星怎么了？"方原反问道。

"我早就问过你，这次来，有没有带很多好吃的？你说，你就带了一个太空育种库，拜托，你知不知道在火星上育种有多难？"

"不对吧。"方原回忆了一下，"你问我的时候，我说的明明是，何、止。"方原着重强调了最后两个字。

"什么意思？"梁星火不明所以。

"来，我带你看看。"方原拉着梁星火来到了银河之舰的太空育种库，"这些是我来火星的路上已经完成的无土栽培育种实验。"

"银河之舰上竟然有已经完成的太空育种？是不是只要留好种子，剩下的就可以让我尝尝？"梁星火有些不敢相信，口水也跟着开始分泌。

"多新鲜啊？银河之舰还有我从地球带来的，一整个太空预制食品库。"方原指了指育种库旁边的一个房间，"你想吃什么，我给你弄就是了。"

方原对太空预制菜是毫无感觉的，虽然也有些花样，一天到晚的吃，也早就吃腻了。火星人人都有不限量供应的能量块，省时省力健康又管饱，谁还费劲整那些有的没的？

梁星火走进了这个房间，然后就看到了她梦寐以求的一切。水果区的榴莲和菠萝蜜，成品区的螺蛳粉和锅边糊，小食区里的酸笋和臭豆腐，调料区竟然还有孜然和十三香……

这真的太梦幻了，难不成银河之舰里面连烧烤都能实现？梁星火长这么大，还没有人和她说过你想吃什么，我给你弄就是了！这话光听着就霸气，胜过太阳系的一切甜言蜜语。

"奇迹宝宝！"梁星火忽然大喊。

"怎么了？"方原被吓了一跳。

"火星有你，我可以再待十年！"梁星火兴奋地抱住了方原，此时此刻，方原在她眼里，就是全太阳系最帅的男生，没有之一。

方原知道自己的处境，他注定要在火星滞留很长的时间。他得搞明白火星弹射胶囊和方心阳实验室的材料有什么关系。还得弄清楚梁天出征前，为什么一直不断地行动提醒他要保护好从地球带来的古董电脑。

方原也知道，连生物识别码都还没有的自己，只有完成脑组植入继承梁天的记忆模块，才能了解梁天离开前不能言说的事事种种。可是，在现在这样的情况下植入脑组是不是安全？这是方原一反应过来就选择暂停植入的根本原因。

方原想过要找个米多多接手火星洞幺频道的机会，私下问问梁星火有什么打算的。梁星火如果在这种情况下，还选择站在他这边，要对抗的，很有可能是整个火星官方。

现在好了，他都还没有问过，梁星火就已经给出了答案。方原切切实实地被感动到了："谢谢你，愿意无条件地陪着我。"

"你说什么？"梁星火满心满眼都是在预制食品库里面看到的那些"魂牵梦萦"，完全没有想过方原此刻的内心，比她还要更加澎湃。

"我说……"方原也像梁星火一样大喊出声，"火星有你，我可以勇往直前！"

图书在版编目（CIP）数据

筑梦太空 / 飘荡墨尔本著 . --- 北京：作家出版社，2024.7.
-- ISBN 978-7-5212-2971-4

I . I247.5

中国国家版本馆 CIP 数据核字第 20241M06T0 号

筑梦太空

作　　者：飘荡墨尔本
责任编辑：袁艺方　王　烨
装帧设计：天行云翼·宋晓亮
出版发行：作家出版社有限公司
社　　址：北京农展馆南里 10 号　　邮　　编：100125
电话传真：86-10-65067186（发行中心及邮购部）
　　　　　86-10-65004079（总编室）
E-mail:zuojia @ zuojia.net.cn
http://www.zuojiachubanshe.com
印　　刷：唐山玺诚印务有限公司
成品尺寸：152×230
字　　数：260 千
印　　张：20.25
版　　次：2024 年 7 月第 1 版
印　　次：2024 年 7 月第 1 次印刷
ISBN 978-7-5212-2971-4
定　　价：58.00 元

作家版图书，版权所有，侵权必究。
作家版图书，印装错误可随时退换。